퇴마록

퇴마록

외전 2

이우혁

VANTA

공통 일러두기

- 도서는 『 』, 단편이나 서사시 등은 「 」, 그림, 글씨, 영화, 오페라, 음악, 필담 등은 〈 〉, 전화, 방송, 라디오 등은 [ ]로 구분했습니다.
- 각주는 모두 저자 주입니다(엘릭시르 판본에서 용어 해설로 처리된 부분 중 가감된 내용의 일부가 이에 해당).
- 영의 목소리(빙의됐을 경우 제외)와 전음이나 복화술 등 육성으로 하지 않는 말은 등장인물과의 구분을 위해 고딕체로 표기했습니다.
- 피시(PC) 통신에서 사용하는 메시지는 별도의 서체로 구분했습니다.
- 본문의 ( )는 편집자 주이며, − 는 저자가 보충하려 덧붙인 이야기를 구분한 것입니다.

차례

대성인의 죽음 • 7

마음의 칼 • 91

죽었다고 지옥을 아는가? • 151

1997년 12월 25일 • 313

대성인의 죽음

1965년 인도-파키스탄
2차 전쟁 직후

수상의 암살

인도와 파키스탄 간에 전쟁이 발발했다. 원래 한 나라였지만, 힌두교와 이슬람교의 종교적 문제에 따라 둘로 나뉜 두 나라 사이의 관계는 극도로 나빴다.

인도군은 파죽지세로 파키스탄군을 몰아붙여 많은 영토를 획득했다. 그리고 이 땅을 힌두교도의 것으로 삼으려 했다. 하지만 인도와 파키스탄 양국에 강한 영향력을 행사하던 소비에트 연방이 중재해, 양국은 타슈켄트에서 평화 협약을 맺게 됐다. 이미 점령한 영토 대부분을 파키스탄에 돌려주는 내용이라 승전하던 인도 측으로서는 달갑지 않은 내용이었으나, 소비에트 연방의 수상 코시긴의 중재를 거부할 수 없었다. 그렇게 짧았던 전쟁은 일단 끝났다.

그러나 양측이 이 협약에 서명한 지 불과 몇 시간 후, 인도의 수상이었던 샤스트리가 심장 마비로 급사하는 의외의 사태가 벌어졌다. 서명이 이루어진 다음 사망한 것이므로 협약은 유효했지만 인도 내에서는 수상의 공교롭고도 갑작스러운 죽음에 의문을 품는 사람들이 있었다. 사실 누구라도 의심해 봄 직한 일이었다. 그러나 샤스트리 수상의 죽음에 수상쩍은 점은 없었다. 적어도 대외적으로는 말이다.

그것을 일반적인 의학적 견지에서 보지 않는 사람들도 있었다. 대중에게 공개되지 않은 초자연적인 힘의 존재를 아는 극소수의 사람들이 이 사건 전반에 전혀 다른 견해를 가진 것이다. 바로 이번 전쟁의 주요 쟁점이 된 카슈미르 지방의 접경에 주둔한 북부 인도군 사령실 내부에 모인 사람들이 그러했다. 그들 사이의 분위기는 몹시 격앙돼 있었다.

"이건 틀림없이 이슬람 돼지들의 음모요. 우리가 이기고 있는데 왜 그만둬야 한단 말이오?"

인도군 장성 한 명이 열을 올렸다. 이 말에 맞장구라도 치듯, 몇몇 장성과 대령급 그리고 참모진들이 모두 고개를 끄덕였다. 그들 모두는 군인이란 것 외에 몇 가지 공통점을 지니고 있었다. 그 공통점 중 첫 번째는 독실함이 지나친 과격파 힌두교도라는 것, 그리고 나아가서는 군부 내에 소규모의 비밀 그룹을 결성하고 있다는 점이고, 두 번째는 현대 군을 지휘하면서도 종교적인 신비한 힘을 믿으며, 군 내부에 존재하는 비밀 그룹이 어떤 성자의 뜻을 은밀히 실행하고자 만들어졌다는 것이다.

"더구나…… 수상 각하가 급서하신 것도 의심스럽소! 이것도 이슬람 놈들의 짓은 아닐지요?"

그 말에는 모두가 동의하지 않았다. 아무리 그들이 원수나 다름없는 이슬람교도일지라도 소비에트 연방 영내에까지 사람을 풀어 수상을 암살했다고 믿기는 차마 어려운 구석이 있었다. 믿기 어려운 우연의 일치였지만 그건 억측이라 할 수 있었다. 허나 감정이 격앙된 몇몇 군부 인물들은 이미 그렇게 단정 지어 말하고 있었다.

비록 작전 회의라고 하기엔 내용이 조금 이상하게 흘러갔지만 여기까지는 누가 봐도 전형적인 군 회의였다.

그런데 막사에는 이들과 전혀 어울리지 않는 세 사람이 있었다. 한 사람은 인도인으로는 절대 보이지 않는, 백인의 용모를 그대로 간직하고 있는 정장 차림의 작달막한 남자였고, 다른 두 사람은 헐렁한 사리[1] 차림을 한, 전형적인 인도의 힌두교 수행자와 같은 모습이었다.

수행자 중 한 사람은 막 초로에 접어든 듯, 단정하게 정리된 터번을 쓰고 백발이 섞인 머리칼과 짧은 수염을 길렀다. 머리나 수염에 비하면 주름이 적은 편이라 비교적 젊어 보이는 얼굴이었으나, 다른 한 사람은 터번도 없이 헝클어진 회색 머리칼을 어깨까지 늘어뜨린 데다 얼굴에는 주름이 가득했다. 그러나 세월의 훈장처럼 굳어진 수많은 주름살과는 다르게, 관자놀이까지 늘어진 긴

---

[1] 인도에서 주로 입는, 바느질을 하지 않은 옷이다. 옛 풍습을 따르는 인도인들은 바느질을 불결하다고 생각해 바느질하지 않고 만들어진 사리를 즐겨 입었다.

흰 눈썹과 사자의 갈기 같은 회색 수염이 강한 느낌을 주어 도저히 나이를 짐작할 수 없었다. 신비한 힘을 사방으로 강렬하게 뿜어내는 듯한 인상이었다.

그중 비교적 젊은 편에 속하는 수행자가 군인들을 향해 조용히 요가 자세가 가미된 형태의 합장을 했다. 그러자 방금까지 흥분했던 인도군 장성이 금세 기세를 누그러뜨리더니 그를 돌아보며 엄숙히 고개를 숙였다. 그리고 최대한 정중한 목소리로 그 터번을 쓴 남자에게 말했다.

"'어쁘랭띠'. 이건 분명히 이슬람 측에서 뭔가 술수를 부린 것 아니겠습니까? 제가 너무 주제넘게 생각하는 것인지 모르나 부디 나무라지는 말아 주셨으면 합니다."

군 장성으로서의 권위도 엿보이는 데다 굉장히 다혈질인 성격이 분명함에도 그의 목소리는 아까와 확연히 다르게 정중했다. 최대한 상대를 존중하고 배려하려는 의도를 넘어서 일종의 경외심, 나아가서는 두려움까지도 섞여 있었다.

'어쁘랭띠'라는 호칭은 원래 영어로 어프렌티스(apprentice), 즉 제자를 의미했다. 인도는 원래 영국의 지배를 오래 받아서 힌두어와 영어를 공용어로 쓰니 이상한 표현은 아니다. 다만 인도인들의 억양이 워낙 억세고 강렬해서, '어프렌티스'보다는 '어쁘랭띠즈'처럼 발음하고는 했고, 그러다 보니 아예 '어쁘랭띠'라는 고유의 애칭으로 불리게 됐다. 물론 원래의 뜻은 아직 미숙한 견습 제자, 혹은 도제를 의미하지만 그를 알고 이 호칭을 아는 자라면 누구도 그를 그런 식으로 생각할 수는 없었다. 그의 존재에 대해 아는 사람은 극히 적지만, 그는 군부만이 아니라 인도의 유력자들, 특히 힌두교 신앙이 독실한 고위 인사들에게는 크나큰 영향력을 발휘하는 인물이었다. 비록 '어쁘랭띠'일 뿐일지라도 그 이름이 갖는 무게는 실로 엄청났고, 그 호칭마저도 일종의 겸손에서 나온 것이라 여겨졌다. 그는 비록 '어쁘랭띠'일지라도 일반적인 사람의 제자가 아니었기 때문이다.

군 장성은 조심스레 덧붙였다.

"감히 말씀드리건대, 수상 각하의 서거에 대해 어쁘랭띠의 고견도 들려주신다면 더 바랄 나위가 없겠습니다만……."

나이보다는 젊고 밝은 얼굴이어도 은근히 초로에 접어든 수행자에게 붙이는 칭호로는 조금 생경했으나, 그래도 명칭 자체보다는 그 말에 깃든 존경심과 호의가 몹시도 강했다. 어쁘랭띠는 다시 한번 조용히 고개를 숙이며 장성에게 대답했다.

"이러한 불미스러운 사태가 벌어지게 된 것에 대해서는 뭐라 말씀드릴 수가 없군요. 저도 확실히 단언할 수는 없지만……."

어쁘랭띠는 긴장감을 고조시키듯 잠시 말을 끊었다가 이었다.

"…… 샤스트리 수상의 서거는 필경 이슬람 쪽의 보이지 않는 독수에 걸렸기 때문인 것 같습니다. 악마의 주술이라고나 할 수 있겠지요."

모르는 사람이 듣기에는 황당한 발언일 수 있었겠지만 누구도 이의를 제기하는 사람이 없었다. 오히려 사람들은 일제히 탄식하면서 분노를 표출하려는 듯 주먹을 불끈 쥐었고, 분을 못 이겨 눈물을 흘리기도 했다. 어쁘랭띠가 한 말이 틀릴 리가 없었기 때문이다. 묵묵히 앉아 있던, 가장 높은 계급장을 단 북부군 사령관조차 분노를 터뜨렸다. 사령관은 어쁘랭띠를 바라보던 것과는 전혀 다른 날카로운 눈매로 옆에 서 있던 백인을 노려보았다.

"키르모비치 대령, 우리 수상 각하의 안전에 대한 책임은 소비에트 연방에 있지 않소? 당신들, KGB(소비에트 연방의 국가 보안 위원회)는 어찌 이런 일이 생기게 내버려둔 거요?"

북부군 사령관이 언성을 높여 따진 상대인 키르모비치 대령은 바로 KGB의 고위 요원이었다. 대령은 매우 난처하다는 듯 인상을 찌푸리며 말했다.

"물론 정상적인 경우, 그러니까 인간의 능력으로 할 수 있는 최선의 경호는 다했습니다. 그래서 협약까지 도출됐……."

키르모비치 대령의 말을 북부군 사령관이 끊었다.

"이런 협약을 누가 원한단 말이오! 우리가 이기고 있었고, 카슈미르 지방을 모조리 되찾을 수 있는 기회였는데! 저 더러운 이슬람 놈들을 모조리 없애 버리고……."

그러자 키르모비치 대령이 북부군 사령관의 말을 중단시키듯 말했다.

"수상님의 서거는 저희도 몹시 안타깝게 생각합니다. 허나 그 사인은 심장 마비지요. 그리고 샤스트리 수상께서 어느 정도 지병이 있으셨다는 사실은 이미 알려져 있으니……. 이건 어떻게 막을 수 없는 일이었습니다."

"그렇지만 이슬람 놈들이 악마의 주술로……."

"사령관님. 조금 진정을……."

키르모비치 대령은 능란하게 잠시 일부러 말을 끊고 고개를 몇 번 저어 보인 후 눈에 조금 힘을 주어 북부군 사령관을 바라보았다.

"……힌두교 신자인 인도 인민들조차도 이렇게 공표한다면 믿어 줄까요?"

북부군 사령관은 탄식했다.

"아, 그러나 우리는 사실을 알잖소. 여기 어쁘랭띠께서 증명해 주셨고……."

"저는 공산주의자입니다. 하지만 어쁘랭띠의 놀라운 힘은 직접 보아 알고 있으니, 믿지 않는 건 아니지요. 그런데 그걸 어떻게 입증하겠습니까? 저로서도 유감입니다만 일단 우연의 일치로 해 두어야만 합니다."

"우연의 일치? 이미 우리는 진상을 안 셈인데……."

"우리 외의 전 세계인들은 모두 우연의 일치로 볼 것입니다. 아니라고 증명할 수도 없고요. 우리 소비에트 연방은 종교 자체도 인정하지 않습니다. 그건 공산주의 자체를 부정하는 일입니다. 그러니 어떻게 이런 일이 생길 줄 알고 방어하며, 이렇게 된 일에 어떻게 책임을 질 수 있겠습니까?"

북부군 사령관도 속은 끓었지만, 세상에 알린다고 사람들이 믿을 만한 사건은 아니다. 사실 성자인 어쁘랭띠가 단언하지 않았다면 자신들도 믿지 않았을 것이다. 키르모비치 대령은 소비에트 연방에 돌아올 화살을 방지하려는 건지, 쐐기를 박듯 말했다.

"샤스트리 수상께서 저격을 받았다거나 폭탄 테러를 당했다면 모르지만, 심장 마비라면 이야기가 다르지 않습니까? 대단히 죄송합니다만, 저희 측에서도 눈에 보이는 형태의 어떤 외교적 행동은 취할 수 없습니다. 이해하시리라 믿습니다만."

"그럼 책임지지 않겠다는 거요?"

"나름의 책임을 분담하기 위해 제가 온 것을 잊지 말아 주셨으면 합니다."

북부군 사령관은 눈을 부릅떴지만 곧 낙담한 듯 어쁘랭띠에게로 시선을 돌렸다.

"어쁘랭띠께서 드러내고 싶지 않아 하시니 내놓고 까발릴 수야 없겠지. 허나…… 어쁘랭띠시여."

북부군 사령관이 다시 엄숙한 어조로 고개를 숙이며 묻자 어쁘랭띠도 살짝 고개를 숙이고 대답했다.

"예."

"어떻게 이슬람 놈들에게도 그런 능력의 은총이 베풀어지는 것입니까?"

어쁘랭띠는 조용히 합장해 보이며 맑은 목소리로 말했다.

"이슬람교도라도 고행을 하며 절실히 간구한다면 인간계가 아닌 다른 세계의 문을 열 수 있겠지요. 허나 이런 수단을 사용한 것 자체가 그들이 연 문은 신의 문이 아니라 악마의 문이었다는 것을 보여 주는 게 아니겠습니까? 이러한 능력은 사람을 해치는 데 사용돼서는 안 됩니다. 꼭 율법의 문제가 아니라 운명을 건드리는 것은 보다 큰 문제를 낳을 수도 있는 것이라……."

어쁘랭띠가 길게 설교를 늘어놓을 것 같자 북부군 사령관은 최대한 조심스럽게, 그러나 도저히 견디지 못하겠다는 듯 은근히 어쁘랭띠의 말을 끊었다.

"존경하옵는 어쁘랭띠. 감히 주제넘게 말씀을 중단시킨 것을 용서해 주시기 바랍니다. 그렇다 해도 어쁘랭띠께서 마음만 먹으신다면 누구와도 비교되지 않을 능력을 지니고 계시지 않습니까? 우리 힌두 설화에 예전부터 내려오는 성자들과 맞먹거나 그보다 더 큰 능력을 지니신 분이 바로 당신이시니."

어쁘랭띠는 가볍게 미소를 지어 보였다.

"그러나 그런 짓을 함부로 벌이는 것은 아니 되지요. 못 한다고 말씀드리지는 않았습니다만 그렇게 하는 것은 카르마로 엄격하게 금지돼 있는 일이며 다르마에 따르는 행동도 결코 아니기에."

북부군 사령관은 조심스럽고 정중하면서도 과격하게 말했다.

"파키스탄의 아유브칸 대통령을 없애 버릴 수는 없겠습니까? 어쁘랭띠께서 여기 이 자리에서 죽으라고 한마디만 하셔도 그자는 박살이 나 버릴 텐데요."

어쁘랭띠는 난처하다는 듯 엷은 미소를 띠며 말했다.

"그럴 수는 없다고 말씀드렸습니다. 그런 일은 악마나 하는 짓이지요."

"그러면 우리는 당하기만 해야 하는 겁니까? 어쁘랭띠께서나 뒤에 계신 바바지[2]님께서……."

바바지라는 말이 떨어지자마자 온순했던 어쁘랭띠의 눈매가 갑자기 날카로워졌다.

입을 열어 말하지도 않고 눈썹을 약간 치뜬 것뿐인데도 회의장 내의 분위기가 압도됐다. 수십 명에 달하는 장성과 참모들이 삽시간에 냉랭하게 변한 분위기를 피부로 느끼고 목을 움츠렸다.

전쟁터에서 용감하게 싸우던 군인, 그것도 바로 며칠 전까지 전투를 하고 있던 군인들을 단번에 압도할 만큼 어쁘랭띠의 눈짓 한 번은 위압적이었다.

어쁘랭띠는 분위기가 경직되자 눈빛을 풀어 천천히 온화한 표정을 지으며 조용히 말했다.

"스승님께 누를 끼치지 말아 주시지요. 저와 말씀하시면 됩니다. 스승님께서 여기 계신 것만으로도 삼생(三生)의 영광[3]이니 존함까지 함부로 입에 담지 말아 주십시오."

어쁘랭띠의 뒤에 있었던 사람이 바로 힌두교 최고의 성자라고

---

[2] 힌두어로 '바바'는 '아버지' 정도의 의미로도 쓰이지만, 주로 높은 덕을 지닌 스승을 뜻한다. 힌두교의 요가 수행자 중 많은 가르침을 베푸는 큰 스승을 '바바 누구누구' 식으로 부르는 경우가 많은데, '바바지'라는 호칭은 '바바'의 극존칭, 즉 '스승 중의 스승'이라는 뜻이다.
[3] 삼생은 전생, 현생, 후생의 총칭으로 이 '삼생의 영광'이라는 표현은 윤회를 믿는 힌두교에서 자주 사용한다.

일컬어지는 바바지였던 것이다. 그러니 어쁘랭띠도 보통 사람의 제자가 아니라 바로 바바지의 제자라는 뜻이다. 사실 어쁘랭띠는 바바지의 제자이자 바바지의 명령을 보이지 않게 세상에 전달해 힌두교를 아주 깊게 신봉하는 인도의 많은 고위 관리에게 큰 영향력을 발휘하는 존재이기도 했다.

바바지가 최고의 성자라고 일컬어지지만 어쁘랭띠도 결코 보통 사람으로는 상상할 수 없는 능력을 지닌 사람이었기에 그의 능력에 대한 경외심도 강렬했다.

어쁘랭띠는 천천히 말했다.

"속세의 일에 개입하는 것을 원치 않으시는 스승님께서 여러분 앞에 서게 된 것 자체만으로도 이 일의 중대성은 분명하겠지요. 전쟁이 석연치 않게 끝나는 마당에 국가의 수장이 서거하셨고, 그것도 원인을 알 수 없게 급사하셨으니 이 문제는 반드시 해결해야 함이 마땅하겠지요. 그러나 이것은 속세의 관례, 그렇다고 다시 전쟁을 벌이거나 티 나는 방법으로 드잡이하면 세상 사람들에게 받아들여지지 않을 것 또한 기정사실이니."

옆에 있던 키르모비치 대령이 다소 우물거리며 말했다.

"우리 소비에트 연방 측 입장도 생각해 주셔야 할 겁니다. 분명 우리 코시긴 수상께서 평화 협상을 주재해 이미 발효됐다는 사실을 잊지 마십시오. 이건 국제 협약이고, 샤스트리 수상이 협약서에 서명한 것도 사실이니 그분이 돌아가셨다고 해도 이 협약 자체에 영향을 줄 수는 없습니다."

그러자 인도군 장성 중 한 명이 화를 냈다.

"그래서 협약을 맺자마자 돌이키거나 할 여지를 주지 않도록 이슬람 놈들이 우리 수상 각하를 암살한 것 아니오?"

"암살이라고 말할 수는 없습니다. 대외적으로는 말이지요."

키르모비치 대령이 말하자 그 장성은 거의 잡아먹을 듯이 대령을 노려보며 말했다.

"어쁘랭띠께서 말씀하셨소, 분명히 그럴 것이라고! 그런데 당신 같은 소련인이 무얼 안다고!"

분위기가 험악해지려 하자 어쁘랭띠가 나섰다.

"스승님께서 직접 모습을 보이신 것은……"

말 한마디만으로 그 장성은 기세를 누그러뜨리며 어쁘랭띠에게 황송하다는 듯 고개를 숙여 보였다. 어쁘랭띠는 아무 일도 없었다는 것처럼 계속 강조하듯 의도적으로 반복하며 말을 이었다.

"……스승님께서 속세에 나오신 것은 인간의 문제를 해결하기 위함이 아닙니다. 이런 부조화가 벌어지게 한 이슬람의 악마를 퇴치하기 위함이지요. 물론 스승님께는 어떤 도움도 필요 없겠지만, 여러분에게 열의가 있고 조금이라도 도울 마음이 있다면, 또는 여러분들의 마음에 이글이글 끓어오르는 증오의 불길을 조금이라도 누그러뜨릴 수 있다면 여러분들도 같이 나서는 게 좋겠지요."

"같이 나서다니요? 바바…… 아니, 이분께서 우리의 힘을 필요로 하신단 말입니까?"

의혹이 아니라 절실한 복음이라도 들은 것처럼 목소리가 감격에 절로 떨렸다. 바바지를 도울 수 있다는 것은 그야말로 삼생의 복이 함께할 무한한 영광이라고 생각하는 그들이었기에.

"그렇다면 그 어떤 일이든 하겠습니다!"

사람들이 여기저기서 떠들자 어쁘랭띠는 조용히 미소 지으며 말했다.

"여러분들의 성의가 그러하시니 저도 기쁩니다. 스승님께서도 기뻐하시는 것 같군요. 사실 그 이슬람의 악마는 몹시도 강대한 자라 여러분의 성의가 함께하면 일이 조금 수월해질 것 같군요."

"저희가 도와야 할 것은 무엇입니까?"

북부군 사령관이 묻자 어쁘랭띠는 조용히 웃으며 말했다.

"전쟁이 갑작스레 끝났으니 아직 무기와 탄약의 재고는 충분하겠지요?"

"물론입니다. 언제든지 이교도의 땅 전체를 쓸어버릴 화력이 우리 군에게 있으니까요!"

"그러면 됐습니다."

어쁘랭띠가 희미하게 웃었다.

진군

갑작스러운 휴전을 맞이해 어딘가 풀이 죽어 있었던 인도의 군 부대가 다시 활발하게 움직이기 시작했다. 아주 대규모의 인원이 움직이는 것은 아니었으나 최고의 화력을 지닌 중장비와 항공기들까지 동원됐다. 물론 그에 실릴 폭탄 및 장비도 선별돼 외부에 티 나지 않게 속속 이동했다.

목적지는 카슈미르. 인도가 파키스탄 영토 일부를 점령해 인도 영토로 굳어진 카슈미르 지역 중에서도 최북단인, 사람이 거의 살지 않는 고원 지대였다. 다만 파키스탄과 국경을 맞댄 전선과는 한참이나 떨어진 황량한 곳이었다. 군사적으로 볼 때는 국경도 아니고, 전략적인 가치도 전술적인 의미도 전혀 없었다. 인도 북부군 사령부에서는 단순한 기동 훈련이라고 흘리듯 공표했다.

그러나 실질적으로 운반하고 있는 장비나 폭약 등은 절대 연습용이 아니었다. 최강의 위력을 가진 화력들이 한곳을 향해 집중되고 있었다. 그리고 그것을 조종할 인도 군부대 또한 정예 중의 정예였다. 전투력만으로도 정예라 할 수 있을뿐더러, 힌두교에 대한 신앙심이 투철한 자들로 신중하게 선발됐다. 이슬람에 대한 증오와 분노가 가득 배어 있는 자들로만. 물론 그것은 어쁘랭띠가 북부군 사령관에게 주문한 내용이기도 했다.

그는 이렇게 말했다.

"스승님께서 악마를 제거하는데 굳이 다른 도움이 필요한 것은 아닙니다. 다만 인간의 성의가 중요한 것이지요. 일종의 공물이라고 생각하시면 됩니다. 불과 파괴를 담은 현대 무기에 당신들의 증오, 그 악마에 대한 적의를 가득 담아 날려 보내는 거지요. 그것이 바로 여러분의 마음을 푸는 방법이고, 이 버림받은 전쟁에 보이지 않는 종지부를 찍는, 숨겨진 역사의 한 장이 될 겁니다."

"그 악마 놈이 어디 있는지는 아시나요?"

"물론입니다. 정확한 지점을 알고 있습니다."

"놈이 우리 땅에 숨어 있었다니 정말 화가 나는군요. 허나 그가 어디로 도망치지는 않을까요?"

"그러지 못하게 돼 있습니다."

"예? 그렇습니까?"

"왜 그러한지는 설명할 필요 없다고 봅니다. 설명해 줘도 이해하기 어려울 테니, 그냥 다르마의 길이라 여기고 따르십시오."

"예."

그렇게 인도 군부를 이끈 뒤 어쁘랭띠는 키르모비치 대령, 바바지와 함께 목적지를 향해 따로 출발했다. 군이 준비를 갖출 때까지는 기다려야 했기에 그들은 소를 타고 천천히 이동했다.

소는 힌두교의 상징이기도 하며, 인도에서는 비록 농사에 사용하고 있지만 상당히 숭배하는 편이다. 인도에서 가장 인기 있는 신 중 하나인 크리슈나가 소몰이를 위해 소를 타고 다녔다는 이야기가 전해진 이래로 성자나 수행자 중에는 소를 타고 이동하는 이들이 적지 않았다.

그러나 수행자들과 함께 이동 중인 소비에트 연방 출신 키르모비치 대령은 답답했다. 느릿느릿한 소 등에 타고 움직이는 것을 견디기 힘들었다. 비교적 추운 소비에트 연방에서 살아온 그로서는 인도의 작열하는 더위를 견디기도 힘들었고 수행자들의 느린 템포는 더더욱 적응하기 힘들었다. 대령은 조금 가다가 아예 소 등에서 내려 어쁘랭띠의 옆에 서서 걸었다. 덥고 힘들기는 하지만 느릿느릿한 소 등 위에서 파리와 졸음을 참으며 멍하니 있기보다는 이 편이 나았다.

어쁘랭띠는 흔들리는 소 등 위에서도 고삐를 잡지 않은 채 마치 마술처럼 소 등에 딱 붙은 듯 요가의 정자세를 취하고 있을 뿐, 눈을 뜨지 않고 입도 열지 않았다. 물론 바바지도 마찬가지였다. 그런 침묵을 견디기 힘들었는지 어쁘랭띠를 향해 키르모비치 대령이 말했다.

"그자 하나를 잡는데 이 정도의 화력을 동원하는 것은 좀 너무한 것 아닙니까? 인도 측에서도 군비의 낭비고……."

키르모비치 대령은 어쁘랭띠가 너무 일을 크게 벌였다고 생각하는 모양이었다. 그 말에 어쁘랭띠는 감았던 눈을 살짝 떠서 곁눈으로 키르모비치 대령을 보며 픽 웃었다. 그리고 대령에게 조용히 말했다.

"인도군의 전 화력을 쏟아붓는다 해도 그자의 머리털 한 올 건드리지 못할 테지요."

"뭐라고요? 그게 말이 됩니까?"

"말이 됩니다. 그는 나보다 강하니까요."

"아니, 당신의 능력이 대단한 것은 알겠지만……. 어떻게 인간이 그런 힘과 방어력을 가질 수 있습니까?"

키르모비치 대령이 놀라 반문하자 어쁘랭띠는 눈을 감으며 웃었다.

"힘과 관련된 것이 아니지요. 물리적인 힘은 그에게 어떠한 타격도 가할 수가 없습니다. 모두가 곡선처럼 구부러져서 그를 피해 흘러가게 될 테니까요."

"다…… 당신이 그렇다면 그런 줄은 알겠지만, 아무래도 그건 도대체가 믿어지지가……."

"당신의 머리로 모든 것을 판단하려 하지 마십시오. 이것은 당신의 영역을 넘어서는 일이니까요."

어쁘랭띠가 조용히 말하자 키르모비치 대령은 불만스러운 듯 대답했다.

"그렇다면 왜 이리 큰일을 벌여야 하는 겁니까? 사람들을 저렇게 많이 동원할 필요가……."

없을 것이라 말하려 했는데, 어쁘랭띠는 눈을 뜨며 조용히 키르모비치 대녕의 말을 끊었다.

"필요가 있지요, 당연히 있지요. 저들이 가진 화력이 중요한 것이 아니라, 저들이 무기에 실어 보내는 적개심 때문이지요."

"뭐, 뭐요? 무기에 적개심을 실어 보낸다? 그게 무슨 상관……."

"상관이 있지요. 그것이야말로 정말 저들의 마음을 보이는 것일 테니까요. 그자는 예민하니까, 그것을 더더욱 잘 느낄 겁니다. 그리고 내가 진정으로 바라는 것은 인도군의 무기가 쏟아붓는 화력이 아니라 그때 인도군이 같이 보내는 미움과 증오의 마음입니다.

그게 바로 그자를 흔들리게 만들어 줄 겁니다. 그렇지 않으면 그자를 넘어뜨릴 수 없어요."

어쁘랭띠가 차분하게 말하자 키르모비치 대령은 믿어지지 않는 듯 말했다.

"아니, 당신과 저분까지 함께 오셨는데 모자란단 말입니까? 그래도 그런 도움을 받아야 될 정도로……."

"아, 당연하지요. 당신은 그자의 이름이 무엇을 상징하는지 아직도 제대로 느끼지 못하나 보군요. 하긴, 당신은 공산주의자지, 종교의 신자가 아니니까."

키르모비치 대령은 그 말에 입을 다물었다. 그리고 도저히 믿어지지 않는다는 듯 풀이 죽은 태도로 어쁘랭띠의 옆에서 멀어져 소 등을 따라 걷기만 했다.

어쁘랭띠는 다시 눈을 감은 뒤 요가 자세를 취했고 그 뒤에 앉아 있던 바바지라 불리는 노인은 그들의 대화에 한마디도 하지 않고 역시 눈을 감은 채 소 등에 걸터앉아 이동할 뿐이었다.

열차와 트럭, 그리고 항공기와 헬기까지 동원돼 인도 전역으로부터 온 병력과 장비가 갖가지 수단으로 이동하는 사이, 그것과는 전혀 보조가 맞지 않게 전진하던 그들은 인도 북부 외곽의 어느 산간 마을에 도달했다. 이미 날이 어두워진 다음이라, 키르모비치 대령은 민가의 불빛을 발견하자 반가운 미소를 띠었다. 하루 종일 걸은 참이라 몹시 지쳐 있었기 때문이다.

"오늘 밤은 저기서 쉬어 가는 게 어떨까요?"

키르모비치 대령이 어쁘랭띠에게 슬쩍 묻자 여전히 꼼짝도 하지 않고 요가 자세를 취하고 있던 어쁘랭띠가 조용히 말했다.

"요기(수행자)는 쉴 필요가 없습니다."

"허나 나는 요기가 아닙니다. 좀 자야겠어요. 또 아무래도 밤에 이동하는 건……."

어쁘랭띠가 약간 눈을 뜨며 살짝 웃었다.

"무엇이 두렵다는 말인가요? 세상에 요기를 두렵게 할 존재는 아무것도 없는데요. 단 하나 있다면……."

어쁘랭띠가 그답지 않게 살짝 말문을 흐리는 사이, 저만치에서 헤드라이트의 불빛이 번쩍이며 시끄러운 소리를 내는 차들이 다가오는 소리가 들렸다. 키르모비치 대령이 돌아보자 어쁘랭띠는 탄식하듯 말했다.

"아하, 번잡해지는군요. 수행자가 진정으로 두려워하는 것은 바로 이런 번잡함이지요."

어쁘랭띠가 예언처럼 한 말은 그대로 적중했다. 여섯 대에 달하는 차량이 다가왔는데, 가까이서 보니 모두가 장갑차와 지프 등의 군용차들이었다. 그들은 인도 북부군 사령관이 어쁘랭띠 일행을 생각해 보낸 호위 겸 수송대였다.

호위 겸 수송대를 인솔하는 대장은 아직 청년 티를 벗지 못한 늠름하고 퍽 잘생긴 청년 대위였다. 그는 어쁘랭띠 앞에 지프차를 몰고 다가와 급히 내리더니 군대식 경례를 먼저 하고 다시 힌두교식의 경의를 표하는 인사를 깊이 올렸다. 대위는 말했다.

"호위대장으로 임명된 나막 대위입니다. 바바지님과 어쁘랭띠님을 직접 이렇게 뵙게 되니, 정말 제 영혼이 구함을 받는 것 같고 삼생의 영광이라 하지 않을 수 없습니다."

"아, 독실한 청년이로군요."

어쁘랭띠가 조용히 말했다. 그러자 나막 대위는 눈을 빛내며 말했다.

"크샤트리아(카스트 제도의 귀족과 무사 계급)의 율법에 어긋나지 않게 행동하려 하고 있습니다."

"오, 믿음이 깊은 청년이군요. 좋아요, 크샤트리아의 전사로 이번 전쟁에도 전공을 많이 세웠겠군요."

"용맹함을 드러내는 것이 크샤트리아의 길이니까요. 요즘 젊은 청년들은 그것을 믿지 않는 자도 많지만, 저희 집안은 몹시 오래된 신앙을 가진 집안입니다."

"그랬군요."

"이슬람 놈들을 잡는데 성자님들의 힘까지 빌리게 되다니, 정말 송구스러워서 뭐라 말씀을 드릴 수가 없습니다. 다만 이동하시는데 불편함이 없도록 저희가 최선을 다해 모시겠습니다."

나막 대위가 한 치도 빈틈없이 말하자 어쁘랭띠는 고개만 까딱하더니 뒤에 따라오고 있던 바바지의 눈치를 보았다. 이들이 따라붙어도 되겠느냐는 눈빛이었다. 사실 이들의 목적은 좀 애매했다. 인도 수상도 해친 이슬람 악마들이 성자인 바바지와 어쁘랭띠를 노릴지도 모른다 염려해 파견한 것인지, 그들의 시중을 들기 위해서 그런 것인지는 알 수 없었다. 또는 그들의 느린 이동을 조금이라도 재촉하기 위해 보냈는지도 모른다. 어찌 됐든 그들을 무조건 수행하라는 명령을 받았다니 내치기도 곤란했다.

바바지는 여전히 아무 말도 하지 않고, 입 한 번 떼지 않은 채 무심한 눈빛으로 소 등에 올라타 있을 뿐이었다. 그러자 키르모비치 대령이 나막 대위에게 말했다.

"글쎄, 차량으로 이동하는 편이 조금 더 빨리 갈 수 있지 않을까 싶은데……."

"나와 저분은 소를 탈 겁니다."

어쁘랭띠가 키르모비치 대령의 말을 자르듯 말했다. 키르모비치 대령은 불만스러운 표정을 지었으나 뭐라고 대꾸는 하지 못했다. 대령은 대꾸나 불평을 늘어놓는 대신 자신이 타고 있던 소를 버리고 나막 대위의 지프차에 말도 없이 올라탔다. 나막 대위의 자리였다. 허나 나막 대위는 조금도 불평하지 않았다. 오히려 아주 조심스럽고 경건한 표정으로 큰 영광이라도 된다는 듯이 키르모비치 대령 대신 어쁘랭띠의 곁에서 걷기 시작했다.

수행자들이 이동하자, 그 주변을 장갑차들이 에워싸고 소의 걸음걸이에 맞춰 아주 천천히 이동했다. 그렇게 조금 이동하다가 어쁘랭띠가 문득 호기심이 생긴다는 듯 나막 대위에게 물었다.

"우리가 무엇을 하러 가는지는 알고 있나요?"

나막 대위는 딱 잘라서 군인처럼 말했다.

"명령받은 대로 할 뿐입니다. 성자님들의 목적을 저 따위가 알 리도 없고, 알 필요도 없겠지요. 도구로 부려 주시기만 해도 삼생의 영광입니다."

"그런가요? 좋은 마음가짐이군요."

나막 대위는 말했다.

"이번 전쟁에서 큰 활약을 하지 못해 영 거슬립니다. 이슬람 놈들을 조금이라도 더 없애 버렸어야 하는데……"

"그렇지요. 이슬람과의 싸움은 이미 천 년에 달하니까요. 대위는 엘리트인 것 같으니, 물론 알고 있겠지요?"

나막 대위는 어쁘랭띠의 말에 황송하다는 듯 고개를 숙이며 말했다.

"당연히 알고 있습니다. 그리고 절대 잊을 수 없지요. 직접 겪은 일은 아니지만 저희 집안에 항상 전승돼 온 가르침인걸요."

"맞아요, 무굴 제국이 인도를 뒤덮어서 사악한 이슬람의 가르침으로 신성한 힌두교를 억눌렀던 것이 거의 천 년에 가깝지요. 천년 동안 억눌려 온 힌두교가 이제는 인도에 다시 빛을 발하게 됐는데, 영국의 지배를 받는 사이 이슬람 사람들은 파키스탄이라는 나라를 세워 버렸지요. 허나 대위의 마음속에는 갈등이 없나요? 그들도 원래 같은 땅에 살던 사람들이었는데요."

그러자 나막 대위는 단언하듯 말했다.

"감히 제 뜻대로 답을 드리자면, 생각하는 것이 다른 이상 혈통이나 민족은 문제가 되지 못한다고 봅니다."

"그런가요?"

어쁘랭띠가 조용히 되묻자, 나막 대위는 눈을 빛내며 말했다.

"특히 종교와 이념이 다르다는 것은 용서할 수 없는 일이지요. 우리가 가장 중요하다고 믿는 것을 저들이 거부하니 그 외에 혈통이니 인권이니 민족이니 하는 문제는 전부 극히 하찮은 것에 불과해집니다. 종교를 마음속으로 받아들이고 말고는 무엇보다 큰 차이지요."

"종교만이 아니지요. 환경, 가치, 이념, 소속감…… 그 어떤 것만으로도 인간은 누구보다 쉽게 갈라설 수 있는 존재지요. 또 원래 그것이 자연적인 일이기도 하고요. 용납할 수 없는 자들은, 물론 소수여야겠지만, 항상 존재하는 거예요."

나막 대위는 어쁘랭띠의 말을 듣고 조금 의아해했으나 다시 득의의 눈빛을 띠었다. 다소 위험해 보이는 미소가 어렸다.

"성자님의 의견이 오히려 저와 통하는 바가 있어서 저는 몹시 기쁩니다. 성사님께서는 저를 나무랄 것으로 지레짐작했거든요."

"나도 힌두교를 숭배하고, 또 세상을 생각하고 있어요. 모두가 잘 지내는 꿈같은 낙원이 있다면 얼마나 좋을까요? 그러나 그건 공상에서나 얻어지는 것이고, 나는 일개 요기일 뿐이죠. 이슬람과의 불화는 천 년을 넘게 쌓아 온 업보이니 그 깊은 갈등을 어떻게 단순한 평화나 조화 같은 허울 좋은 말로 달랠 수 있겠어요? 그러나 대위, 우리의 힌두교도 4세기경 굽타 왕조에 의해 브라만교에서 변화됐다는 것을 알고 있나요?"

"뭐, 대강은 알고 있습니다만, 브라만교는 원시 종교에 가깝지 않습니까? 그리고 힌두교와 아주 많이 다르지도 않은……."

"충분해요. 알고 있으면 됐어요."

어쁘랭띠는 선선히 고개를 끄덕였다. 어쁘랭띠는 나막 대위와의 대화를 중단하려는 듯 입을 다물면서 건너편 지프차에 피곤한 듯 몸을 실은 키르모비치 대령을 바라보았다. 어쁘랭띠의 시선이 잠시 키르모비치 대령을 향하자 나막 대위의 시선도 자연스레 그쪽으로 돌아갔다. 어쁘랭띠는 말했다.

"수행자들은 괜찮겠지만, 쉬어 가야만 할 사람도 있는 것 같군요."

그의 말에 나막 대위가 얼른 답했다.

"멀지 않은 곳에 작은 마을이 있습니다. 민가로 가시겠습니까?"

"아니에요, 구태여 민가로 가고 싶지는 않군요. 들판이나 마을이나 요기에게는 똑같아요. 그러니 번잡하지 않게 야영을 하는 편을 택하지요."

나막 대위는 고개를 끄덕였다.

"어차피 우리 이동도 비밀리에 이뤄지는 편이 낫습니다. 불편함을 참아 주신다 하시니 그렇게 준비하겠습니다."

어쁘랭띠는 가만히 웃고 말았다. 그렇게 나막 대위의 지휘를 받은 인도병들이 곧 야영용 텐트를 치는 사이, 그리 멀지 않은 곳에 떨어져 있던 민가에서 무슨 일인가 싶어서인지 몇 사람씩 구경을 나오기 시작했다.

그러다가 군대가 호위하는 인물이 요기 차림을 한 것을 누군가 확인했는지, 조금 있다가 마을 사람들이 저마다 삼삼오오 손에 공물로 바칠 뭔가를 들고 꾸역꾸역 모여들었다.

이곳은 목적지인 카슈미르 지방으로 가는 길목에 있는 인도 북부 지방으로 파키스탄과의 이번 2차 전쟁도 그랬지만, 1차 전쟁 때도 전화(戰火)가 이 지방을 한번 휩쓸고 지나갔기에 척박하기 이를 데 없는 환경이었다. 그럼에도 이곳을 버리지 않고 남아 있는 주민들이 있었다. 그런 사람들일수록 순박하고, 힌두교를 믿는 마음이 강했다. 전쟁이라는 참혹한 환경 직후라 더더욱 뭔가를 갈구하게 된 것인지도 모르고, 도회 물을 먹지 않았기에 신앙심이 더더욱 강한지도 모른다. 하물며 군의 호위까지 받을 정도로 대단한 요기가 이런 척박한 고장에 모습을 보이는 일은 극히 드물었다. 군이 수행할 정도이니 저 요기들은 분명 대단할 존재일 것이며 성자들일 것이라는 말도 나왔다. 그렇다면 힌두교를 믿는 입장에서 성자의 축복을 받는 일을 놓칠 수 없었다. 성자의 축복은 어떤 윤회의 굴레보다 강하고 카르마의 연결고리를 좋은 쪽으로 풀 수 있는, 거의 최상의 은총으로 여겨져 왔기 때문이다.

그래서 마을 주민들은 넉넉하지 않은 생활 속에서도 공물로 바칠 기이[4]나 쌀, 꽃으로 만든 화환 등 할 수 있는 한 최대한의 성의를 보일 공물들을 들고 은총을 간구하기 위해 모여들었다.

---

4 인도에서 주로 생식하는 소젖으로 만든 일종의 버터이다. 인도 음식에서는 거의 필수품이며 수행자들에게도 공물로 많이 바쳐진다.

이렇게 예상외로 주민들이 관심을 가지자 경호를 책임진 나막 대위는 당황했다. 그는 주민들이 어떻게든 접근하지 못하게 하려고 부하들을 독려했으나 자신 또한 힌두교를 믿는 입장이었고, 자신만이 아니라 부하들 모두가 힌두교의 열성적인 신도들이었다. 그러므로 이들이 무엇을 갈구하는지 모를 수 없었고 그 점이 마음에 걸렸다. 더구나 성자인 어쁘랭띠나 바바지님이 사람들을 내몰리도 없을 것 같았다.

아니나 다를까. 자꾸 주민들이 모여들자 그것을 본 어쁘랭띠는 조금 망설이는 듯하다가 결국 사람들 쪽으로 다가갔다.

언뜻 보기에도 요기임이 분명한 차림의 어쁘랭띠다. 거기에 군 계급장을 달고 있는 나막 대위가 더할 수 없는 공손한 태도를 취하자, 마을 주민들은 이 사람이야말로 성자일 것이라 믿었고 그런 믿음은 점차 확신으로 바뀌었다.

그들은 거칠고 때 묻은 손을 안타깝게 내밀며 은총을 갈구했다. 어쁘랭띠는 아무 말도 하지 않은 채 그 손을 일일이 잡아 주며 머리 위에 잠시 손을 얹고 들리지 않을 정도의 작은 소리로 축언해 주었다. 신선한 강인 갠지스강에서 행해지는 것은 아니었지만 그래도 성자가 직접 은총을 베풀어 주는 것에 대해 사람들은 거의 눈물을 흘릴 만큼 감격했다.

나막 대위나 부하들도 은근히 부러운 듯 마을 사람들을 바라보았고, 실제로 대위의 부하 중 몇몇은 자기들도 끼어서 은총을 받아 볼까 하는 눈치였다. 그래도 훈련받은 군인이기에 애써서 그런

욕구를 참아 내는 것 같았다.

좁은 시골 마을일수록 소문은 더 빠르게 전파되는 법이다. 소문은 금방 퍼져 어디서 그렇게 많이 모여들었는지 이 일대 숨어 지내던 사람들까지 모두 쏟아져 나오는 것 같았다. 그렇게 거의 수백 명이 어쁘랭띠의 축언을 받았다. 그동안 어쁘랭띠는 내내 아무 말 없이 담담한 태도로 축원하는 자세만 계속해서 취했다. 다만 바바지는 막사 안에서 나오지 않았다. 주민들은 바바지에 대해서는 알지 못했지만 나막 대위는 생각했다.

'바바지님까지 모습을 보이신다면 이슬람 악마가 알아챌지도 모르지. 또 어쁘랭띠의 축원으로도 충분할 테고, 그렇기에 어쁘랭띠께서 계시는 것이니, 이 정도로 충분하겠지. 주민 여러분, 당신들 정말 운이 좋았소. 그야말로 삼생의 영광이오.'

어쁘랭띠가 거의 모든 주민의 축언을 해 주고 나자 시간은 이미 늦어져 으슥한 밤에 가까워졌다. 마지막 남은 한 노인에게 축언이 행해지자 그때까지 꼼짝도 하지 않고 옆을 지킨 나막 대위가 어쁘랭띠에게 속삭였다.

"수고하셨습니다, 성자시여."

어쁘랭띠는 은은한 미소를 머금은 표정으로 한마디만 했다.

"나는 성자가 아니랍니다."

그리고 어쁘랭띠는 몸을 돌려서 차분히 천막 안으로 들어섰다.

천막 안에는 어느새 나막 대위의 부하들이 테이블을 펼쳐 놓고 저녁 식사를 차려 둔 채였다. 군용인 야전 음식이었다. 그래도 최대한 성의껏 차린 것이 분명한 테이블이었다.

물론 바바지는 한쪽 구석에 앉아 그쪽에는 눈길도 주지 않고 조용히 요가 자세를 취한 채 석상처럼 앉아 있었고, 테이블에는 키르모비치 대령이 혼자 앉아서 자기 몫의 식기와 포크를 들고 있었다. 그러나 접시 위에 놓인 음식을 먹지도 않고 계속 흩뜨리며 불만스런 표정을 지었다.

어쁘랭띠가 들어오자 키르모비치 대령이 불만스러운지 고개도 돌리지 않고 말했다.

"도대체가 인도 음식이란! 이건 뭐, 포크로 집히지도 않고!"

어쁘랭띠가 조용히 웃으며 대답했다.

"인도 음식은 손을 사용하는 겁니다. 포크 같은 쇠붙이를 쓰는 것이 아니지요."

"그건 당신네들 사정이고, 아무튼 나는……."

키르모비치 대령은 곧 보기도 싫다는 듯, 음식 접시를 내려놓고 다시 그 접시 위에 쇠로 된 포크를 거칠게 꽂아 넣었다. 그리고 아예 보기도 싫은지 접시를 저쪽으로 밀고 난[5]만 집어서 우적우적 씹어 먹었다.

어쁘랭띠는 그 옆에 마주 앉았는데, 물론 그의 앞에도 나름대로 성의를 다해 차린 식사들이 놓여 있었지만 거기에는 손도 대지 않

---

5 인도인들이 주로 먹는 일종의 납작한 빵이다.

았다.

  그 대신 식사 전 손을 씻도록 준비된 물에만 간단하게 손을 담가 닦기 시작했다. 그런데 관습대로 간단하게 손을 씻어 내리는 게 아니라 은근히 힘을 주어서 박박 문지르듯 손을 닦았다. 그러고는 테이블 위에 놓인 냅킨을 집어서 손을 여러 번 문지르듯이 닦고 닦고 또 닦았다. 문질러서 광을 내듯이 계속 손을 닦는 것을 멍하니 보며 키르모비치 대령이 말했다.

"그런데 이렇게 군대를 잔뜩 동원한다면 당신의 능력을 볼 기회가 없을지도 모르겠군요."

키르모비치 대령의 말에 어쁘랭띠는 고개를 갸웃하며 키르모비치 대령을 바라보았다. 왼손에 든 냅킨으로 오른손을 박박 문질러 대면서.

"무슨 뜻이지요?"

키르모비치 대령이 설명하듯 말했다.

"아니, 이렇게 현대 군의 화력을 그자에게 퍼붓는다면 당신이 무슨 능력을 보여 주고 할 것 없이 그자는 가루가 돼 버릴지도 모르지 않습니까?"

"내 말을 믿지 않는군요."

"아니, 믿어지지 않을 뿐입니다. 군의 화력이 아무 소용도 없다니, 그건 물리적으로 불가능한 일이잖니까."

"내 말을 믿지 않는 당신과 언제까지 함께 할 수 있을지 장담할 수 없네요."

어쁘랭띠가 한숨이라도 쉴 듯 말하자 키르모비치 대령은 고개를 저으며 말했다.

"아, 그렇게까지 말할 건 없잖습니까. 난 믿지 않는다 말하지 않았습니다. 다만 믿어지지 않을 뿐입니다. 그리고 당신의 진정한 힘……. 이전에 보여 준 힘은 아무것도 아니라고 당신이 말했었지요. 그런 힘을 보고 싶을 뿐, 다른 뜻은 없습니다. 물론 당신과의 계약은 여전히 유효하고요."

"믿지 못하면서도 보고 싶다고요? 보아야만 믿을 수 있다는 건가요?"

어쁘랭띠는 아주 가소롭다는 듯 웃었다. 항상 평온하고 담담하던 그 얼굴에 자만심 또는 경멸감 같은 감정이 드러나 보였다.

"당신의 눈이 얼마나 많은 걸 볼 수 있다고 생각하죠? 당신이 전혀 인지도 못 하는 세상이 얼마나 무한하게 펼쳐져 있는지 당신은 알아챌 능력도, 그럴 마음도 전혀 없는 것 같군요."

어쁘랭띠가 다소 싸늘하게 이야기하자 키르모비치 대령도 지지 않겠다는 듯 말했다.

"나는 당신의 종교 강의에 관심이 있는 게 아닙니다. 내가 정말 관심이 있는 것은 당신의 능력일 뿐이지."

"이미 이야기했을 텐데요? 저런 무기 같은 것으로는 그의 털끝 하나 건드리지 못한다고."

"아. 뭐, 아까 당신이 설명했었지. 물론 내가 확실히 이해가 간다는 뜻은 아닙니다. 허나 두 번이나 같은 이야기를 하게 만들지는 않겠습니다. 어쨌든 나는 당신의 능력을 보고 싶고 그로 인해 내가 무엇을 할 수 있을지 생각하고 싶을 뿐이니까, 서로 이해가 일치하면 그만 아니겠습니까?"

"그렇지요."

어쁘랭띠는 경멸감을 감추지 않은 미소를 지은 채 손을 닦던 냅킨을 테이블 위에 조용히 올려놓았다.

그것을 보고 키르모비치 대령이 말했다.

"식사는 안 하십니까? 물론 내 입맛에는 맞지 않지만 당신 입맛에는 맞을까 하는데. 인도의 음식이니."

인도의 음식이란 말에 강한 경멸감이 포함된 것 같았지만 어쁘랭띠는 담담히 웃어넘겼다.

"이미 무슨 음식을 섭취할 단계는 지났습니다."

"아, 정말이지……."

키르모비치 대령은 믿을 수 없다는 듯 고개를 저으려다가 넌지시 말했다.

"한데 왜 그리 손을 씻으십니까?"

어쁘랭띠는 대답하지 않았다. 그러자 키르모비치 대령도 기분이 상한 듯 천막 밖을 향해 소리를 질렀다.

"이제 여기 좀 치워 주게! 식사 끝났네."

다음 날 아침이 되자 나막은 정중하면서도 군인다운 태도로 천막으로 들어섰다. 키르모비치 대령이 아무렇게나 슬리핑 백을 둘

둘 감고 자고 있다가 나막 대위가 들어오는 기척을 알아채고 급히 몸을 일으켰다.

그러나 어쁘랭띠와 바바지는 전날부터 마치 지구가 끝날 때까지 그런 자세로 있을 것같이, 바위처럼 묘한 요가 자세를 한 채 미동도 하지 않고 앉아 있을 뿐이었다. 나막 대위가 조심스레 말했다.

"출발 준비를 해도 되겠습니까?"

"편한 대로 하시지요."

어쁘랭띠가 조용히 말하자 키르모비치 대령은 그래도 군인답게 불평하지 않고 곧장 몸을 일으켰다. 물론 KGB에서 파견된 위치를 티라도 내려는 듯, 거만하게 침구 정돈 같은 것은 하지도 않고 뒷짐을 진 채 그냥 천막을 나섰다. 어차피 옷도 벗지 않고 원래 차림 그대로 잔 터라 몇 번 옷매무새를 바로잡았을 뿐, 옷을 갈아입지도 않았다. 여기는 야전이고, 요기들 옆에 있으면서 옷을 갈아입거나 몸단장을 하는 것 자체가 더 어색해 보일지도 몰랐다.

일행이 천막을 걷고 출발 준비를 하려는데, 마을 사람들이 또다시 몰려들려는 움직임이 보였다. 그러나 이번에는 출발을 방해 받기 싫어 나막 대위가 부하들을 풀어 주민들을 한쪽으로 밀어 넣었다. 그렇게 다시 바바지와 어쁘랭띠는 소 등에 올랐고, 그 주위를 지프차와 무기가 장착된 군용 장갑차들로 빈틈없이 에워싼 미묘한 진군이 재개됐다. 한두 시간 정도 길을 가 마을이 있던 곳에서 한참 멀어졌을 때였다. 그때까지 꼼짝도 하지 않던 바바지가 나지

막이 휘파람을 불기 시작했다.

난데없이 무슨 휘파람을 부는 것인지, 주변에 있던 병사들은 조금 의아해했다. 그렇게 듣기 좋은 소리도 아니었고 중간에 끊기기도 했지만 바바지는 꽤나 오랫동안 멈추지 않고 가느다란 휘파람을 불러댔다.

물론 나막 대위는 정통 크샤트리아식 교육을 받은 대로, 브라만 계급이 하는 일에 어떤 토를 달거나 간섭도 하지 않고 나름대로 뜻이 있겠거니 하며 묻지도 않은 채 넘어갔다. 사실 휘파람을 부는 일 정도로 어떤 의미를 부여하기도 어려웠다. 그렇게 그들의 여행은 계속됐다.

강습

며칠을 꼬박 여행한 끝에 어쁘랭띠와 바바지, 그리고 키르모비치 대령과 나막 대위 일행은 별 탈 없이 인도 북부군 사령관과 약속한 예정지인 카슈미르 북부 고원 어귀에 도착했다. 너무 저속으로 움직인 탓에 장갑차의 엔진에 오히려 무리가 가서 밤마다 정비하느라 고생스러웠지만 큰 지장은 없었다. 이미 그곳은 임시로나마 거의 군사 기지화돼 있었다. 물론 거대한 건물 같은 것을 지을 시간은 없었기에 임시로 설치된 텐트와 중장비로 가득했지만, 적게 잡아도 수천 명 단위는 동원된 듯했다. 이미 수많은 야포와 자주포 등과 그를 지원하는 보급대와 기타 병력이 그득했다.

그런 광경을 보고도 전혀 미동 없이 다가온 어쁘랭띠 일행에게 북부군 사령관이 직접 나서 최대한의 경의를 다해 맞아들였다.

"준비는 끝났습니다, 어쁘랭띠."

어쁘랭띠가 고개를 끄덕이자 북부군 사령관은 참모들과 함께 그들을 정중히 중앙에 있던 큰 막사로 안내했다. 이미 그곳에는 여러 가지 커다란 지도가 걸려 있고, 많은 인도군 부대가 그곳을 노린다는 것이 기호로 일목요연하게 표현돼 있었다. 북부군 사령관이 눈짓하자 참모 중 한 사람이 상황을 브리핑하기 시작했다.

"목표를 향해 현재 약 백이십 문의 야포와 사십 대의 자주포가 배치됐으며, 완전 무장한 열두 대의 전폭기가 지원 출격을 기다리고 있습니다.

모든 준비는 완료된 것이나 다름없다고 말하자, 이번에는 키르모비치 대령이 말을 꺼냈다.

"군사적인 면이니 몇 가지 내가 좀 말하고 싶습니다만, 그래도 되겠습니까?"

북부군 사령관과 참모들은 KGB 출신인 키르모비치 대령을 그리 곱지 않은 눈길로 보았으나 그의 발언을 제지하지는 않았다. 키르모비치 대령이 말했다.

"이런 대규모 화력을 집중하는데, 우리가 노리는 것은 아주 작은 목표일뿐입니다. 최대한 집약적으로 오차 없이 목표를 노려야 하는데 그 좌표는 자세히 알고 계십니까?"

그러자 브리핑했던 참모가 어쁘랭띠를 바라보며 말했다.

"어쁘랭띠께서 이미 정확한 좌표를 짚어 주셨습니다."

"그래요? 하긴…….'"

어쁘랭띠가 말했다.

"이미 그자와는 한 번 마주친 적이 있지요. 그래서 그자가 있는 곳을 정확히 알 뿐. 허나 나 혼자서는 무리였지요. 때문에 스승님을 모셔 온 것이기도 하고 여러분의 도움이 필요한 것이기도 합니다."

북부군 사령관은 더 들을 필요 없다는 듯이 고개를 끄덕이며 다시 한번 최대한의 경외심을 담아 어쁘랭띠에게 고개를 숙여 보이고 말했다.

"이미 모든 준비는 끝났습니다. 어쁘랭띠께서 원하시는 대로 삼십 분 동안 이 파멸적이고 위압적인 화력이 그 한 점에 집중될 것이고, 그 이슬람의 악마 놈은 절대 살아남지 못할 것입니다."

키르모비치 대령이 끼어들었다.

"항공기에서 투하하는 폭탄은 보통 쓰는 고폭탄이 아니라 네이팜[6]을 사용했으면 합니다. 혹 준비돼 있습니까?"

"그건 무슨 이유로?"

"그 이슬람의 악마도 역시 인간의 탈을 쓰고 있는 이상 호흡을 중시하지 않을까요? 나는 잘 모르지만 인도인들의 요가에서는 호흡이 대단히 중요하다고 하더군. 네이팜을 투하하면 근처의 산소

---

6   수천 도의 고열로 모든 것을 태워 버리는 폭탄이다.

대성인의 죽음

가 모조리 없어지고, 초열지옥으로 바뀌지 않겠습니까? 그러니 더 효과적이지 않을까 싶어 드리는 충고입니다. 물론 나는 소비에트 연방의 군사 고문단 자격도 가지고 있으니 드리는 말씀이지만."

그러면서 키르모비치 대령은 슬쩍 어쁘랭띠를 곁눈질로 보며 말했다.

"가급적 성자분들께는 수고를 덜 끼치는 편이 낫지 않겠습니까?"

사실 말은 그럴듯했지만, 실제로는 이런 식으로 퍼붓게 되면 능력 같은 것은 보여 주고 싶어도 보여 줄 수 없지 않겠느냐는 일종의 꼼수가 들어 있는 것 같았다. 그러나 어쁘랭띠는 조금도 개의치 않고 엷은 미소만 머금은 채 입을 다물고 있을 뿐이었다. 북부군 사령관은 흔쾌히 고개를 끄덕이며 말했다.

"물론 우리 군에는 모든 것이 준비돼 있소. 당장 투하하는 폭탄의 절반을 네이팜으로 바꾸라 명령하겠소. 아마 그 일대에는 앞으로 수십 년 동안 풀도 자라지 않을 것이오. 이 정도의 화력을 집중시키면 어떤 자라도 버틸 수……."

없다고 말하려다가 그래도 힌두교의 가르침 때문인지 북부군 사령관은 말을 멈추고 실례했다는 듯 다시 어쁘랭띠와 바바지를 향해 고개를 숙여 보였다. 그러자 어쁘랭띠는 말했다.

"그런 것은 아무래도 좋습니다. 다만 저주와 증오심을 절대 잊지 마십시오."

그 말에 북부군 사령관은 조금 머쓱한 표정이 됐다.

"물론 전 장병에게 최대한의 욕설과 증오심, 저주를 퍼부으며 사격하라고 일러두었습니다. 포격에 참여하지 않는 장병들도 전력으로 그러라고 했고, 우리조차 그러기는 할 것입니다만……."

아무리 그래도 좀 머쓱한 일이기는 할 것이다. 그래도 어쁘랭띠는 단호하게 말했다.

"요기로서 여러분에게 남을 저주하라 주문하는 것은 안 될 일이나, 이건 보통 일이 아니라는 점을 명심하십시오. 화력보다 그것이 더 중요합니다."

"명심하겠습니다! 전쟁을 치른 직후입니다. 전 장병의 마음도 들끓고 있으니, 염려 않으셔도 될 것입니다."

북부군 사령관이 엄숙하게 선언하자 어쁘랭띠는 서서히 몸을 일으키며 말했다.

"우리는 곧 출발하겠습니다. 약속대로 아마 이곳에서 십 킬로미터쯤 떨어진 곳이니 지금 출발해야 폭격이 끝난 직후에 도착할 수 있겠지요."

키르모비치 대령이 말했다.

"혹시나 우리 머리 위에 폭탄을 떨어뜨리는 일은 없겠지요?"

북부군 사령관은 다소 불쾌한 듯 키르모비치 대령을 노려보며 말했다.

"우리 군은 모두 정예요. 그런 일은 일어날 수도 없을 정도로 체계가 잡혀 있소. 우리 군을 뭘로 보는 거요?"

"그래도 혹시나 해 드리는 말입니다. 사령관님도 내 입장이 돼 보면 이해가 가실 텐데."

그때 어쁘랭띠가 조용히 말을 끊었다.

"스승님께 그런 불운이 내릴 리가 없지요. 하물며 요기는 어떤 것도 겁내지 않습니다. 그 어떤 것도 우릴 해칠 수 없을 겁니다."

이윽고 그들이 움직이기 시작했다. 그들 셋을 그냥 보내도 되는 걸까 싶어 북부군 사령관은 안절부절못했으나 어쁘랭띠가 말없이 저 뒤에 있던 나막 대위에게 눈빛을 보내자 그 뜻을 알아듣고 뒤에 부동자세로 서 있던 나막 대위를 불렀다.

"나막 대위."

"예."

"여태까지처럼 잘 수행해 드리게."

"넷!"

군인답게 깍듯이 경례한 나막 대위는 자신이 인솔해서 호위해 왔던 부하들을 그대로 데리고 다시 요기들을 수행했다. 발포 준비를 하느라 군대는 몹시 부산하게 움직였다. 야포의 포신은 하늘로 솟구쳐 올라갔고 자주포들은 위치를 잡느라 그르렁거리며 움직였다. 그러나 이 기묘한 수행자 일행은 뒤도 돌아보지 않고 나막 대위 일행의 호위를 받으며 이슬람의 악마가 있다는 카슈미르의 고원 지대로 향했다.

잠시 후 하늘을 째는 듯한 소음과 함께, 인도 공군의 전폭기들이 무리를 지어 나타나 날아가기 시작했다. 그리고 전폭기들이 폭탄을 투하하는 것과 거의 동시에 도합 백육십 문에 달하는 인도군의 야포와 자주포가 일제히 불을 뿜었다.

 이미 한참 거리를 두고 길을 가던 중이었지만, 화기들이 내뿜는 굉음에 땅이 흔들릴 지경이었다. 그리고 얼마 지나지 않아 그들이 목표로 삼고 있는 고원 지대의 한 야산에서는 멀리서도 쉽게 식별할 수 있을 정도로 폭발이 일어났다. 거의 산이 무너져 내릴 정도의 포격이었고, 거기서의 굉음과 울림소리가 아직 한참 떨어져 있는 그들에게도 생생히 전달됐다. 더구나 네이팜의 투하로 인해 거대한 불길이 야산 전체를 뒤덮고, 불길에 불길이 거듭 일어나는 광경까지 보이면서 급기야 산조차 아예 보이지 않게 됐다. 물론 연속되는 고폭약의 포격도 끊이지 않았고, 몇 분도 안 돼 산 전체가 허물어져 없어질 것 같았다.

 "허, 저 속에서 인간이 살아남을 수 있다고?"

 키르모비치 대령이 가소롭다는 듯 인상을 일그러뜨리며 말하자 어쁘랭띠가 간단히 정정했다.

 "인간이 아닙니다. 인간을 초월한, 그것도 몇 번이나 초월한 자이지요."

 그 말을 할 때쯤 그들에게도 후끈한 열기가 다가왔다. 꽤 멀리서 일어난 폭발이었지만 네이팜의 연속된 폭격의 열기가 그곳까지 번져 온 것이다. 수 킬로미터 떨어진 곳까지 화끈할 정도의 열기가 느껴지자 키르모비치 대령은 아무래도 믿을 수 없어 기이한 눈길로 어쁘랭띠만 바라보았다. 어쁘랭띠는 담담했다. 오히려 주변을 호위하는 나막 대위와 그 부하들이 더 긴장한 것 같았다. 가급적 앞을 막으려 나막 대위가 장갑차 두 대를 앞세우려 했으나, 어쁘랭띠가 고개를 저었다.

"앞을 가리지 마세요. 직접 느끼고 싶으니."

"파편이 날아올 수도 있습니다. 정말 괜……."

나막 대위는 더 말하려 했으나 어쁘랭띠는 말없이 눈을 돌려 정면만 뚫어지게 응시했다. 나막 대위는 선두의 장갑차를 옆으로 돌릴 수밖에 없었고 어쁘랭띠는 선두로 나섰다. 항상 담담하고 감정 없어 보이던 어쁘랭띠의 눈에도 묘한 흥분과 긴장이 어렸다. 더구나 그와 동시에 알 수 없는 슬픔 같은 것이 한순간 비쳐 보였다.

'성자님께서 왜 저러시지? 악마 놈일지라도 연민을 느끼신다는 건가?'

나막 대위는 혼자 상상해 보았으나 어쁘랭띠가 왜 그러는지 알 수 없었다. 아직은.

어쁘랭띠 일행이 계속 목표를 향해 이동하는 동안에도 인도군의 폭격과 포격은 끊이지 않았다. 공군기들도 한 번에 모든 탄을 투하하지 않고 잘 짜인 파괴 계획에 따라 주기적으로 상공을 선회하며 폭격을 가했다. 네이팜의 불길이 지옥의 화염처럼 모든 것을 태워 버릴 듯 피어오르기도 했고, 그에 화답하듯 연달아 발사되는 백여 문이나 되는 화포의 포탄이 곳곳을 작렬하며 마치 벌판에 만개한 꽃처럼 음울한 파괴의 형상을 순간적으로 비쳐 보이기도 했다.

북부군 사령관의 장담대로 폭격과 포격은 정확했고, 포탄은 그들의 머리 위를 넘어 정확히 목표에만 집중됐다. 나막 대위는 물론 성자들을 깊이 신봉하는 편에 속했지만, 아무리 그래도 저런 집중적인 포격 속에서 사람, 아니 악마라고 해도 무사히 버텨 낸다는 것을 믿기 어려웠다.

물론 이곳에 집결했던 장병 전부가 진실을 아는 것은 아니었다. 고위층의 일부를 제외하면 이들의 존재와 이번 작전의 목적을 몰랐다. 나막 대위는 힌두교의 열성 신자라는 사상적 배경과 출신 성분 덕에 특수 임무를 맡아 진실 바로 옆에서 움직이는 셈이다. 그러나 그런 나막 대위로서도 의문이 들었다.

'아무리 그래도 이건 좀……'

물론 마음속으로라도 성자에 대한 의문을 품는 것은 불경이다. 억누르려 애썼지만, 의구심이 마음속에서 무럭무럭 피어나는 것은 어쩔 수 없었다.

'수천 킬로미터 떨어진 곳의 사람을 생각만으로 죽일 수 있는 악마 같은 자라면, 이번 공격도 눈치채지 않았을까? 더구나 이런 화력을 견뎌 낼 수 있는지도 의문이고, 견뎌 낸다면 굳이 화력을 집중해 봐야 소용없지 않은가. 그리고 어쁘랭띠께서는 어떻게 그의 위치를 정확히 아는 것이며, 왜 그가 피하거나 이동하지 못한다고 단언했을까?'

어쁘랭띠가 그 악마와 이전에 만나 한 번 대결했다 상정해 보아도 의문은 가시지 않았다. 악마에게 승리했으면 이런 노력을 할 필요가 없고, 어쁘랭띠가 큰 부상을 입지도 않았으니 서로 승부를 내지 못했다는 편이 맞다. 하지만 어쁘랭띠의 말대로라면 그자는 어쁘랭띠에 의해 그 자리에 붙잡힌 것 같은데, 이런 포격도 피하지 못할 만큼 단단히 잡아 두었다면 이미 처단한 것이나 다를 바 없을 것도 같았고……. 갖가지 생각이 들었으나 나막 대위는 애써 솟아 오르는 의문을 지우려 애썼다. 성자의 뜻은 범인으로서는 짐작할 수 없으며, 그렇기에 묻는 것조차가 실례다. 브라만의 뜻은 무조건 따르는 것이 크샤트리아의 의무이다.

 그러다 거의 예정된 시각이 돼 포연이 잠잠해질 때쯤, 그들 일행은 목적지에서 그리 멀지 않은 곳까지 도착했다. 이제 포격과 폭격은 정확히 멎었으나, 그들이 목표로 한 지점은 엄청난 화약 연기와 폭발의 충격으로 피어오른 먼지구름 때문에 온통 시야가 가려져 거의 한 치 앞조차 식별할 수 없었다.
 "먼지가 가라앉을 때까지 잠시 기다리는 게 어떨까요?"
 긴장을 풀지 않은 어조로 나막 대위가 말했다. 나막 대위의 부하들도 목적지에 거의 도달하자 어느새 메고 있던 개인 화기들을 집어 든 채 안전장치에 손가락을 대어 언제든지 전투할 채비를 갖추고 있었다. 어쁘랭띠는 슬프게 웃으며 말했다.
 "느껴져. 아직 그는 저기 있어. 역시……."
 "그가 거기 있다는 겁니까?"
 어쁘랭띠는 자신을 쳐다보는 나막 대위의 눈길을 피해 그 뒤에 말없이 서 있던 바바지에게 눈길을 돌렸다. 그때 바바지가 조용히 양손을 들어 올리며 입으로 나지막한 휘파람을 불었다.

"어쁘랭띠……?"

나막 대위는 바바지가 무슨 행동을 하는지 이해할 수 없어서 주변을 둘러보는데, 그와 동시에 갑자기 뒤편에 자신들이 끌고 왔던 장갑차 한 대가 굉음을 내며 찌그러지더니 강철로 된 차체가 마구 부스러져 나갔다. 장갑차에 타고 있던 병사들이 비명을 지르며 뛰쳐나오려 했으나 그들의 몸도 순식간에 으깨어져서 허공에 피 안개만 남기고 사라져 갔다. 그 장갑차는 이내 내부 연료에 불이 붙었는지 요란한 소리와 불길을 뿜으며 폭발해 버렸다. 불과 몇 초 만에 벌어진 일인 데다 이런 방식의 공격은 받아 본 적도 없었다. 나막 대위는 크게 놀랐으나 어쁘랭띠는 재빨리 말했다.

"악마의 반격이 시작됐네. 스승님께서 우리를 보호하고 계시니 무서워할 것은 없네만, 긴장을 늦추지 말게."

"아니…… 대체 어떻게…… 포격도 아니고……."

"그자는 아직 살아 있어. 어차피 예측은 했지만……."

나막 대위는 몹시 당황했다. 차 한 대는 터져 버렸으나 다른 차들과 자신, 그리고 도보로 따라오던 병사들은 무사했다. 바바지가 가늘게 휘파람을 부는 것이 그 알 수 없는 공격에서 그들을 보호하는 것일까? 어쁘랭띠의 잔잔하고 겸손한 어조조차도 어느새 일상적인 하대로 바뀌어져 있었지만 나막 대위는 눈치채지 못했다.

"상황을 보고해도 되겠습니까?"

군인답게 나막 대위가 묻자 어쁘랭띠는 고개만 살짝 끄덕였다.

나막 대위는 곧 무전병을 불렀다. 그러자 어쁘랭띠가 말했다.

"차를 버리고 스승님을 중심으로 모이게 하게. 위험하네."

나막 대위가 무전의 연결 스위치를 누르며 고함쳐 명령하자 장갑차 등에 탔던 대위의 부하들이 모두 급히 뛰쳐나왔다. 그 와중에도 주변에서는 계속 작은 폭발이 일어나며 차들이 부스러지다가 폭발해 갔다. 몇몇 차에서 늦게 내린 병사들은 차량과 같이 부스러져 죽었고, 스무 명 남짓한 병력만이 살아남았다. 그들은 모두 아연한 표정이었다. 이런 방식의 공격은 들은 적도, 본 적도, 아니 상상한 적도 없었다. 바로 옆에서 어떤 징후도 느끼지 못했는데 차량과 사람이 아예 부스러져 없어지는 것에 경악하지 않을 수 없었다.

도대체 어디서 어떻게 공격하는 것인지 알 수도 없었다. 바바지는 계속 나지막한 휘파람을 불며 양손을 높이 들어 올렸다. 어쁘랭띠는 곧 손짓으로 나막 대위의 부하들에게 장비를 모두 버리고 그곳으로 모이라는 시늉을 했다. 정말로 바바지를 중심으로 반경 이십 미터 정도는 폭발이 일어나지 않은 것 같았다. 나막 대위의 부하들은 모두 그곳에 모였고, 대위의 손짓을 본 무전병도 달려와 급히 외쳤다.

"뭐라고 보고할까요? 이슬람 악마들에게 공격받고 있다고?"

"그렇게만 전하게."

나막 대위가 짧게 말하고는 어쁘랭띠에게 눈을 돌렸다.

"이게 뭡니까? 적은 어디에 있지요?"

"적은 악마라고 하지 않았나."

어쁘랭띠가 조용히 말하며 입을 다물라는 눈짓을 했다. 비록 인도군의 정예병들이기는 했지만, 도대체 어떤 식으로 자기들의 장비가 파괴되고 주변의 모든 것이 부서져 나가는지 알 수 없어서 모두 패닉 상태에 빠져 있었다.

"이, 이게 대체 무엇입니까?"

나막 대위가 다소 질린 목소리로 묻자 어쁘랭띠는 짧게 대답했다.

"나다 요가일세."

"요가의 주술입니까?"

"고대부터 내려온 요가의 전승 중 가장 상위 수법 중 하나지. 음파의 힘을 마음대로 조정해 어떤 것이든 부숴 버릴 수 있네. 장갑차건 뭐건, 그것이 얼마나 단단한가는 문제가 되지 않아. 물론 인간이나 생명체도 마찬가지고."

"오, 세상에 어찌 이런 일이……. 성자시여, 저희를 보호해 주시옵소서."

나막 대위가 놀란 가슴을 진정시키려 급히 힌두교식 절을 올렸다. 물론 알 수 없는 휘파람 소리를 내어 그들을 보호한다고 하는 바바지를 향해서였다. 그런데 어쁘랭띠가 그 순간 차갑게 웃었다. 나막 대위는 그 모습을 힐끗 곁눈으로 보았다. 이때까지의 자비심이 넘치는 표정이 아니라 너무도 차가운 미소로 변해 있었는데, 성자의 온화하고 달관한 표정이라고는 생각할 수 없을 정도의 섬뜩한 인상이었다. 놀란 나막 대위가 눈을 크게 뜨자 어쁘랭띠가 말했다.

"그리고 그 나다 요가의 대가가 바로 여기 계시는 이분이시지."

그렇게 말하면서 어쁘랭띠는 바바지를 가리켜 보였다. 바바지는 아무런 얘기도 하지 않고 조용히 휘파람 소리만 내고 있었는데, 그 뒤에 서 있던 키르모비치 대령이 흥 하면서 몹시 놀랍다는 듯, 허나 나막 대위처럼 긴장하지는 않은 묘한 표정을 지었다.

이 나다 요가의 능력을 보고 놀랍지만 결코 나막 대위처럼 속았다거나 뭔가 위험에 빠졌다는 생각은 하지 않는 것이 분명했다.

"아니, 저분은 바바지님이라고……."

어쁘랭띠는 아주 차갑게, 그리고 또박또박 천천히 강조하며 말했다.

"나는, 그렇게, 말한, 적, 없네."

"네? 아…… 아니. 어쁘랭띠께서 이미……."

어쁘랭띠는 아주 천천히, 그리고 또박또박 강조하며 말했다.

"나는, 단지, 스승님이라, 불렀을, 뿐이네."

"하, 하지만 어쁘랭띠의 스승님은 바바지님……."

"내가 그분의 제자임은 영광된 일이네. 허나 스승이 꼭 한 사람이란 법은 없지 않겠나?"

나막 대위는 눈을 부릅떴다. 이건 뭔가 이상했다. 그러나 너무도 기가 막혀 말이 입 밖으로 나오지 않았다. 그러자 어쁘랭띠가 조롱하듯 말했다.

"내 또 다른 스승, 여기 계신 이분의 성함은 고반다. 마하[7] 고반다시지. 알려지지 않은 어둠의 성자시다. 그리고 나다 요가를 완벽하게 터득해 세상의 어떤 것도 말살시켜 버릴 수 있는 위대한 힘을 가진 분이시고."

나막 대위는 이제 일이 잘못돼도 보통 잘못된 게 아니라는 것을 깨달았다. 이건 뭔가 달랐다. 자신들을 공격하고 있는 것이 나다 요가이며, 고반다가 그 요가의 대가라고 한다면 그들은 자신들을 해치고 있는 것이 아닌가.

"무전병! 그리고 모두 무기를!"

나막 대위가 이야기하려는 순간 고반다가 휘파람 소리를 약간 높였다. 큰 소리를 낸 것도 아니고 휘파람 소리의 음색이 날카로워진 것뿐인데, 나막 대위의 말에 따르려던 무전병과 대위의 부하들이 비명을 지르며 무기를 떨어뜨리고 그 자리에서 몸을 덜덜 떨기 시작했다.

그러다가 곧 무전병과 부하들의 몸은 여기저기가 끔찍하게 터져 나가며 가루가 돼 바닥에 쓰러지지도 못한 채 분해되듯 흩어져 날아가 버렸다. 상상도 하지 못한 끔찍한 광경에 나막 대위는 입만 딱 벌린 채 목소리조차 내지 못했는데, 어쁘랭띠는 그런 그를 보고 애석하다는 듯 말했다.

"자네는 우리를 호위하러 오지 말았어야 했네. 자네들이 우리를 호위할 수 있을 것 같은가? 진실이라는 것은 어떤 때는 보는 것만

---

7 인도어로 '큰, 위대한'이라는 뜻의 접두어이다.

으로도 카르마의 응보를 받는 법이라네."

나막 대위는 이제 목숨을 포기했다. 눈앞에 있는 자는 이제 더 이상 성스러운 힌두교의 성자가 아니었다. 자신의 부하들을 파리처럼 형체도 남기지 않게 하고 죽게 한 악마였다. 그러나 아무리 체념했어도 솟구치는 의문은 감출 수 없었다.

"악마! 당신이 바로 악마였어!"

"좋을 대로 부르시게나."

"그렇다면, 당신은 누굴 상대하려는 거지? 누굴 노리고……."

그러자 어쁘랭띠는 마치 나막 대위의 경악과 공포를 천천히 음미하듯이 사악하지만 옅은 미소를 띠며 말했다.

"누구겠나? 당연히 바바지지. 위대하고 위대하신 힌두교의 대성자. 나의 거룩한 스승님이시기도 한 그분, 바로 바바지님이지."

나막 대위는 절규했다.

"바, 바바지님을 해치기 위해서 우리가 협조한 셈이 됐다고? 당신…… 당신 대체 어떻게……! 스승님을……!"

"아, 그게 짜증 났거든. 알다시피 내 스승, 바바지께서는 너무도 대단하시지. 그래서 모든 수단과 방법을 동원하지 않을 수 없었어. 어쨌든 도와줘서 고맙네. 도와준 수많은 장병과 군부에게 감사를 표하지는 못하지만 자네에게 대표로 감사하겠네."

어쁘랭띠는 다소 과장된 희극 배우 같은 몸짓으로 나막 대위에게 한 번 팔을 젓고 허리를 굽혀 인사를 해 보인 다음 조롱하듯 말했다.

"자신들의 손으로 자신들이 그렇게 믿어 의심치 않던 성자를 해치게 된 소감이 어떤가?"

"이…… 이런!"

나막 대위는 이를 갈면서 허리에 찬 권총을 빼 들려고 했으나 고반다가 눈을 감으며 작게 휘파람 소리를 내는 순간 나막 대위의 손에 막 잡히려던 권총이 부스스 연기처럼 가루가 돼 흩어져 버렸다.

이제 나막 대위는 죽음을 각오했는지 더 이상 공포에 질린 눈빛을 띠지 않았다. 대신 이를 악물고 고반다를 쏘아보며 말했다.

"네가 그럼 어제 마을을 떠날 때 휘파람을 분 것도!"

"아, 목격자가 있으면 곤란하거든. 물론 그 거지 떼들도 깨끗이 청소가 됐어야만 했지."

어쁘랭띠는 즐기듯 대답하다가 문득 불쾌한지 얼굴을 찌푸리며 자신의 왼손을 오른손으로 벅벅 문질렀다.

"내 기분이 어땠겠나? 이 손으로 그 불가촉천민[8]의 몸을 몇 번이나 만져야만 했으니. 저주받아 마땅하지."

나막 대위는 이제 뭐라고 말도 제대로 할 수 없었다. 절망과 죽음의 공포 같은 것은 더 이상 떠오르지도 않았다. 절망적이었지만

---

8 카스트 제도의 네 계급 중 최하위인 수드라 중 불가촉천민이라는 극하에 위치하는 계급이 있다. 몸에 손을 대는 것조차도 저주받는 존재라는 뜻으로 여겨지며, 이들에게는 카스트 상위 계급들과 어떤 종류의 신체 접촉 조차도 엄금돼 있다.

분노에 가득 찬 눈빛으로 어쁘랭띠를 바라보며 씹어뱉듯 말했다.

"너, 너는…… 그래도 힌두교의 수행자인데 어찌 이런……."

어쁘랭띠는 또다시 즐기듯 말했다.

"힌두교라고? 하, 어제 역사에 대해서도 나와 토의하지 않았던가? 나는 힌두교도가 아니야. 힌두교도 행세를 하고 있지만 엄밀하게 말하면 믿음을 바꾸었지. 고대 브라만교로 말이야. 너희 힌두교도가 천 년 동안 너희를 억압해 오던 이슬람교도를 미워하듯 우리 브라만교도 우리의 가르침을 송두리째 바꾼 힌두교를 증오해. 이 정도면 이해가 되겠나?"

"너야말로 정말…… 아아!"

"잘 가게."

어쁘랭띠가 말하면서 가볍게 목례하는 순간 나막 대위의 몸은 산산이 폭발하듯 부서져 사방으로 흩어져 버렸다. 끔찍한 죽음이었지만 고반다의 나다 요가와는 양상이 달랐다. 어쁘랭띠가 발휘한 뭔가 알 수 없는 힘에 의해서라고 보는 편이 맞을 것이었다.

그것을 본 키르모비치 대령은 뒤에서 "음!" 하면서 탄식과 놀라움이 깃든 신음성 같은 것을 냈다. 허나 곧바로 날카로운 눈매가 된 키르모비치 대령이 어쁘랭띠에게 말했다.

"죽이는 상대를 꼭 그렇게 항상 어르고 놀립니까, 어쁘랭띠?"

그러자 어쁘랭띠는 천천히 키르모비치 대령을 뒤돌아보며 말했다.

"저 벌레들이 고통스러워하는 것을 보는 것이 즐겁거든."

"음, 나도 어느 정도 한다고 생각했지만 당신의 사악함은 진저리가 나는군요."

"그건 상관없지 않나? KGB에서 필요한 것은 내 힘이니까. 아니, KGB가 아니라 당신 자신의 야욕을 위해 나를 필요로 했던 것 아니었던가? 그렇다면 내가 사악하면 사악할수록 당신에게는 더 좋겠지."

"뭐, 그렇다고 해 두지요. 그나저나 정말 놀랍군요. 고반다의 능력……. 나다 요가라고 했지요? 그건 정말 내 눈으로 보고도 믿을 수 없을 정도고……. 당신이 마지막에 나막 대위를 해치운 것, 그건 대체 뭐라고 하는 겁니까?"

"설명해 줘도 모를 거요, 키르모비치."

어쁘랭띠가 짧게 말하자 키르모비치 대령은 다소 그에게 질린 듯했으나 억지웃음을 띠우며 말했다.

"바바지라는 그자가 그렇게 대단합니까? 지금 당신들이 보여 준 것만 해도 나는 도저히 믿을 수 없을 정도인데."

"가 보면 알 거요."

이렇게 해 어쁘랭띠는 이제 정체를 드러낸 고반다와 키르모비치 대령과 함께 먼지 더미를 헤치며 목표했던 곳, 힌두교의 위대한 성자 바바지가 있는 곳으로 걸어갔다.

"저, 저럴 수가……."

고반다와 어쁘랭띠의 뒤를 따르던 키르모비치 대령의 입이 딱 벌어졌다. 믿을 수 없는 것을 보았기 때문이다.

조금씩 사그라져 가는 먼지구름 너머로 희미하게 보이는 풍경은 그야말로 처참하기 이를 데 없었다. 원래 황량했지만 그래도 초목이 우거졌던 장소였을 것이고, 바바지의 거처답게 조그마한 아시람도 있었을지 모른다. 그러나 그곳은 이제 풀 한 포기, 나무 한 그루 제대로 남아난 것이 없고, 땅거죽조차 통째로 뒤집혔다. 멀리서 보기에 꽤 높아 보였던 언덕도 완전히 허물어져, 길고 긴 태고의 세월 속에서도 보이지 않던 육중한 바위로 된 속살이 그대로 드러나 보였다. 그나마 남은 혼돈스러운 잔해들도 네이팜의 화력으로 시커멓게 그을려 있었다. 그야말로 지옥을 방불케 하는 풍경이었다.

그런 지옥도 한가운데에는 신비한 빛 무리를 내는 구체 하나가 떠 있었다. 그냥 땅 위에 있는 것도 아니고 약간 허공에 뜬 채 뭐라 말할 수 없는 신비한 빛을 발하고 있었는데, 그 안에는 한 사람이 가부좌를 틀고 요가의 자세로 조용히 앉아 있었다. 그가 바로 어쁘랭띠가 얘기했던 힌두교의 대성자 바바지임이 분명했다. 그렇게 수많은 포격과 폭격을 가해서 주변의 모든 것이 가루가 돼 버렸음에도 이 성자는 조금도 타격을 받지 않은 것 같았다. 아니, 타격은커녕 아무 영향도 받지 않은 것 같았다. 그가 앉아 있던 땅거죽이 폭격과 포격으로 깎여 나가서 낮아졌는데도, 그는 평온하게 원래 자리에서 허공에 떠 있었다.

여태껏 한마디 말도 하지 않았던 고반다는 그의 모습을 대하자마자 눈을 부릅떴고 그의 헝클어진 머리카락이며 수염들이 모두 극도의 분노를 표출하는 듯 꼿꼿이 갈기처럼 일어섰다. 어쁘랭띠는 조금도 망설임 없이, 그리고 서두르지도 않고 천천히 그의 앞으로 걸어갔고 고반다가 그 뒤를 따랐다.

키르모비치 대령은 이런 인간 같지도 않은 존재들을 대하자 기가 질리고 오그라들었다. 간신히 몇 발짝을 더 다가갔으나 결국은 기가 질려서 더 전진하지 못하고 뒤처져 자신도 모르게 커다란 바위 파편 뒤에 몸을 숨겼다. 그나마 몇 발짝 더 전진했기에 빛의 구체 속에 앉아 있는 바바지의 모습이 흐릿하나마 조금 더 가깝게 보였지만 자세한 생김새까지 구분할 수는 없었다. 고반다도 키르모비치 대령의 근처에서 걸음을 멈추고 천천히 숨을 아주 깊게 들이마셨다.

바바지는 조금두 움직이지 않았구 어떤 반응두 보이지 않았다. 어쁘랭띠는 차분한 걸음걸이로 바바지의 바로 앞까지 다가가더니 고개를 숙이며 힌두교식으로 경의를 표하는 인사를 하고 말했다.

"존경하는 스승님. 제 인사가 마음에 드셨습니까?"

어쁘랭띠의 목소리는 차분하고 티 없이 맑아 그가 방금까지 온갖 음모를 동원해 바바지를 공격했다고는 믿을 수 없을 것 같았다. 그런데 어쁘랭띠가 인사하자 바바지를 둘러싸고 있던 빛의 광채가 조금 줄어들며 구체 안이 투명하게 비춰 보였다.

바위 뒤에 숨어 눈만 내놓고 있는 키르모비치 대령의 눈에 비로소 바바지의 생김새가 확연히 들어왔다. 그러나 키르모비치 대령은 눈을 크게 떴다. 평범하지만 순백의 소박한 사리 차림을 한 바바지는 나이가 아주 젊어 보이지도 않았지만 그렇게 나이가 들어 보이지도 않았다. 그러나 그는 수염도 없었고, 기다랗게 머리를 길렀으며 목선과 어깨, 그리고 얼굴 생김이 몹시 가늘고 고왔다. 키르모비치 대령은 너무 놀라서 자신도 모르게 탄식처럼 내뱉었다.

"혹시, 여자?"

바바지

힌두교의 대성인인 바바지가 여자라는 것은 정말 의외였다. 소비에트 연방인이지만 인도 풍습에 대해 잘 아는 키르모비치 대령으로서는 상상도 하지 못할 일이었다. 힌두교의 율법에서는 여자를 결코 높은 존재로 인정하지 않는다. 여자로 태어난 것 자체가 과거의 인과를 속죄하는 것이라 여기며 어떤 진리나 깨우침도 여자는 얻을 수 없다고 여긴다. 그런데 인도 최고로 받들어지는 힌두교의 성자가 여자였을 줄이야……. 그러자 그때까지 아무 말도 없던 고반다가 조용히 키르모비치 대령을 돌아보며 음산한 목소리로 말했다.

"그래서 내가 저것을 미워하지."

고반다의 목소리는 평범했지만 기이하게 그 소리를 듣자 키르모비치 대령은 귀에서부터 이상한 통증이 온몸으로 퍼져 나가는 것 같았다. 자신도 모르게 몸을 부르르 떠는 데 고반다가 덧붙여 말했다.

"브라만의 위대한 율법을 저것보다 더 모욕한 존재는 없을 거야."

힌두교보다도 훨씬 엄격한 고대 브라만의 율법에 의하면, 여자가 깨달음을 얻었다는 것 자체를 인정할 수 없을지도 몰랐다.

그때 바바지 앞에 있던 어쁘랭띠가 외치는 소리가 들렸다.

"또 울고 계십니까, 스승님?"

바바지의 목소리가 조용히 전달돼 왔다. 몹시 차분하고 경건한, 그래서 도저히 거역할 수 없을 것 같은 따뜻함을 지닌 목소리. 그러나 분명히 고우면서도 힘 있는 여인의 음성이었다.

"나는 자주 운단다."

어쁘랭띠는 뒤틀린 어주로 말했다.

"제 선물이 효과가 있었던 모양이군요. 물론 인간들이 만들어 낸 이런 장난감이야 운명을 마음대로 비껴 내는 당신께 아무런 타격도 주지 못하겠지요. 현대 무기는 아직도 멀었지만, 당신에게 행해지는 저주의 기분은 어땠습니까? 당신이 그토록 끔찍하게 아끼시는 그 인간들의 저주 말입니다. 아, 현대 무기도 아주 쓸모가 없는 것은 아니군요. 물론 아무것도 당신을 다치게 할 수는 없겠지만, 저주를 막는 건 아무리 당신이라도 오랫동안 하기는 어렵겠지요. 당신을 보호하는 이 빛 무리가 예전 같지 않군요."

넘치는 감정을 뒤틀린 입가에 머금으며 어쁘랭띠는 덧붙였다.

"저주와 증오, 마음에 드셨나이까? 마하 바바지. 당신께서는 너무나도 밝으셔서 삼라만상을 다 들여다보는 존재시지요. 당신이 그렇게 걱정해 주던 인간들이 당신에게 퍼부어 대는 악마라 외치는 증오와 저주의 맛은 어떠셨는지요? 이 어쁘랭띠가 바치는 마지막 선물 중 하나라고 여겨 주셨으면 합니다만."

"그들이 원해서 그러지 않았다는 것을 나는 물론 알고 있단다."

바바지가 조금의 노여움도 깃들어 있지 않은 어머니 같은 음성으로 말하자 어쁘랭띠는 이를 악물었다.

"물론 당신께서는 아실 테지요. 하지만 인간의 증오심이 얼마나 추악한지 당신께서 더 잘 느끼지 않았겠습니까? 그리고 그 증오심이 당신에게 퍼부어질 때 어떤 기분이셨나이까? 항상 존경받던 위대하신 성자님으로 받들어지던 분이니 색다른 느낌이었을 것 같은데요."

어쁘랭띠가 집요하게 말하자 바바지는 다시 눈물을 흘렸다.

"예찬과 비난은 나에게 있어서 하나도 다를 바가 없단다. 너는 큰길을 눈앞에 두고도 작은 것에 발목이 잡혀 더 나아가지 못하는구나……."

"아니면 슬퍼서 그러신 건가요? 제게 분노를 느끼시나요?"

"어쁘랭띠. 난 화나지 않았단다. 네가 언제나 나를 마음에 두고 있다는 것, 이미 알고 있단다. 하물며 나를 공격한 지금에서도."

속을 단번에 읽힌 듯 어쁘랭띠는 잠시 입을 열지 못했다. 그러나 곧 씁쓸하게 말했다.

"제 마음을 들여다보지 마세요. 저는 제 마음을 살의와 증오와 악마의 추악한 분노로 가득 채웠습니다……. 그건……."

바바지는 차분하고도 조용히 말했다.

"내가 들여다보는 것이 겁나서?"

어쁘랭띠는 이를 악물었다.

"아아…… 지금도 당신은 여전하시군요, 스승님. 당신은…… 당신은 내가 감당할 수 없는 존재세요. 그리고…… 역시 내 마음속을 비롯해 모든 것을 알고 있는……."

바바지는 고개를 저었다.

"아니야, 어쁘랭띠, 나는 결코 단 한 번도 네 마음을 멋대로 들여다본 적이 없단다."

"말도 안 되는 소리 마세요! 그러면 어떻게……."

"아아, 가엾은 어쁘랭띠. 그렇게 못된 아이처럼 표 나는 장난을 하는데 누가 눈치채지 못하겠니?"

어쁘랭띠는 허탈한 듯 말했다.

"장난……이라고요……?"

"작고 못된, 그리고 너무도 티 나는 장난이지. 너는 결코 나를 진정으로 증오하지 못해, 어쁘랭띠. 그리고 네 마음은 나의 존재로 너무나도 가득 차 있지. 그리고 그것을 내가 눈치챌까 봐 못된 장난을 하는……."

어쁘랭띠는 더 듣지 못하고 소리를 질렀다.

"그만두십시오! 당신은 위대한 성자라면서 거짓말을 하고 있어요! 내가 한 짓이 하찮은 장난이라면, 그래서 아무 영향도 주지 못하는 거라면! 당신은 왜 눈물을 멈추지 못하는 겁니까?!"

"난 거짓말하는 것이 아니야, 어쁘랭띠. 모든 것이 영향을 주었지. 그러나 나를 진정으로 슬프게 하는 건……."

바바지의 말을 끊으며 어쁘랭띠는 외쳤다.

"내 배신 때문입니까? 아니면 인간들의 배신 때문에? 그러면…… 그러면 더 이상 울지 마십시오! 차라리 당신의 그 어마어마한 힘으로 나를 쓸어버리시란 말입니다!"

바바지는 자신의 어쁘랭띠가 말을 끊었음에도 가만히 그의 말이 끝나기를 기다리다가 조용히 말했다.

"아직도 너는 힘을 우선 생각하는구나. 그건 깨달음에 부수적으로 따라오는 것이라 그토록 일렀건만……. 오직 내가 할 수 있는 것은 평범한 한 사람분의 기도요, 흘릴 수 있는 것은 한 사람분의 눈물뿐이란다."

"아니오!"

어쁘랭띠는 절규하듯 외쳤다.

"당신께서는 누구보다도 위대하고, 강하잖습니까! 그런데…… 그런데 왜 이렇게 우는 겁니까! 나는…… 나는…… 더 견딜 수가 없어요!"

어쁘랭띠는 고통스러운 듯 양손으로 자신의 머리를 움켜쥐고 외쳤다.

"왜 당신께서는 이렇게 울고만 계십니까! 당신이 그 힘을 보이기만 하면 모든 인간이 당신의 발밑에 엎드리고 허튼짓을 못 할 것인데! 세상을 뒤엎을 수도 있고…….."

어쁘랭띠의 절규 같은 호소에도 바바지는 조용히 고개만 저었다.

"그래서는 안 되고, 그러지도 않을 것이며, 그럴 수도 없단다."

"그래! 그렇다 쳐요! 당신께서는 선의의 존재니까! 저 빌어먹을 인간들이 가엾다는 겁니까? 그러나 그렇다면, 왜 저들을 돕지 않는 겁니까? 왜 손을 내밀어 주지 않습니까?"

바바지는 고개를 저으며 말했다.

"이미 기도하고, 간구하고 있잖니. 한시도 사람들을 위해 기도하지 않은 적이 없단다."

"그런 한 사람분의 기도 따위가 무슨 소용입니까!"

어쁘랭띠는 소리를 질렀다가 털썩 그 자리에 무릎을 꿇었다. 그리고 다시 목소리를 바꿔 애절하게 호소했다.

"마하 바바지시여. 당신께서 마음만 먹으면 이 땅에 전쟁을 없앨 수 있잖습니까. 아니, 온 세계의 전쟁을 없앨 수 있겠지요! 모든 인간의 마음속 악의 요소를 모조리 제거할 수도 있을 테고요. 허나…… 허나……."

말투는 조용해졌으나 어쁘랭띠는 아까보다도 더 고통스러운 것 같았다.

"당신께서는 기도하고, 눈물을 흘리는 것 외에는 아무것도 하지 않으셨나이다……."

바바지는 이미 그에 대해서는 말했다고 믿는지 대답하지 않았다. 그러자 어쁘랭띠는 간절하게 호소했다.

"존경하는 스승이시여. 지금이라도 마음을 돌리셔서, 더 이상 슬퍼만 하지 마시고 힘을 사용하신다 해 주시면 더 바랄 것이 없겠나이다. 죽으라 하면 죽을 것이며 당신의 어쁘랭띠로 돌아가라 하시면 그리하겠나이다. 허나 당신은 그러지 않으시겠지요……."

"그래야 한다는 걸 너도 알고 있잖니."

바바지가 차분히 말하자 어쁘랭띠는 다시 한번 머리를 땅에 조아리며 호소했다.

"스승이시여. 인간들이 무슨 짓을 하고 있는지 아시겠지요? 인간의 역사라고 하는 도중에 전쟁과 살인이 없는 날이 과연 존재하기나 했을까요? 당신께서 계심에도 불구하고 인도와 파키스탄은 끝없이 서로를 노리고 전쟁을 해 왔습니다. 더구나……."

어쁘랭띠는 어깨를 부르르 떨며 말했다.

"이제 그들은 더욱 엄청난, 어떤 악마보다도 강한 힘조차 휘두르려고 합니다!"

바바지는 눈물을 흘리면서도 잔잔한 미소를 머금었으나 어쁘랭띠는 더 열을 올리며 외쳤다.

"핵무기! 그들은 비밀리에 핵무기를 개발하고 있습니다! 양쪽 모두 말입니다!"

바바지는 고개를 저으며 말했다.

"그런 것이 악마의 힘보다 강할 것 같니? 어쁘랭띠?"

"당신께서는 그에 대해 잘 모르십니다! 핵무기는 인간을 절멸시킬 수도 있는, 아니 지구를 온통 쓸어버릴 수 있는 무기입니다! 당신이나 나의 가장 강력한 파멸적인 주술보다도 훨씬 강해서 한 번에 수백만을 날려 버릴 수 있단 말입니다. 으르렁거리는 두 나라가 이런 것까지 만들어 대니, 이제 인간의 세상은 조만간 끝난다고 봐야겠지요. 마하 바바지시여, 그런데도 당신께서는 그냥 두고 보기만 하실 것입니까?"

어쁘랭띠가 호소했지만 바바지는 조용히 말할 뿐이었다.

"세상의 끝이 다가왔지만, 네가 생각하는 대로는 아니란다. 물리적인 힘 같은 사소한 일에 아직도 마음을 쓰는구나. 어쁘랭띠, 언젠가는 너도 알게 될 거야."

바바지가 태연히 말하자 어쁘랭띠는 더 이상 참기 어렵다는 듯 고개를 들었다.

"당신은 내가 언젠가는 안다고 말하지만, 나는 절대로 이해할 수 없소."

더불어 어쁘랭띠의 목소리가 격해지기 시작했다.

"이런 짓까지 하는 인간들이 정말 당신의 뜻대로 평화롭게 살 수 있을 것이라고 생각하시오? 물론 당신에게 퍼부어진 무기와 저주는 내가 속여 그리하게 만든 것이오. 그러나 당신의 실체를 인간들이 알았을 때는 어떨까요? 세상을 뒤엎을 힘을 지니고 있다는 것을 알면……. 인간들은 무슨 수를 써서라도 당신을 없애려 괴롭힐 것이오! 지금보다 수백 수천 배 더 악랄하고 집요하게! 당신은 또 그 속에서 슬퍼할 것이오……. 그런 끝없는 악순환을 나는 견딜 수가 없소…….”

바바지가 이해한다는 듯 말했다.

"네가 나를 얼마나 생각하고 있는지 안단다. 어쁘랭띠."

"그걸 안다면…… 제발…… 더 슬퍼하지 마시오. 가치 없는 인간들 따위 지배해 버리거나, 힘으로 밀어 버리든지! 정 그도 아니면 제발 그들에게 마음을 쓰고 괴로워하지 마시란 말이오!"

"내가 너에게만 마음을 써 주길 바라는 거니, 어쁘랭띠?"

바바지가 말하자 어쁘랭띠는 조금 충격을 받은 듯 어깨를 움찔하며 대답하지 못했다. 정곡을 찔린 것 같았다. 바바지는 어느새 그쳤던 눈물을 다시 주르륵 흘리며 말했다.

"네가 나를 스승이 아니라 여성으로 보고 있다는 것을 내가 모를 것 같았니?"

"아…… 그…… 그건…….”

천하의 어쁘랭띠가 말을 더듬었다. 뒤에서 보고 있던 키르모비치 대령조차 눈치챌 수 있을 정도였다. 겉보기에는 어쁘랭띠가 더 나이가 많아 보여 이상했다. 물론 키르모비치 대령도 얼른 심정적으로 납득은 되지 않았으나 바바지가 얼마나 영원한 존재인가는 알기에 이해는 됐다. 그러나 그렇게 초월적인 힘을 지닌 어쁘랭띠도 그런 마음에 얽매인다는 것을 알게 되자 그가 예전처럼 거대해 보이지는 않았다. 그러면서도 은근히 대등하게 소통할 수 있을지 모른다는 기분도 들었다. 그러나 옆에 있던 고반다는 아주 경멸스럽다는 표정을 지으며 성큼성큼 앞으로 나섰다.

바바지는 눈물을 흘리며 간곡하게 말했다.
"어쁘랭띠, 내가 왜 슬퍼하는지 너는 아직도 모르는구나."
"당신은 항상 인간들, 저 하찮고 비루한 존재들 때문에 슬퍼하고, 스스로에게 고통을 줘 왔어요!"
"어쁘랭띠……."
"나는, 나는 인간들에게 너무나도 절망했소. 나도 인간의 몸을 가졌기에 인간의 마음으로 생각하지요. 그래서 당신을 배신하려 하고…… 알면서도 옳음을 저버리려 하고 타락하려고 발버둥을 치고 있소! 나, 나 자신이 추악해 견딜 수 없고…… 그러면서도 벗어나지 못하는……. 이런, 이런 인간 따위…… 나를 포함해 모든 인간 따위는 세상에서 없어져야……."
바바지는 고개를 저으며 말했다.
"너는 인간들을 비난하지만, 지금 네 행동은 어떻지?"
"내 행동이 옳다고는 하지 않겠소! 그러나 그렇게 눈물이나 흘리면서 무력하게 앉아 있는 것보다는 낫다고 생각하오! 움직이시오! 스승이시여! 세상을 바꾸어 주시오! 그렇지 않으면…… 그렇지 않으면 나는……."
어쁘랭띠가 절규라도 하듯 말했으나 바바지는 고개를 저었다.
"어쁘랭띠. 너도 초월의 경지에 다다르면 모든 것을 이해하게 될 거야."

"그…… 그 초월의 경지라는 것! 나는 이제 싫소! 오를 수 있어도 오르지 않을 거요! 그 경지에 오른 후에 남은 일이 당신처럼 무력하게 앉아서 우는 것뿐이라면! 위대한 당신을 한낱 나약한……."

어쁘랭띠는 외치는 와중에도 어깨를 부르르 떨다가 내뱉듯 외쳤다.

"…… 여자로 만든 게 그 초월이라면……. 나는 차라리 타락을 택하겠소!"

"아, 어쁘랭띠, 여전히 너는 내 말을 들으려 하지 않는구나. 내가 눈물을 흘리는 까닭은……."

어쁘랭띠는 이를 악물면서 일부러 거칠게 소리쳤다.

"나는 더 이상 당신의 제자가 아니오. 당신의 어쁘랭띠가 아니란 말이야! 나는 이제 질렸어. 아직도 나는 당신을 존경하고 당신이 세상의 누구보다도 거룩하다고 믿고 있소. 그렇지만, 그렇지만……. 나는 절대 당신을 용납할 수 없소. 그리고 당신이 그렇게 거룩한 희생을 치러 뿌려 대는 눈물도 견딜 수 없고. 그렇게 당신이 눈물을 뿌리면서 구해 주려고 하는 인간들, 그 인간들은 당신이 그렇게 애를 씀에도 불구하고 여전히 전쟁을 하고 있소. 불과 며칠 전까지 말이야! 그리고……."

"인간들은 항상 그래 왔단다, 어쁘랭띠. 너도 알고 있잖니."

"당신이, 당신이 정말 마음만 먹으면 세계의 지배자가 되고도 남을 텐데, 모든 인간을 굴복시켜서 더 이상 그런 병신 같은 짓거리를 못 하게 할 수도 있잖소. 왜 그러지 않는 거요? 왜?"

"그럴 수도 없고 그래서는 안 되는 일이기 때문이란다. 너도 알고 있잖니, 어쁘랭띠."

어쁘랭띠는 마음속에 남아 있는 수십 년간의 정과 인간다움을 한 번에 부정하기라도 하듯, 이를 악물면서 안간힘을 짜내어 짐승 같은 목소리로 외쳤다.

"제발 나를 어쁘랭띠라고 부르지 마시오. 이미 수십 년 동안 당신에게, 그리고 그 천박한 인간들에게 그렇게 불려 왔고, 이제 그것으로 충분하오. 요기의 길을 잃고 방황하던 나를 이끌어 주어서 여기까지 오도록 만들어 준 당신에게는 나도 고맙게 생각하오. 그리고 당신은 역시 누구보다도 존경스럽고 거룩한 존재이기도 하고. 하지만……."

바바지는 요가의 자세를 흩뜨리지 않았으나 다시금 눈에서 수정 같은 눈물을 주르륵 흘렸다.

"나에게서 여성을 느꼈니? 가련한 어쁘랭띠."

어쁘랭띠는 이를 악물면서 외쳤다.

"그래, 그랬소, 그래서 어쩌란 말이오! 당신은 늙지도 변하지도 않는 영원불멸의 존재. 나도 요가의 수행자, 그게 넘어야 할 마지막 관문이라는 것을 알고 있으나 당신이 마음에 걸려서 나는 도저히 더 이상은 나아갈 수 없었소. 차라리 지옥이 더 현명했지!"

"그러나, 어쁘랭띠……."

"당신의 말은 더 이상 듣고 싶지 않아! 당신의 목소리가 나를 괴롭혀! 당신의 존재가 나를, 나를 더 이상 나답지 못하게 만들어! 나를, 나는 더 이상 우주에 존재할 수 없는 그런……."

잠시 정신이 나간 듯 두서없이 말을 쏟아 내던 어쁘랭띠는 안간힘을 다해 이를 악물며 차갑고 딱딱하게 굳은 표정을 지으려 애쓰면서 말했다.

"어쨌든 상관없소, 나는 이제 내가 아니야."

"어쁘랭띠. 너는 그래도 항상 어쁘랭띠야."

"이미 충분히 이야기했어. 그리고 당신의 제자로서 당신에게 진 신세는 이것으로 다 갚았다고 생각해!"

어쁘랭띠는 마치 견딜 수 없다는 듯이 말했다.

"당신의 거룩한 신념과 평화를 더 이상 짓밟히지 않게 하기 위해서는 여기서 죽는 편이 나아요. 더 이상은 눈물을 흘리지 않아도 된단 말이오, 어차피 삶과 죽음에 연연하지 않는 당신 아니오? 떠나 주시오, 이 세상은 대가를 치러야 해요. 나는 지옥문을 열 거요. 미천한 인간들은 악마들에게 사육되는 존재로도 충분해, 그것만이 그들을 존속시킬 수 있고 그것만이 그들을 행복하게 할 수 있는 길이오. 이게 진정으로 내가 변한 이유요, 존경하는 바바지님."

어쁘랭띠가 말을 하자 바바지는 눈물을 흘리며 한숨을 쉬었다.

"이렇게 될 것을 알고는 있었지만 그래도 마음이 아프긴 아프구나. 나는 너를 통해서 세상을 보았고 너의 앞길이 보인단다. 너는 지금 극한으로 떨어졌다고 생각하겠지만 삼생을 거치기 전에 정도(正導)로 돌아오게 된단다."

"그런 일은 절대 일어나지 않아! 나는 지옥과도 손을 잡을 수 있소. 그리고 나는 이제 더 이상 힌두교도가 아니오! 나는 브라만교로 개종했소. 이제는 당신과도 비견될 만한 브라만교의 우두머리 고반다와 손을 잡았으니까!"

그 말에 바바지는 희미하게 웃었다.

"어쁘랭띠. 내가 왜 이 자리를 떠나지 않고 있었는지 알겠니? 그 첫 번째 이유는 바로…… 저자 때문이란다. 내가 아무것도 하지 않는다고 생각한 건 네 오해야. 나는 내 할 일을 잘 알고 있단다."

그 말에 뒤에 있던 고반다가 움찔했고 어쁘랭띠도 놀란 표정을 지었으나 바바지는 계속 조용히 말했다.

"저 덜떨어진 자가 너의 스승이 될 수 있다고 믿니?"

"당신보다는 나아!"

어쁘랭띠가 소리치자 바바지는 살짝 한숨을 내쉬며 말했다.

"저자가 세상을 더 어지럽히게 두어서는 안 되겠지. 네 마음도 더 헝클어지게 둘 수는 없고……."

바바지의 말이 떨어지는 순간 고반다는 성큼 앞으로 나서며 외쳤다.

"그렇게 될까?"

고반다는 크게 숨을 들이마신 뒤 여태껏 치켜세우고 있던 온몸의 수염과 머리카락을 빳빳이 곤두세우며 입으로 폭풍 같은 외침을 냈다. 살짝 휘파람만 불어 마을 하나를 쓸어버리거나 완전 무장한 장갑차들까지도 가루로 만들어 버린 나다 요가의 엄청난 위력이 그야말로 극한의 힘을 다해 전개된 것이다.

삽시간에 바바지의 주위에 있던 모든 것이 폭발하며 파괴됐다. 땅거죽도 통째로 들려 공중에서 가루로 변하고 폭발해 비산(飛散)했고 거센 포격에도 견뎌 낸 바위산이 통째로 무너졌다. 바위산이 허물어지며 거대한 돌 조각들과 먼지가 폭풍처럼 산사태를 일으켰고 바바지의 뒤를 덮쳐 왔다. 그러나 수천, 수만 톤에 달하는 거대한 바위와 흙더미는 바바지의 영롱한 구체 앞에 도달하자 대나무가 쪼개지듯 두 개로 갈라져 사방으로 어지러이 흩어져 갔을 뿐, 그녀에게 조금의 타격도 주지 못했다.

고반다는 기세를 높여 목에서 피를 토할 정도로 격렬한 소리를 냈다. 아까처럼 멀리 퍼지는 소리는 아니었지만, 모든 힘이 바바지의 구체에 집중되는 것 같았다. 고반다가 내지르는 나다 요가의 힘이 무시무시했던 듯, 바바지의 빛나는 구체도 한순간 부르르 떨렸다.

그러나 그 안에 있던 바바지가 살짝 손끝을 들자 바바지의 몸을 에워싸고 있던 구체가 통째로 고반다에게 덮쳐들며 날아갔다. 바바지의 몸은 여전히 원래의 자세에서 조금도 흐트러짐 없이 떠 있었고, 구체만이 총알같이 고반다를 향해 날아간 것이다.

의외의 전개에 고반다는 깜짝 놀란 듯 날아오는 구체를 향해 나다 요가의 소리를 집중하려고 했으나, 무엇이라 외치기도 전에 고반다의 몸은 바바지의 몸을 둘러싸고 있던 구체에 휩싸여 버렸다.

고반다는 몹시 놀라 그 구체에서 벗어나 보려 팔을 내뻗기도 하고 여기저기를 휘둘러 봤지만 그 구체는 그를 완전히 속박해 가두어 놓았는지, 조금도 뚫리지 않았다. 그야말로 빛의 구체에 갇혀 버린 셈이었다. 그때까지 손가락 하나 까딱하지 않고 있던 어쁘랭띠가 인상을 쓰며 말했다.

"저자는 역시 저 정도였군."

더러운 것을 씹어뱉듯 말한 어쁘랭띠는 바바지를 올려다보며 말했다.

"그렇게 하면 당신을 지켜 주고 있던 모든 힘이 사라져 버리지 않습니까? 아직 내가 여기 있다는 것을 잊은 건가요?"

그러자 바바지는 비로소 요가의 자세를 풀고 조용히 허공에서 내려와 땅에 발을 디디며 어쁘랭띠에게 말했다.

"상관없다. 다만 저자의 어두움이 세상을 흩뜨리는 데 사용되는 것을 놓아둘 수는 없었기에 그리한 것이지."

"저자의 주술도 문제지만, 입도 무섭죠."

"앞으로 저자는 거짓을 말하지 못하게 될 거야. 그러면 고통으로 대가를 치르게 될 테니 큰일은 벌이지 못할 거야."

어쁘랭띠는 차갑게 웃었다.

"여전히 다른 자들에게만 신경 쓰시는군요. 내가 당신을 노리는 것을 아시면서도."

"네가 원한다면 나는 무엇이든지 줄 수 있단다. 어쁘랭띠."

"나를 더 이상 어쁘랭띠라고 부르지 말라고 했지 않았습니까."

"하지만 너는 여전히 나의 어쁘랭띠인걸. 너만이 나에게 그런 목소리로 말을 건넬 수 있단다."

그 말에 어쁘랭띠는 전신을 부르르 떨면서 발작적으로 오른손을 들어 자신의 입안에 쑤셔 넣었다. 거의 손목까지 들어갈 정도로 깊숙이 손을 넣은 어쁘랭띠의 몸이 움찔했다. 잠시 후 오른손이 입에서 빠져나왔다.

그 손에는 찢어진 살 뭉치가 핏덩이와 함께 쥐어져 있었다. 그것을 땅에 내팽개치는 순간 어쁘랭띠의 입에서도 한 줄기 선혈이 흘러내렸다. 그리고 어쁘랭띠는 입을 열지 않고 조용히 힘을 아랫배에 집중했다. 요가에서 말하는 복화술의 수법이었다.

당신에 대한 최후의 성의로 내 목소리를 바치오. 내 성대와 목구멍을 내 손으로 완전히 파괴했으니 난 앞으로 절대, 그 누구에게도 내 목소리는 들려주지 않을 거요.

물론 복화술을 자유롭게 사용할 수 있는 경지이기에 대화의 소통에는 문제가 없었지만 이것은 자기가 존경하고 사랑해 마지않던 바바지에게 바치는 일종의 선물이라고도 볼 수 있었다. 앞으로 누구를 위해서도 목소리를 내지 않겠다는 결의는 곧 반대급부로 바바지의 목숨을 요구하는 것이기도 했다. 바바지는 그것을 보고 또다시 눈물을 흘렸다.

"꼭 이런 식으로 표현하지 않았어도 될 텐데. 아프지 않니, 어쁘랭띠?"

어쁘랭띠는 복화술로 말했다.

나는 더 견딜 수 없소. 당신이 한 말은 모두 맞소. 내 마음은 당신으로 가득 차 있고, 앞으로도 그럴 거요. 허나 당신이 우는 모습은 더 이상 보고 싶지 않소. 나는…… 나는 우주 영겁 끝까지 후회할지라도 지금 물러서지 않겠소. 더는 견딜 수 없소. 둘 중 하나요. 내가 당신을 해치우든지, 당신이 나를 없애버리든지. 더 이상은 물러서지 않을 거요.

어쁘랭띠는 더 이상 견딜 수 없다는 듯 자신도 눈물을 흘리면서 최대한의 힘을 끌어모았다. 양손에서 보이지 않는 이상한 암흑 같은 기류가 시커먼 구체로 이글이글 타오르며 커져 갔고, 그 무시무시한 어두운 힘의 전파가 뒤에 있던 키르모비치 대령에게까지 느껴졌다. 그러나 바바지는 조금도 겁내거나 동요하지 않은 채 밝은 미소를 띠며 조용히 눈을 감았다.

"바바지의 이름은 내가 아니어도 전승된단다. 나는 이미 모든 것을 예측하고 기다리고 있었어. 허나 어쁘랭띠, 선과 악이라는 건 본래 있지 않았어. 네가 하는 것이 악행도 아니고 내가 하는 것이 선행이라고 볼 수도 없단다. 그리고 너에게는 아직 말하지 않았지만……"

수다스럽게 계속 떠들지 마시오.

어쁘랭띠가 말했으나 바바지는 말을 중단하지 않았다.

"이 세상의 끝은 이미 정해져 있어. 너는 그것을 보고 절망한 것이겠지? 하지만 그건 네가 생각하는 식의 그런 결말이 아니야. 종말, 말세, 파멸의 의미가 아니라 이 모든 것은……. 아! 그때가 오면 너도 알 수 있을 텐데, 어쁘랭띠. 한 발짝만 더 나아가면 대도의 길이었는데, 여기서부터 다시 시작해야 한다니. 어쁘랭띠, 나는 네가 진실로 안타깝구나……."

더 이상 말하지 마시오, 그리고 더 이상 그 빌어먹을 눈물도 흘리지 말라고 했어!

어쁘랭띠가 악을 썼지만 바바지는 눈을 감은 채 조용히 웃으며 말했다.

"어쁘랭띠, 내가 눈물을 흘린 진정한 이유는……."

그만! 난 당신이! 여자가 우는 게 싫어!

그렇게 외치면서 어쁘랭띠는 양손에 깃든, 지옥의 악마와 거래해서 얻은, 그리고 거기에 고대 브라만의 술수와 힌두교의 요가 수법을 결합한 어마어마한 힘을 바바지의 몸을 향해 발출했다. 주변이 시커먼 흑암으로 뒤덮이는 것 같은 엄청난 힘이었지만 그 힘은 바바지의 코앞에 도달하는 순간 딱 멈추어 버렸다. 마치 시간이 정지되고 우주가 정지된 듯이. 어쁘랭띠는 조금 놀란 표정이 됐으나 으레 그럴 것이라 생각했다는 듯, 곧 태연한 표정으로 돌아왔다. 그러자 바바지가 말했다.

"네가 내 말을 끝까지 들어 주지 않으니 이럴 수밖에 없구나. 내가 계속 눈물을 흘린 건 바로 너 때문이었어. 너와의 이 순간이 이렇게 될 것이라는 걸 난 이미 알고 있었단다. 그리고…… 모든 인간만큼이나, 나는 너를 소중하게 생각했어, 어쁘랭띠."

거의 멈춰진 것 같은, 영원한 정적과도 같은 속에서도 바바지의 말만은 어쁘랭띠의 마음에 그대로 울려왔다. 어쁘랭띠가 부르르 어깨를 떠는데 바바지는 싱긋 웃으며 말했다.

"어쁘랭띠. 수십 년 전에 어렸던 너와 처음 대면하는 순간부터 나는 오늘 이날이 올 것을 알았단다. 그리고 지금도 나는 후회하지 않아. 이것은 끝이 아니니까. 너는 더 치열하게 세상을 휘젓고 나서야 죽음을 맞이할 거고, 그럼에도 죽음보다 더 큰 인과의 결과로 깨달음에 도달하게 될 테니까. 진정한 이 세상 끝의 순간에 가서야 왜 모든 것이 이래야만 했는지를 두 눈으로 볼 수 있을 테니까. 또 네가 원하는 대로 해 주는 것이야말로 네 깨달음을 위해 스승으로서 할 수 있는 단 하나의 길이니까……."

바바지는 더 하고 싶은 말들을 억누르려는 듯 잠시 침묵했다가 말을 이었다.

"어쨌거나 어쁘랭띠. 이제 이별이구나. 이별이 오기 전부터 헤어짐을 알고 있다는 것은, 저절로 눈물이 나오는 일이란다. 그게 내가 운 진정한 이유였어. 알면서도 그 순간이 다가오니 눈물을 막을 수 없더구나. 너와 헤어지는 게 아쉬워서, 그럼에도 이렇게 될 수밖에 없다는 게 안타까워서. 네 마음을 이렇게밖에 받아 줄 수 없다는 것이 슬퍼서 말이야. 그러면……."

다, 당신…… 스, 스승님…….

어쁘랭띠가 멍하니 중얼거렸으나 바바지는 슬픈 미소를 지으며 말했다.

"안녕, 사랑하는 어쁘랭띠."

그 말만 남기고 바바지는 힘을 거두었다. 마치 무슨 물체라도 되는 것처럼 허공에 붙잡혀 있던 어쁘랭띠의 방만한 힘은 다시 생명을 얻은 듯 바바지의 전신을 덮쳐 갔다. 그리고 바바지는 조금의 미동도 없이 자신의 사랑스러운 제자가 가한 일격을 아무런 방어도 하지 않은 채 인간의 육신 그대로인 맨몸으로 묵묵히 받아들였다.

나는 어쁘랭띠가 아니다

그렇게 바바지는 사라졌다. 어쁘랭띠의 주술의 위력이 워낙에 커서인지 바바지 스스로 원해서 어떤 조화를 부렸음인지는 몰라도 핏자국이나 흉한 자취조차 남기지 않았다. 마치 존재하지 않았던 것처럼 사라져 버렸다.

고반다와 어쁘랭띠가 뿜어낸 마지막 주술의 여파도 이윽고 완전히 사라지고 먼지까지 가라앉아 잠잠해졌다. 그때까지 바위 뒤에 숨어 있던 키르모비치 대령은 질린 표정으로 조심스레 다가와 입을 열었다.

"다 된 겁니까? 혹시 어디로 사라진 거 아닌가요?"

어쁘랭띠는 땅에 내팽개쳐진, 자신의 성대와 핏자국을 멍하니 내려다보다가 몹시 허탈한 듯 복화술로 말했다.

아니, 이제 바바지님은 없소. 전혀 존재하지 않아. 최후의 원자 하나까지 이 세상에서는 사라져 버렸소. 그래야 되지. 그래야 되는 거니까. 바바지님을 이루고 있던 육체의 단 하나, 느낌 하나라도 남아 있으면 나는 더 이상 견딜 수가 없을 테니까.

키르모비치 대령은 질린 표정을 지었다.

"도대체 흔적은커녕 원자 하나조차 남기지 않고 사라진다는 것이 어떤 의미입니까? 핵분열을 일으켰다고 해도 에너지가 남는 것이 보통……."

그러나 어쁘랭띠는 경멸하는 것 같은 표정만 힐끗 보낼 뿐, 대답하지 않았다. 키르모비치 대령은 자신도 모르게 부끄러움을 느끼고 다시 말했다.

"하긴…… 그런 것은 일반적인 상식의 테두리 안에서나 그런 거지. 당신들은 그 테두리 밖의 존재들이니……."

그러면서 키르모비치 대령이 덧붙였다.

"허나 그런 존재들이라도 당신들의 대화는……."

갑자기 어쁘랭띠가 무서운 눈으로 키르모비치 대령을 보며 간단히 말했다.

입 다무시오.

키르모비치 대령이 자신도 모르게 놀라 입을 다물자 어쁘랭띠는 다시 고개를 돌리며 짧게 덧붙였다.

영원히.

"그, 그러겠습니다, 어쁘랭띠……."

할 말이 없어진 키르모비치 대령은 바바지의 빛나는 구체에 갇혀서 허우적거리고 있는 고반다를 흘끗 바라보며 말했다.

"저자는 어떻게 할 겁니까? 저 안에 완전히 갇혀 버린 것 같은

데……. 어떻게 꺼낼 수 없습니까?"

어쁘랭띠는 차갑게 웃으며 고개를 저었다.

어차피 딱 저 정도인 쓰레기일 뿐이오. 그리고 바바지님의 힘은 무엇으로도 깰 수 없소.

"허어. 그냥 해치울 것이지……. 저러면 어떤 의미에서는 저자를 보호하는 게 되잖습니까."

키르모비치 대령이 말하자 어쁘랭띠는 경멸스러운 듯 말했다.

바바지님께서는 어떤 생명도 죽이지 않으시오. 그리고 나나 당신 따위가 상상하지 못할 어떤 이유가 있을지도 모르지.

"허어. 그러나 저걸 어쩐단 말입니까?"

그냥 내버려두면 알아서 하겠지.

"이용 가치가 없어지면 가차 없이 버리시는군."

키르모비치 대령이 다소 빈정대듯 말하자 어쁘랭띠 역시 차갑게 대답했다.

물론 당신이라도 그럴 테지. 나 또한 나 자신이 쓸모없어지면 버릴 거요.

저쪽에서 고반다가 몸을 일으켜 타는 듯한 눈으로 어쁘랭띠를 노려보는 것이 보였다. 바바지의 보호막을 사이에 두고 있었지만 그래도 섬뜩하게 느껴질 정도로 적의에 찬 눈빛이었다.

어쁘랭띠는 이제 완전히 쓸모없어진 돌멩이나 먼지를 보는 것처럼 그에게는 눈조차 돌리지 않았다. 고반다는 저주와 원망이 가득 찬 눈빛을 보내며 뒤로 몸을 돌려 터덜터덜 걷기 시작했다. 신기하게도 광휘에 찬 보호막은 고반다의 걸음에는 조금도 지장을 주지 않고 고반다의 몸을 따라 계속 움직여 갔다. 그렇게 썰렁한 분위기에서 고반다가 사라지자 키르모비치 대령은 적막을 견디기 힘들어 말을 걸었다.

"이제 어떻게 할 겁니까?"

어떻게 하다니? 당신이 세운 계획이 있지 않소? 당신의 조국도 배신하고…… 모든 것을 지배하고 싶다 하지 않았었나?

어쁘랭띠의 말에 키르모비치 대령이 답했다.

"아, 그건 쉬운 일이 아닙니다. 당신의 능력이나 이 괴물 같은 힘을 가지더라도 결코 쉽지 않다고. 당신은 아마 나를 볼 적에 한 마리 벌레처럼 볼 수도 있지. 하지만 나는 그리 약하지 않습니다."

당신을 약하다고 생각한 적은 없소.

"현명하군요. 인간이 가진 조직의 힘은 당신의 능력보다 결코 뒤떨어지지 않고, 또 쉽게 다룰 수 있는 것도 아니지요. 그 면은 알고 있겠지요? 무조건 모든 걸 파괴하는 주술만 가지고 세상에 뭘 할 수 있을까?"

나도 알고 있소.

"당신에게도 조직의 힘은 필요할 테니, 모든 걸 나에게 맡기고 협조하세요. 우리가 계약한 대로……."

당연히. 약속을 어길 생각은 없소.

어쁘랭띠의 말에 키르모비치 대령이 빠르게 말했다.

"그러고 보니 대강 우리가 짜 놓은 대로 수습됐군요. 나막 대위와 일행은 저자의 공격 때문에 죽은 것으로 해 두면 되겠지요. 나

혼자만이 모든 것을 목격한 증인이 되니까. 그리고 당신은 예정대로 사라져 버릴 뿐이고. 물론 당신과 바바지, 그러니까 고반다 말입니다. 그렇게 둘 다 일을 끝내고 사라져 버렸다고……."

말하다가 키르모비치 대령이 고개를 갸웃하며 말했다.

"그런데 그러면 저들이 정말 믿을까요?"

저들은 당연히 그럴 거요. 벌레들이니까.

"흥. 뭐, 그렇다면 별문제는 없겠죠. 그런데, 그런데 말입니다……."

키르모비치 대령은 한 가지 몹시 궁금한 것이 있다는 듯 물었다.

"정말 샤스트리 수상이 죽은 게 어떤 주술에 의한 것이 아니었습니까?"

어쁘랭띠는 피식 웃으며 말했다.

수상인지 뭔지, 그런 벌레 따위를 없애는 데 이런 힘을 쓰는 바보는 없을 거요. 우리가 보는 세상은 당신들이 보통 생각하는 그런 세상과는 완전히 다르다는 것을 알아야지. 그것을 빨리 깨닫는 게 하나의 당당한 존재로 내 앞에 설 수 있는 순간이 오는 계기가 될 거요. 알았소, 키르모비치?

그러자 키르모비치 대령은 할 수 없다는 듯 어깨를 으쓱해 보이고는 손을 내밀었다.

"이제부터 같은 배를 탄 셈이니, 딱딱하게 성으로 부르지 맙시다."

그런가. 당신의 이름은 뭐요?

"안드레이요. 이제부터 안드레이라고 부르시오."

좋소, 안드레이.

두 사람이 악수하자 이제까지 키르모비치라고 불렸던 안드레이가 말했다.

"이제 당신과 같은 사람들을 조금 더 모아야 할 거요. 당신의 손가락 하나도 상대할 수 없을 정도로 당신의 능력은 크지만, 조직을 결성하고 운영하는 데 있어서는 아무래도 내가 나을 거요. 허나 당신 같은 최강의 능력자가 아니면 그런 능력자들을 모으기 어려울 테니 당신은 능력 면에서 최강자로 존재하고……."

뜻대로 하시오.

"그러니 일단 우리가 생각하는 조직……. 이름을 뭐로 정할지. 능력자가 그리 많은 것도 아니니 대집단도 아닐 거고, 비밀리에 소수가 모여 활동하는 것이니 일종의 서클이라 부르는 게 어떨까 싶소만."

원하는 대로 하시오.

"그리고…… 그 서클의 총수라고 해야 할까……. 그것은 내가 맡는 편이……."

아…… 당신 마음대로 하시오. 난 관심 없으니까.

어쁘랭띠가 계속 시큰둥하게 말하자 안드레이는 어깨를 으쓱했다.

"그렇다면 당신이 바라는 건 뭐요?"

안드레이가 묻자 어쁘랭띠는 말했다.

글쎄, 나도 잘 모르겠소. 위대한 스승님이 없어진 이 세상은 이제 공허하기 그지없지……. 세상의 힘을 모조리 끌어모을까? 끌어모으면 스승님이 본 경지로 갈 수 있을까? 흠, 힘을 더 모아야겠지. 뭐, 그러려면 악마건 뭐건, 세상의 지옥문이 열리건 말건, 일단 그것부터 실행시켜 볼 일이고.

"원 세상에. 지옥이라니! 그렇다고 세상을 완전히 파괴하거나 멸망시킬 수 있다고 여기오?"

안드레이가 인상을 찌푸리며 말하자 어쁘랭띠는 아무 말도 하지 않았다. 안드레이는 재촉하듯 말했다.

"대답 좀 해 보시오, 어쁘랭띠!"

그 말에 어쁘랭띠는 거의 발작적으로 휙 고개를 돌려 안드레이를 노려보며 말했다. 물론 복화술로 울리는 음산한 목소리였고 그 목소리의 무시무시한 분노와 흥분의 감정이 사방을 뒤덮었다.

더 이상 나를 어쁘랭띠라 부르지 마시오! 알겠소?

그 말의 기세에 안드레이는 자신도 모르게 몇 발자국이나 뒤로 물러섰다.

"아, 알겠소. 내가 무심코. 그럼…… 그러면 뭐라 부르란 거요?"

나는 이제 더 이상 어쁘랭띠가 아니야.

그는 자신이 너무 흥분했다고 생각한 것처럼 요가의 자세를 취해 순식간에 기세를 누그러뜨리며 자신이 바바지가 된 것처럼, 묘하게 여성적이고 상대를 높여 주는 듯한 투로 말했다.

이제부턴 내가 마스터요.

갑작스런 변화에 정신이 없었지만 안드레이는 기세에 눌려 급히 고개를 끄덕였다.

"조, 좋소. 마스터."

우발적으로 내뱉은 말이었고 이제는 자신이 주인이라는 뜻으로 한 말이었다. 하지만 안드레이의 반응을 보고 그는 조용히, 아주 마음에 든다는 듯 미소를 지었다.

그래. 마스터. 내가 이제부터 나의 마스터고, 모두의 마스터요. 마스터라 부르시오.

안드레이는 겁먹은 듯 고개만 끄덕였다. 모든 것이 파괴된 황량한 고원의 폐허에 무심한 바람만이 먼지를 일으키며 지나갔다. 그리고 그 자리에는 두 사람밖에 남지 않았다.

그것이 바로 이후에 수십 년을 이어 갈 블랙 서클의 시작이었다.

마음의
칼

『퇴마록(혼세편)』,
「와불이 일어나면」 얼마 전과
직후

"정말 후회하지 않겠느냐?"

세상을 달관한 것 같은 차분한 노(老)비구니의 음성이 귀를 간지럽힌다. 현정은 합장을 한 자세를 거두지 않고 고개를 끄덕였다. 노비구니는 말한다.

"정식 수계는 한참 뒤에 있어. 원래 사미니(沙彌尼, 십계[十戒]를 받은 18세 미만의 어린 여자 승려)를 거쳐 이 년 동안 식차마나(式叉摩那, 구족계[具足戒]를 받아 비구니가 되기 위해 수행하는 18세 이상 20세 미만의 사미니)로서 수련한 후에야만 비구니계를 받을 수 있는 것이야. 하지만 네가 말한 대로 네가 그간 속세에서 행해 왔던 일을 이녀방(尼女房)[1] 수행으로 처줄 수 있다 여겼기에, 또 그런 전례도 있었기에 비구니계를 내리는 것이지만……. 이제 머리를 깎고 정식 비

---

1   세속 모습 그대로 비구니계를 수행하는 특수한 경우를 말한다.

구니가 되면 돌아갈 수 없어."

노비구니는 차분하고도 담담한 음성으로 타이르듯 말했으나 현정은 여전히 눈을 감은 채 합장한 자세를 흩뜨리지 않았다. 노비구니는 탄식하듯 다시 말한다.

"비구의 계는 5계라고 일컬어져 있지만 비구니의 계는 그것보다 훨씬 엄격해. 348계를 다 지켜야만 하고, 그중에서도 세존께서 말씀하신 팔귀경계(八歸敬戒, 비구니가 특별히 지켜야 할 여덟 가지)도 지켜야 해. 백 년 동안 도를 닦은 비구니라 해도 갓 머리 깎은 비구에게 예를 올려야 한다. 비구는 비구니의 허물을 들출 수 있어도 비구니는 절대 비구의 허물을 들출 수 없고, 해마다 석 달 동안 안거(安居)해 비구에게 참회하고 질문하며 보름에 한 번씩 비구에게 계법 강설을 받아야 하는 등……. 네가 생각한 것보다 훨씬 엄하고 견디기 힘들 게야. 그런 것을 다 받아들이겠느냐?"

노비구니가 다시 한번 타이르듯 길게 말하는데 현정은 합장을 풀지 않고 눈도 뜨지 않은 채 고개만 살짝 숙여 보인다. 노비구니의 말은 한탄처럼 이어진다.

"네 경우가 몹시 특별하고 여러 깨우친 분들의 추천이 있어 이렇게 조용히 계를 내리는 것이다만, 정말 너에게 맞지 않을지도 모르고 후회할지도 모른다. 분명 돌이킬 수 없다고 말했다만 마지막으로 묻겠다. 정말 세속을 모조리 버리고 내가 말한 비구니의 계율을 모두 지키며 평생 스스로를 닦아 나갈 수 있겠는가? 머리를 깎는다고 고통에서 벗어나는 것이 아니야. 오히려 더 큰 고통을 짊어지는 것일 수도 있고."

그러자 여태까지 말이 없던 현정이 비로소 입을 열어 말한다.

"인생 자체가 고통 아닙니까? 고통을 근본적으로 벗어나려면 깨우침이 있어야지요. 그 중간까지는 어떤 어려움이 있어도 계율을 지키고 수행에 정진할 마음입니다. 어차피…… 제게 남은 것은 아무것도 없으니까요."

현정이 잠깐 말을 끊었다가 말하자 노비구니는 쯧쯧 혀를 차며 다시 고개를 젓는다.

"내 너를 본 것은 오늘이 처음이지만, 너의 성품과 성미가 급하고 자존심이 센 것을 모르지 않아. 더군다나 너는, 이런 말을 하기는 그러나 세속에서 칼을 휘두르던 사람 아니냐. 물론 네가 흉한 짓을 하지 않고 옳은 일을 위해서 그랬다는 것은 알고 있지만 그 살기까지도 정말 삭혀 낼 수 있을지 의문이 드는구나. 그것은 너 자신의 마음에 물어보아도 똑같은 의문점으로 남을 것인데……."

말을 멈추고 조금 생각하던 노비구니는 마침내 말했다.

"허나 네 바람이 그렇다면야. 내 몇 번이나 반복했으나…… 다시 한번 마지막으로 묻겠다. 정말 후회하지 않겠느냐?"

"후회하지 않습니다."

현정은 딱 부러지게 말한다. 이제 더 이상 다른 길은 없다. 이것만이 유일한 길이다.

"흠."

한숨을 쉰 노비구니가 합장하며 경을 읊자 주변에 늘어서 있던 다른 비구니들도 목탁을 두드리며 엄숙하게 경을 읊기 시작한다. 이윽고 장도칼을 가진 다른 비구니가 와 현정의 머리에서 삼단처럼 자란 머리칼을 쓱쓱 밀기 시작했다.

현정도 그에 맞추느라 그냥 나무아미타불, 나무아미타불 불호를 읊고 있지만 눈은 꼭 감은 상태다. 조금도 몸을 떨거나 움츠리는 기색도 없다. 담담한 표정 그대로다. 하지만 현정의 뇌리로는 자기가 겪었던 수많은 일과 사건이 주마등처럼 흘러 지나갔다. 애당초 고된 수행을 수도 없이 견뎌 낸 몸, 자신의 마음을 정리하는 법도 안다. 이 모든 기억을 다시 한번 돌아보리라. 그리고 이제 앞으로는 영원히 잊으리라. 영원히⋯⋯.

현정은 고아원 출신이다. 현정이라는 이름도 당연히 혈육이 지어 준 것이 아닐지 모른다. 고아원에 있을 때 원장 선생님이나 누가 지어 준 것인지, 혹은 또 다른 누군가가 지어 준 것인지, 어쩌면 정말 자신을 낳아 준 어머니나 부모가 붙여 주었던 이름인지 알지 못한다. 자신이 어디서, 누구에게서 태어났는지 현정도 알지 못한다. 허나 흔히 생각하듯 엄청난 고통이나 외로움을 겪은 것도 아니다. 고아원은 몹시 작고 가난했지만, 원장 선생님은 그만큼 마음씨도 곱고 자상한 분이었다. 단출하고 궁핍하기는 했어도, 큰 외로움이나 고통의 기억 없는 밋밋한 어린 시절이었다. 스스로를 자각할 때부터 거기서 자랐기에 과거의 인연 같은 것은 생각해 보지도 않았고, 나중에 고아원을 떠나고 나서야 그런 게 존재했을지도 모른다는 사실을 알았다.

현정이 마음에 든다며 데리고 왔다던 노파가 현정에 대해서 물어보거나 기록을 남기길 원치 않았기 때문에 애당초 알 길조차 없었다. 그나마 한 오라기 남은 인연의 흔적이라도 기억하고 있을지 모를 고아원 원장 선생님은 현정이 자신의 태생에 대해 의문을 가질 나이가 되기도 훨씬 전, 세월을 이기지 못하고 타계했다. 애당초 무슨 특별한 기록이나 문서를 남길 정도의 큰 고아원도 아니었다. 현정은 결국 현정이라는 이름 하나만 달랑 들고 고아원을 떠났다.

현정을 데리고 가서 키워 준 사람은 특이하게도 나이 든 무당이었다. 그러나 현정은 어렸을 때부터 그 무당을 어머니라 부르지 못했다. 스승님 내지는 사부님이라고 불러야 했다. 물론 그렇다고 무당이 되는 교육을 받은 것도 아니다. 정상적으로 보통 아이처럼 학교에 다녔다. 학교에서는 자신의 스승이자 사부님을 할머니라고 불렀다. 현정의 스승은 현정에게 보통의 아이와 똑같은 교육을 받게 하고 똑같은 사고방식을 갖게 했을 뿐, 한 번도 굿이나 주술에 대해서 언급한 적이 없다.

그리고 현정은 실제로도 철들기 이후까지 자신의 스승이 굿을 하는 것을 직접 눈으로 본 기억은 한 번도 없었다. 그랬기에 어릴 적에는 스승이 무당인지도 알지 못했다. 어딘가 꼬집어 말할 수는 없어도 살짝 좀 특이하고 다른 사람과 다르다는 느낌만 있었을 뿐. 그나마도 옆에서 함께 사는 현정 정도나 막연하게 느낄 만큼 열었다.

스승은 정말로 티가 나지 않게 은거하며 조용히 사는 사람이었다. 스승님의 존함을 함부로 입에 올린 적은 없지만 간혹 찾아오는 기이한 행색의 사람들은 자신의 스승을 '도지'라고 불렀다. 한자로 하면 '복숭아 꽃가지'라는 예쁜 이름일 수 있었으나 약간 심술궂은 옛 친구 느낌이 나는 노인 중 몇 명은 도야지나 돼지라고도 불렀다.

실제로 현정의 스승인 도지 무당은 결코 살이 찌지 않았다. 나이는 몹시 많았으나 은근히 고운 자태를 간직하고 있었고 말수가 극히 드문, 태도 또한 아주 느릿느릿하고 조용조용한, 곱게 늙은 할머니였다. 그리고 퍽 자상하고 고운 마음씨의 스승님이었다. 그런 평이한 생활은 현정이 열한 살이 될 때까지 이어졌다. 현정이 열한 살이 되자 도지 무당은 그녀에게 드디어 처음으로 '특이한' 무언가를 가르치기 시작했다.

그러나 스승님이 가르쳐 준 것은 결코 현정이 예상조차 하지 못한 것이었다. 맨 처음 도지 무당이 현정에게 내준 것은 어른들의 것보다는 조금 짧은 목도였다. 그것과 함께 도지 무당은 이름 모를 한자가 가득 박힌, 거의 부스러져 버릴 정도로 낡디낡은 책 세 권을 현정에게 내밀었다. 그때까지 도지 무당이 현정에게 가르친 교육은 거의 없었다. 일상적인 뒷바라지를 해 주고 학교에 보낸 것 외에 도지 무당이 현정에게 가르친 것이 있다면, 한자 공부였다. 그리고 그제야 현정은 왜 도지 무당이 한자 공부를 시켰는지 알 수 있었다. 눈앞에 내밀어진 낡은 책, 그것을 스스로 보고 익히게 하기 위해 그런 것 아니겠는가. 그 책을 놓고 도지 무당은 만감이 교차하는 듯한, 그리고 약간 망설이는 듯한 어조로 조용히 말했다.

"이건 아미파의 비전이다."

"네? 무슨 말씀이죠?"

"옛날 중국에 아미파라는 비구니들의 단체가 있었어. 거기서 나온 검법이다."

"검법이요? 칼 휘두르는 기술 말이에요?"

"그렇다."

"비구니가 칼을 써요?"

아직 어린 현정은 도지 무당에게 물었다. 도지 무당은 묵묵히 옅은 미소를 띠며 고개를 끄덕일 뿐 다시 별다른 설명을 해 주지 않았다. 현정은 고개를 갸웃하며 말했다.

"그런데 왜 이걸 배워야 하죠? 칼 쓰는 거 무서운데……."

"그래도 해야 된다."

"스승님이 가르쳐 주실 거예요?"

"아니, 나는 칼은 만져 본 적도 없어. 다만 누군가에게 전해야 한다는 사명이 있었을 뿐."

"사명이요?"

도지 무당은 한숨을 쉬며 넋두리라도 하듯 말했다.

"몇십 년 전, 아미파가 있던 중국에 문화 대혁명이라는 큰 난리가 있었단다. 수천 년을 이어 온 중국의 정신세계가 순식간에 무너졌지. 모든 사찰과 도관이 불타고 지식인과 학자, 종교인, 스님, 도인들이 모조리 죽거나 견딜 수 없는 핍박을 받았단다. 아미파도 그때 완전히 말살됐고……. 그때 비구니 한 명이 국경을 넘어 탈출했는데, 아미파의 마지막 비전을 지니고 있었지. 온갖 곳을 전전하다가 결국 이역인 우리나라에까지 와서 숨을 거두었는데…… 우연하게도 그걸 내가 맡았단다."

"무슨 말씀인지 잘 모르겠어요."

"글쎄다. 나중에 나이가 들면 이해될 거야. 다만 그 사람은 죽는 순간까지도 이 비전이 끊이지 않게 해 달라고, 단 한 명이라도 좋으니 자기 대에서 끝나게는 하지 말아 달라 당부했지……. 아, 네게 전하는 것이 옳을지 몰라 오랫동안 고민해 왔지만, 결국 네게 넘기는 게 옳을 것 같구나. 인연이란 건 이미 정해졌는지도……."

"어려워요."

"그냥 그런 게 있단다. 현정이는 착하니까. 그리고 내가 볼 때 현정이에게 꼭 맞을 거야."

평생을 같이 지냈지만 스승님이 이렇게 길게 이야기한 경우는 그 긴 시간 중에도 극히 드물었다. 아직 어린 현정은 자신에게 잘 대해 주는 스승의 가르침을 어길 마음이 들지 않았다.

물론 그때까지는 여자아이로서 칼을 잡는다, 칼을 휘두른다는 일은 꿈조차 꾸어 보지 않았다. 그러나 앞에 놓인 목도를 만져 보니 묘한 느낌이 왔다. 마치 옛날부터 친숙했던 것도 같고 자신의 손에 딱 맞는 느낌이었다. 그렇게 현정과 칼의 인연은 시작됐다.

  눈을 감은 채였지만 길게 길렀던 머리가 툭툭 잘려 현정의 밑에 쌓여 가는 것이 느껴졌다. 가벼운 머리칼이 어째서 그토록 마음을 울리는 느낌을 자아내는 걸까. 손은 합장하고 입으로는 불호를 읊고 있었지만 이상하게 가슴이 미어진다. 그건 자신의 과거다. 뭣 모르고 철없고 방종(放縱)했고 슬펐고 아팠고 그러면서도 애틋하고 소중한. 그러나 이제는 잊고만 싶은 혼탁한 과거의 모든 것이다. 모든 것이 점 같고 부유하듯 쓸모없는 것. 제행무상(諸行無常), 색즉시공(色卽是空). 모든 것이 무로 돌아가 아무런 소용이 없어져야 진정으로 이루어진다는 열반의 경지와 높은 깨달음. 그 모든 것의 시작이 이것을 벗어남에 달린 것 같다.

  그리고 자신은 이미 마음을 굳혔다. 자신이 버리는 과거의 모든 것에 대해. 실제로 버리는 것이 아닐지 모른다. 버리고 싶은 것도 끌어안아야 했고 유지하고 싶은 것도 방기(放棄)해야 했다. 어려운 일이다. 하지만 방법을 찾았다. 이 길밖에는 없다. 당연한 길이고 간신히 찾아낸 방법인데.

  '그런데 왜 눈물이 나는 걸까.'

  현정의 눈에서는 어느새 눈물이 흐르고 있었다. 한참 후에나 깨달았다. 예민해 눈을 감고도 숨은 사람의 기척까지 찾아낼 수 있는 현정의 감각과 통제력이 그것을 왜 모르고 있었을까. 왜 눈에서 계속 눈물이 흘러나와 방울방울 떨어져 자기 손을 적시고, 바닥을 적시고, 잘려져 쌓여 가는 머리카락에 떨어지고 있는 것을 왜 지금까지 몰랐을까. 그리고 이 눈물은 왜 멈추지 않을까.

"아미타불."

현정은 다시 한번 나지막이 불호를 읊었다.

스승님이 내준 한자로 된 책은 검법을 설명한 것이었다. 한자도 한자지만 맨 처음 현정은 거기에 나와 있는 여러 가지 도해들을 보고 웃었다. 책에 그려진 그림 솜씨가 어떻게 이렇게 엉망진창이지 하고 생각했다. 간결하게 그려진 사람들의 모습은 현정의 눈으로 보아도 서툴고 투박하기 그지없었다. 그러니 그런 모습들이 나타내고 있는 동작들도 우스꽝스러워 보였다. 그리고 한자로 가득 메워진 본문 해석도 그다지 쉽지 않았다. 다행히 한문은 글자를 외우는 것이 어렵지 문법 자체는 꽤 간단한 편이었다.

옥편을 뒤지면서 현정은 책에 쓰여 있는 내용을 습득해 갔다. 단순히 쓰인 문구가 아니라 거의 대부분 비유나 은유라 해독하는 데도 제법 오래 걸렸고 다른 많은 책을 읽어야만 했다. 그렇게 하고도 자신이 해독한 내용이 정말 맞는지, 실은 더 포괄적이고 깊은 내용을 다루는 것인지 확신할 수 없었다. 그러나 어린 현정은 그냥 자기가 느낀 대로 무조건 맞다 생각하고 어떻게든 비슷하게 해 보려고 했다. 누가 확인하거나 시험을 볼 것도 아니니 자유로워서 마음껏, 멋대로 해 볼 수 있었다. 나중에야 안 것이지만 그렇게 느껴진 그대로 치기 어리게 수련하는 것이 차라리 낫지, 안 그랬다면 골머리를 싸쥐고 눈씨름만 하면서 평생을 보내야 할 내용일지도 몰랐다. 현정은 어느 순간부터 사용하던 목검이 너무 가볍게 느껴졌다. 조금 더 큰 검을 사용하며 현정은 여러 가지를 익혀 갔다.

맨 처음에는 그냥 못 그린 그림으로만 보이던 그림들이 그 동작을 자꾸 연마하면서 보니까 잘 그린 것처럼 생각됐다. 그림 솜씨가 좋은 것이 아니라 그림이 나타내고자 하는 동작, 아니 단순한 동작이 아니라 기세라고나 할까. 어쨌든 눈에 보이지는 않지만 같이 그려진 무언가가 희미하게 느껴졌다. 신기했다. 눈에 보이지 않고 동작에 나타나지 않는 느낌을 찾아 자신도 그 동작을 계속 익히며 따라갔다. "그려지지 않은 뭔가가 보이는 것 같아요"라고 스승에게 말했을 때 도지 무당은 웃으며 "그래. 맞단다" 하고 칭찬해 주었다.

학교를 다니며 당연히 특별 활동으로 검도부에 들었다. 그리고 들어가자마자 현정은 전국 대회에 출전하라는 권고를 받았다. 현정은 검도를 하긴 했지만 속으로는 계속 장난 내지는 아주 쉬운 것이라 생각하고 있었다. 실제로 검도의 동작들은, 물론 몹쓸 것은 결코 아니지만, 현정이 익히고 있는 것에 비하면 아주 기본적이고 초보적인 것처럼 느껴졌다.

그 안에도 기세가 있고 추구하는 바는 있었다. 그러나 다른 점도 있었다. 현정이 익히는 검술은 실제 사용하기 위한 것이지만,

학교 검도부에서 배우는 기술은 살상 기술이 아니라 일종의 단련 과정이었다. 딱 떨어지게 그렇게 구분할 것은 아니어서 간단하게 생각하고 그러려니 넘어갔다. 은근한 자부심도 있었지만, 열심히 땀 흘리는 다른 친구들이 안쓰러워 잘 참으며 티는 내지 않았다. 쉽게 결정 내린 일이지만 결과적으로는 잘한 일인지도 모른다. 그리고 전국 대회에 나간 현정은 준결승까지 진출해 3위를 했다. 3위 상장을 가지고 돌아온 현정을 도지 무당은 따뜻하게 맞아 주었다.

"잘했구나."

그러나 현정은 울적했다. 뭔가 답답하고 우울했다. 어쩐지 눈물이 날 것 같았다.

"잘한 거 아니에요. 하려고 한다면 다 이길 수 있었어요. 아주 쉬울 것 같았어요. 하지만……."

"하지만 뭐지?"

"글쎄요, 그냥…… 그렇게 하면 안 될 것 같아서요."

"그랬니?"

"내가 이런 걸 숨기고 있는 걸, 아, 일부러 숨긴 건 아니지만요. 어떻든 다른 사람이 아는 게 왠지 싫었어요. 또 그러면 너무 상대가 안 될 것 같기도 하고……. 그, 그래서 그냥 져 준 거예요. 이건 제대로 된 시합을 한 게 아니에요. 나는 참…… 이걸 뭐라고 해야 하죠?"

눈물을 흘리지도, 거울을 보고 확인한 것도 아니지만 울 것 같은 얼굴이었을 것이다. 그러나 도지 무당은 현정의 머리를 쓰다듬어 주며 조용히 웃었다.

"아니야, 네가 생각하는 게 맞단다. 참 잘했다, 현정아."

"하지만 저는 시합에서 전력을 다한 것도 아니고, 그러면서도 난……. 내가 정말 잘한 게 맞나요? 열심히 연습한 다른 사람들을 놀린 거 아닌가요?"

"절대 아니지. 너는 시합보다 더 큰 싸움을 해서 이긴 거니까."

뭔지 제대로 이해는 되지 않았으나 도지 무당은 그렇게 말했다. 그리고 그날 이후 현정은 검도부 활동을 집어치웠다. 꼭 시합 결과나 싫증 때문은 아니었다. 칼을 좋아하는 자신이 검도를 안 한다는 게 이상할 수도 있지만, 도리어 그렇기에 할 수 없다는 것을 깨달았기 때문이다.

그리고 그날 도지 무당은 목검이 아닌 진검(眞劍)을 쓰라고 내어 주었다. 그 검은 일반적으로 검도에서 사용하는 것과는 어딘가 많이 달랐다.

실제로 굉장히 오래 묵은 것 같았으며 이상한 기운이 배어 있는 느낌이었다. 마치 검 자체가 살아 있는 것 같았다. 또 상당히 낡아 부스러질 것 같은 칼자루와는 달리 날은 무서울 정도로 잘 들었고 그것을 휘두를 때는 마치 자신의 혼이 조금씩 쓸려 나가는 듯한 착각까지 들었다. 칼의 뒷부분에는 청홍(靑虹)이라는 글자가 새겨져 있었다.

현정은 처음에 이 검이 어떤 내력을 지닌 것인지 알지 못했다. 나중에 『삼국지연의』를 본 후에야 이 칼을 떠올리게 됐다. 『삼국지연의』의 영웅 중 하나인 상산 조자룡이 사용한 칼이 청홍검이었다. 당연히 이게 설마 그 칼인가 하는 의문이 들어 나중에 도지 무당에게 물어보니 그 칼이 맞다고 했고, 현정은 소스라치게 놀랐다. 그렇다면 골동품 내지는 국보에 가까운 물건이다. 어떻게 우리나라에 존재하는지는 알 수 없었지만, 도지 무당은 그 과정에 대해서는 한마디도 말해 주지 않았다. 다만 이런 말은 해 주었다.

"신검(神劍)이니 잘 간수하거라."

"오래 묵은 거라 신검인가요?"

"아니지. 오래 묵었다고 해서 좋은 건 아니지. 오히려 칼을 만드는 기술은 예전보다 지금이 더 좋단다. 고대의 명검이라고 해도 요즘 기술로 본다면 조악하기 그지없겠지."

슬쩍 날을 빼서 검 날을 확인한 현정은 치기 어린 사춘기 소녀답게 따지고 들려했다.

"그런데 스승님, 검과 칼은 달라요. 날이 양쪽에 서면 검이고 그렇지 않은 칼은 도(刀)라고 구분해서……."

도지 무당은 그냥 따뜻하게 웃었다.

"칼은 그냥 칼이란다."

그 말 한마디를 듣고 단박에 부끄러워진 현정은 고개를 끄덕이며 말했다.

"그, 그런가요. 알겠어요. 그런데 이게 어떻게 신검이 되죠? 무슨…… 하늘의 힘이라도 담아서 만들었나요?"

도지 무당은 조용히 웃으며 현정의 머리를 쓰다듬었다.

"그런 건 아닐 거다. 오히려 생명 없는 물건에 힘을 주는 것은 하늘이 아니라 사람이야. 수많은 세월을 거쳐 전해 내려오는 동안 사용한 사람들이 이렇게 만든 것이지."

그러면서 도지 무당은 약간 긴 이야기를 해 주었다. 이 칼이 그 『삼국지연의』에 나오는 청홍이라고는 하지만 정작 도지 무당도 확실히 알지는 못하고, 이걸 전해 준 사람도 확신은 하지 못한다는 것이다. 오히려 『삼국지연의』 자체가 가상일 확률이 더 높으며, 그나마도 다른 이름으로 기술된 판본도 많으니 단정을 내릴 수 없다는 것이다. 도지 무당이 덧붙여 말했다.

"설령 이 칼이 이천 년은 되지 않았다 해도, 최소 수백 년 이상 이걸 사용해 온 사람들은 그렇게 굳게 믿었단다. 장판파(長坂坡)의 명장 조자룡을 떠올리며 자기가 지닌 이상의 힘을 냈고, 그 힘을 칼에 실은 것이지. 또 믿지 않은 사람은 설마 하며 보물로 취급하지 않고 오로지 검으로 쓰려고 했어. 그렇기에 도리어 벽에 걸리거나 궤짝에 보관되지 않고 계속 사용돼 왔어. 이런 기구한 내력을 지닌 칼도 극히 드물 거다. 실제 과거가 어떻게 됐건 간에, 그 수많은 무인이 그렇게 믿고 사용한 염원과 기를 담았으니, 이걸 조자룡이 쓴 칼이 아니라고 어떻게 말할 수 있겠느냐. 그 수많은 무인이 조자룡을 떠올리며 조자룡의 화신처럼 돼 칼을 썼으니 말이다. 실제 조자룡이 사용한 청홍이 따로 있어서 발견된다 해도, 이제 이 칼과는 비교도 되지 않을 거야."

잘 이해할 수 없었던 현정은 역시 그녀 나름대로 간단히 마음을 정해 버렸다.

"조자룡이 쓴 칼 맞을 거예요. 전 그렇게 믿어요. 절대 의심 안 해요. 조자룡, 멋지잖아요."

도지 무당은 선선히 웃으며 고개를 끄덕였다.

"그래. 그렇다면 그것도 좋겠지."

"그런데 어디서 구하셨어요? 신기하네요."

도지 무당이 짧게 말했다.

"네가 보는 책을 전해 준 아미파 사람이 같이 준 거다. 그 역시 보물이라면서. 다만 아무리 역사니 뭐니 해도, 이 칼만은 박물관이나 전시실에 걸리게 하지 말고, 계속 사용해 달라고 당부했어."

나름 깊은 연유가 있는 물건이었으나 현정은 그저 자기가 써도 된다는 허락을 받은 것으로만 생각했다. 그래서 기쁜 나머지 이를 드러내며 씩 웃었다.

"그렇군요. 다행이네요."

청홍검을 사용하면서 현정의 검술 실력은 눈부시게 늘었다. 물론 청홍검에서 무슨 엄청난 힘이 쏟아져 나온 것은 아니었다. 다만 이런 희귀한 물건을 다룬다는 사실 자체가 현정의 각오를 다르게 만들어 주었다. 이런 보물과 같이 전달된 것을 보면 이 검술에 뭔가 깊은 의미가 있을 거라고 생각하기도 했다. 일반적인 무도니 신체 단련이니 이런 것이 아닌 뭔가 독특한 것이 있을 것 같았다. 생전 누구도 들어 본 적 없을 것 같은 이상한, 아주 오래전부터 내려오는 특이한 검법.

현정은 이미 아미 비급의 내용 해독을 몇 번이나 마쳤지만 그때마다 의문과 풀리지 않은 점들이 끊이지 않고 나왔다. 그래서 폭넓게 독서를 하기 시작했다. 이런 내용을 다룬 허구의 소설들은 넘쳐 났고 꽤 많이 읽어 보았지만 실제 검을 느끼기에는 너무나 과장된 내용이 많아 헛웃음만 자아냈다. 다만 아미파가 실재했다는 정도밖에 쓸 만한 내용을 알아내지 못했는데, 그나마도 현정에게는 '정말이었구나' 하는 조금은 턱없는 확신을 갖게 해 주었다. 그리고 집중할수록 실력은 점점 늘어 갔다. 누구에게 보일 일도 없고, 보일 수도 없었으나 현정은 즐거웠다. 즐거워했기에 발전도 빨랐는지 모른다.

그렇게 현정의 검술이 계속 발전했고 현정은 고등학교 이 학년이 됐다. 그리고 그제야 도지 무당은 비로소 자신이 무당임을 밝혔다. 그것도 일반적으로 굿을 하는 무당이 아니라 그보다는 몇 단계 높은 일, 그러니까 실제로 보이지 않는 악령들을 퇴치하고 다니는 그런 묘한 일을 한다는 것도 알려 주었다.

도지 무당은 아주 드물기는 했지만 그런 일을 할 적에 현정을 대동하기 시작했다. 도지 무당은 인적 없는 외딴곳 어두운 밤에 현정을 데리고 가면, 중얼중얼 노래를 부르고 가볍게 춤을 추며 빙빙 돌기도 하고 무슨 종이로 만든 부적 같은 것을 허공에 뿌리기도 했다. 현정은 그 곁에서 칼을 쥐고 가만히 경계하는 것이 전부였다. 처음에는 무엇을 하는지조차 알지 못했고 특이한 것을 보지도 못했다. 현정의 눈으로는 도지 무당이 춤추는 것 외에 실제로 뭘 하는지, 하고 있기는 한 건지 알 수조차 없었다. 그저 존경하는 스승님이 하시는 일이니 최대한 엄숙하게 따를 뿐이었다.

 돌이켜 생각해 보면, 도지 무당은 현정을 자신의 후계자로 만들 것인지 여부를 그때 심각하게 고민했던 것 같다. 고아였던 자신을 데려다가 제자로 삼은 것을 보면 당연히 후계로 삼으려 했을 것이다. 또 자신을 스승이라 부르게 한 것도 그렇다. 하지만 정작 도지 무당이 현정에게 알려 준 것은 검법뿐이었다.
 현정은 그 이상한 굿에 대한 의식을 하나도 알아보지 못했고, 그에 대해 언젠가 도지 무당에게 물으니 도지 무당은 약간 서글픈 듯 "보지 못 하는구나"라고 말했을 뿐이었다. 그러고는 평소처럼 말이 없었는데, 도지 무당의 표정은 조금은 슬픈 듯도 했지만 어쩐지 시원한 듯, 복잡하게 느껴져서 은근히 두려워진 현정은 더 묻지도 못했다. 그러나 그로부터 며칠도 지나지 않은 어느 날, 현정은 정좌를 한 채 도지 무당이 선언하는 말을 들었다.
 "오래 고민했는데 지금 결정을 내렸다. 너는 내 뒤를 잇지 마라."
 "예? 하지만……."
 현정은 고개를 숙였다.
 "제가 재능이 없나 보네요."
 "아니, 나도 많이 고민했어. 꼭 네가 재능이 없어서는 아니다. 다만 내 생각이 바뀌었을 뿐이란다."

"어떻게요?"

도지 무당은 조금 허탈한 미소를 띠며 멍하니 현정의 머리 위쪽 허공을 응시했다.

"글쎄다. 이런 험한 건 그냥…… 앞으로는 남아 있지 않아도 돼."

"험하다니요? 무당을 천시한 것은 옛날이고…… 뭐, 지금도 꼭 좋다고는 할 수 없지만, 저는 충분히……."

"아냐. 그리고 현정아, 내가 전에 주었던 그 검술책 가지고 있지?"

"아, 네. 그럼요."

"가지고 오너라."

현정이 보물처럼 책의 한 귀퉁이라도 상할까 봐 조심스럽게 보았던 아미파의 비급 세 권을 도지 무당 앞에 내놓자 도지 무당은 그것을 쥐고 조용히 몸을 일으켰다. 현정은 영문을 몰라 조심스레 눈치를 보며 도지 무당의 뒤를 따랐다. 도지 무당은 곧바로 앞마당에 가서 책을 땅에 놓고 조금의 망설임도 없이 성냥을 꺼내 책에 불을 붙여 태워 버렸다. 현정은 깜짝 놀라 신음성 같은 것을 냈으나 스승이 하는 일이라 막지도 못했다. 다만 서글픈 기분으로 그것을 바라볼 수밖에 없었다. 책이 다 타서 새카만 재가 되자 현정은 자신도 모르게 흑흑거리며 울어 버렸다. 그러자 도지 무당이 조용히 말했다.

"이제 돌이켜 보니 너에게 칼을 가르친 것도 후회되는구나. 과거의 인연과 약속이 있어 네게 전했으니, 고인과의 약속은 지킨 셈이다. 그리고 단 한 명이라도 전수자가 나와 자기 대에서 맥이 끊이지 않으면 된다 했으니 이제 됐다. 이건 이제 이 세상에는 필요 없는 물건이야."

"하, 하지만……."

"현정아. 나는 여러 가지 인연을 얻었지만 그런 쪽에는 통 자질이 없었어. 맨 처음에는 너를 잘 가르쳐 여러 가지를 겸비한 사람으로 만들려 했다. 하지만 다시 생각해 보니 지금 세상에서 내 재주나 검을 해 봐야 아무 쓸모도 없어."

"왜 아무 쓸모도 없어요? 저는 누구보다도 강해질 수 있고……."

"현정아, 내 말 들어라. 앞으로라도 절대 이 검술은 보통 사람 앞에 보이지 말아야 해. 이것은 잊혀야 될 물건이고 그걸 혹시라도 다른 사람들이 알게 되면 너는 몹시 힘들어진단다. 내 말 명심해. 그리고 약속해 다오."

"약속하겠습니다, 스승님. 하지만 그러면 이건……. 제가 배운 건 뭔가요? 아무한테도 보일 수 없고 사용할 수 없다면?"

"글쎄, 꼭 필요한 경우가 생길 수도 있겠지. 그게 무슨 뜻인지 너도 차차 알게 될 거야."

"하지만 스승님의 기술 같은 것은……."

"이제 없어져야 해. 나를 끝으로."

도지 무당은 그 말만 슬프게 남기고 더 이상 그에 대해서는 말하지 않았다. 이날 도지 무당과 현정의 대화는 이제까지 두 사람이 같이 살면서 나눈 대화 중 가장 애틋하고도 복잡한 것이었다. 그날 현정에게 전해진 느낌은 후일에는 뭐라 표현하기 어려울 만큼 비감했다. 원래부터 말수가 적었던 도지 무당은 그 이후로 그 냥 옅은 미소를 띠거나 표정으로만 대답했을 뿐, 죽는 날까지 거의 몇 마디 말고는 아예 말을 하지도 않았다. 다만 뭔가 생각하듯 조용히 자신의 방에 앉아 있었을 뿐이다.

 여하튼 현정은 몹시 답답해졌다. 청홍검은 아직도 현정이 가지고 있었으나 조금 더 나이를 먹어 가면서 현정은 차차 도지 무당이 말한 뜻을 깨닫게 됐다. 정말 아무리 현대 사회가 되고 직업의 귀천이 없다고들 말하지만 무당이 된다는 것은 결코 좋은 시선을 받을 일이 아니었다. 더군다나 일반적인 무당도 아니고 칼을 휘두를 줄 아는 무당이라는 것, 그리고 자신이 갖고 있는 —아마 국보급 보물에 해당되는— 칼에 대해서도 차차 걱정스러워졌다.
 아무 힘도 없이 보물을 지니고 이것을 지켜야 한다는 것, 이것은 현정에게도 굉장히 골치 아픈 일이었고 그에 대한 근본적인 해결책은 결국 하나밖에 없었다. 이것이 무엇인지 아무도 모르게 만드는 것이다. 이게 청홍검이라는 것을 탐욕스러운 사람들이 알게 된다면 자신은 절대 검을 끝까지 지켜 낼 수 없을 것 같았다.
 아무리 검법이 강하고 검술이 강해도, 이 검술을 쓸 대상이 없었다. 검도 대회는 자신이 배운 실질적인 살검(殺劍)과는 거리가 멀었다. 여러 가지 규칙이 있어서 그것을 지키지 않으면 안 됐지만 자신이 몸에 익힌 검법은 그런 것이 아니었다. 더군다나 다른 검은 이제 사용하기도 어려웠다. 청홍검만으로 거의 모든 검술을 익혔기 때문에 청홍검을 떼고는 검술이 제대로 발현될 것 같지도 않았다.

하지만 누가 이런 칼을 가진 현정과 잠깐이라도 진심으로 대련해 줄 수 있을까. 그리고 자신이 익힌 검법의 경지는 어떨까. 어떻게 하면 더 나아갈 수 있을까. 이론이나 구상만으로는 한계가 있다. 실전을 겪어야만 더 늘 수 있을 것 같은데, 도대체 누구와 제대로 실력을 발휘해 싸워 볼 수 있을까. 일반적인 검도의 고수는 전혀 눈에 차지 않았고 설령 진검 대결을 한다고 해도 현정의 살검은 일반적인 검도 고수들로는 막아 낼 수 없었다.

이건 몸에 익은 것이라 어쩔 도리가 없었다. 대충 가볍게 봐주거나 쉽게 진정한 초식을 쓰지 않고 하는 것은 어차피 자신이 바라는 바에도 도움이 되지 않았다. 나이가 들고 알면 알수록 자신의 처지는 점점 답답해졌고 왜 도지 무당이 그것을 내보이지 않는 편이 좋을 것이라고 말했는지도 이해가 갔다.

그때부터 현정은 몹시 외로워졌다. 검은 여전히 현정의 가장 가까운 친구나 다름없었지만 사용할 수가 없다. 그리고 도지 무당을 스승이라고 불렀지만 스승 스스로가 가르쳐 주지 않는 한 이제 더 이상 할 것도 없고 특별할 것도 없다.

― *보통 사람의 생을 살아라.*

도지 무당이 그리 말했으나 아직까지는 확실히 보통 사람의 생이 더 좋은지 실감조차 할 수 없었다. 뭔가 하나라도 제대로 해 봤어야 선택할 것 아닌가. 현정은 몹시 방황하는 마음으로 고교 시절의 뒷부분을 보냈다. 그러나 도지 무당에게만은 항상 쾌활하고 밝게 행동하려고 했으며, 그런 마음속의 고민이나 거리낌을 말하진 않았다.

그리고 현정은 대학에 진학했다. 이제 어른이라 생각했기에 스승의 신세를 지기 싫어 아르바이트를 해 보기도 했고 공부를 열심히 해서 장학금을 타기도 했다. 무엇보다 대학 생활을 하면서 스승의 말대로 검은 잊어버리려 했다. 남자 친구도 사귀었다. 이대로 완전히 보통 사람의 일상으로 들어갈 것 같았다. 하지만 그렇게 되지는 않았다.

현정은 그 남자가 점점 좋아졌다. 아직 대학생의 신분이었지만 결국 남자에게 몸도 주었다. 그 남자와 결혼해 행복한 생활을 이어 가리라 믿어 의심치 않았다. 그러나 졸업은커녕 학년도 채 바뀌기 전에 그 남자는 다른 여자를 당당히 현정의 앞에 끌고 와 이별을 선언했다.

배신당했다. 보통 사람과 전혀 다르지 않은 현정의 표정이었지만 이때만은 뭔가가 달랐다. 자신이 생각해 두고 꿈꾸어 온 것이 한꺼번에 허물어졌다. 현정은 시끄러운 학생 식당에서 볼펜으로 리포트를 작성하는 중이었는데 그 말을 듣는 순간 그녀의 손가락이 딱 멎었다.

현정은 조용히 그 남자의 뻔뻔스러운 얼굴을 들여다보았다. 자신의 표정이 어땠는지는 알 수 없다. 기억도 나지 않는다. 다만 웃지 않았던 것은 분명했다. 현정의 마음속은 이때까지 경험해 온 어떤 마음 상태와도 달랐다. 흥분된 것도 아니고 격노한 것도 아니다. 차가운 호수에 깊이 가라앉은 것 같은 기분만 남았는데 표정이 어땠는지까지는 알 수 없지만 크게 찡그리거나 인상을 쓴 것 같지는 않다.

그러나 남자의 반응이 달라졌다. 단지 고개를 돌려 얼굴을 본 것뿐인데 남자의 얼굴이 그 순간 크게 질린 것만은 잊히지 않는다.

'그렇게 사랑했던 사람인데, 그렇게 좋아하고 꿈꾸던 사람인데 왜 저렇게 하얗게 질리지? 스스로의 죄, 스스로 한 배은망덕한 행동이 나쁜 거라고 비로소 깨달은 거야, 아니면 내가 무서운 거야? 도대체 왜?'

허나 그 남자도 갈피를 잡지 못함이 분명했다. 그래도 남자는 옆에 끌고 온 새로운 애인을 의식하며 현정에게 지지 않겠다는 듯 얼굴을 들이밀며 뭔가 소리를 지르려고 했다.

현정은 차분하게 리포트를 쓰던 손을 들어 마침 쥐고 있던 볼펜의 끝으로 남자의 이마를 건드렸다. 물론 때리거나 치려던 것은 아니었다. 다만 바짝 들이미는 그 낯짝이 역겨워서 밀어 내려고 했다. 손을 대기도 싫어서 볼펜 끝으로 밀어 낼 생각이었고 그렇게 간단히 밀었다. 결과적으로는 그냥 '툭' 민 것이다. 소리가 난 것도 아니고, 하다못해 볼펜 끝이 남자의 이마에 닿았으나 볼펜 자국조차 남지 않았다. 그리고 그러자마자 무엇을 해야 할지 알 수 없어서 현정의 손은 자기가 작성하던 리포트 글자로 돌아가려 했다. 그러나 계속 글을 쓸 수는 없었다.

이마를 살짝 맞은 남자가 정신을 잃으며 학생 식당의 의자와 책상들과 함께 쓰러져 버렸기 때문이다. 그다음의 일은 현정도 잘 기억이 나지 않았다. 혼란스러워 뭐가 뭔지 알 수 없었다. 남자를 따라온 여자가 비명을 지르며 울었던 것은 기억이 난다. 그리고 자신의 주변에 있던 같은 과 친구들과 다른 사람들이 우왕좌왕하던 것만 기억이 난다.

현정은 조금도 마음이 움직이지 않고 오히려 멍한 상태였다.

'쓰던 걸 계속 써야 하나? 이 사람은 왜 이러는 거지? 장난인가?'

흥분하지도 않고 어떤 상념도 일지 않았다. 정말 자신이 생각 없이 밀어 낸 볼펜 끝에 자신이 익혀 왔던 검술의 기운이 들었을지 모른다는 추측도 사실은 나중에 억지로 돌이켜 짜낸 것이다. 그때는 정말 아무 생각이 없었다.

남자는 결국 병원으로 후송됐고 진단을 받았다. 아니, 진단을 받으려 했다. 그런데 의사들은 이 남자의 어디가 잘못됐는지 전혀 찾지 못했다. 아무리 병원 장비를 돌려서 검진해 보아도 남자는 조그마한 외상도, 내부의 출혈도, 충격을 받은 흔적조차 없었다.

다만 현정이 볼펜으로 남자의 이마를 톡 민 것은 꽤 많은 사람이 목격을 했다. 그것 말고는 건강하던 남자가 갑자기 식물인간처럼 돼 버린 이유를 설명할 길이 없었다. 그렇지만 볼펜 끝이 그런 결과를 빚었다고 단언할 수 없었다. 마침내 경찰은 현정이 옛날에 검도 대회에 나갔던 기록을 찾아내어 추궁하려 했다.

원래 검도의 고단자는 신문지를 둘둘 만 것이나 볼펜, 우산, 하다못해 나무젓가락만으로도 사람을 쳐서 중상을 입힐 수 있다. 하지만 현정은 검도의 공인 단증도 없을뿐더러 설령 그렇다고 하더라도 이 경우는 달랐다. 아무리 나무젓가락이나 볼펜으로 치더라도 분명히 물리적인 충격량을 전달하는 법이다. 비록 볼펜일지라도 쳐서 상해를 입히면 상처와 타격 흔적은 그대로 남게 된다. 허나 현정이 볼펜으로 살짝 민 이마에서는 어떤 외과적인 소견도 발견되지 않았다.

결국 의사 쪽에서 내린 결론은 필연적이었다. 현정이 친 것은 우연에 불과하고 뭔가 남자의 내부가 잘못돼 이렇게 됐다고 판정을 내릴 수밖에 없었다. 경찰도 입건하거나 죄를 씌우지 않았다.

남자는 영영 깨어나지 못했다. 현정의 친구들은 재수가 없었다거나 불행한 사고에 휘말렸을 뿐이니 안심하라고 말해 주었으나 다른 사람들의 시선은 달랐다. '살인자'라고 입 밖에 내어 말하진 않았지만 적의에 찬 시선은 말보다도 더 웅변처럼 현정에게 들렸다. 그리고 사실은 현정도 그 말이 맞다는 것을 알고 있었다.

'내가 사람을 죽였네. 아니, 사람 맞나?'

당시 현정의 생각은 분명히 그랬다. 그러나 그 사실을 인정하기는 싫었다. 당당히 사실을 털어놓거나 하는 것을 넘어서 일단 정말 자신이 그런 것인지조차도 확신이 없었다. 그동안 익힌 검법이 아무리 살인적인 위력을 지녔을지라도 툭 민 것만으로 이런 결과를 낳는다고는 상상도 못 했다. 아니, 상상조차 않으려 했다. 현정은 자신은 전혀 책임이 없다는 듯 사람들 앞에서 당당히 행동했다. 그러나 집으로 돌아와서는 한없이 울었다.

아무 말도 하지 않고 계속해서 현정이 우는 것을 본 도지 무당은 조용히 그녀의 뒤에 와서 말없이 등을 토닥거려 주었다. 무슨 일인지 묻지도 않았고 위안을 하거나 마음을 달래려는 말도 하지 않았다. 그냥 아무 말도 하지 않고 등을 두들겨 주는데 그 손길은 확실한 무관심도, 완벽한 이해도 아니었다. 그저 아무것도 아닌 위안이었다. 아무것도 아니고 무슨 일이라도 상관없다는 듯 조용히 두들겨 주는 그 손끝에서 현정은 큰 위안을 얻었다.

그러지 않았다면 그때 현정의 마음은 완전히 무너져 버렸을지 모른다. 그즈음 현정은 자신이 여태까지 배운 검법에서 검기라고 하는 것이 발출된 게 아닌가 생각하고 있었다. 굳이 생각했다기보다 그런 의심이 마음을 꽉 채워 버린 상태였다.

현정은 그 일에 대해 입 밖에 내어 말하지 않았지만, 경찰이나 기타 사람들이 여러 번 찾아왔기 때문에 도지 무당도 진상을 어느 정도 파악했다. 그러면서도 도지 무당은 아무 말도 하지 않았다. 현정은 사흘이 넘게 지난 이후에야 어느 정도 마음을 가다듬고 도지 무당에게 무슨 일이 일어난 것인지 털어놓았다. 그리고는 그것에 대해 말했다.

"스승님이 주신 검법이 정말 그렇게 나올 줄은 몰랐어요. 그게 검기라는 건가요? 아, 정말 뭐라고 생각하기도 싫지만……. 물론 제 잘못이고 제 실수지만 그렇게 사람이 허무하게 죽을 줄은……."

현정이 울며 말하는데 도지 무당이 차분히 말했다.

"그런 것은 그 검법에 없단다."

"예? 하지만 분명히……."

"검법에는 없다. 그리고…… 네가 검기를 뽑아낼 수 있는 경지였을까? 난 그게 의문스럽구나."

정신이 나간 듯―당연히 현정은 그때 거의 제정신이 아니었기에 마음을 가다듬었다 생각했는데도―, 입에서는 아무 말이나 닥치는 대로 튀어나왔다.

"스승님, 하지만 분명히 그 남자는 죽었어요. 그게 아니라면 누가 그를 죽였죠? 저, 잡혀가고 싶진 않아요. 그리고 제가 정말 죽였다는 증거도 없고요. 죄를 뒤집어쓰고 싶지 않아요. 신고라도 하실 건가요?"

도지 무당은 현정의 말을 묵묵히 듣다가 한마디만 했다.

"다시 한번 시험해 보려무나. 정말 그런지 아닌지."

현정은 처음에는 그 말을 흘려버리고 방구석에 움츠린 채 움직이지 않으려 했다. 그냥 이대로 굳어서 돌이 돼 버렸으면 좋을 것 같았다. 검 같은 것, 아니 길쭉한 것은 하나도 만지고 싶지 않았다. 아예 손을 잘라 버릴까 싶기도 했다. 그러나 계속 곰곰이 생각해 보니 아무래도 검기 같은 것을 자기가 발출할 수는 없을 것 같았다.

'시험? 그래. 시험해 보는 거야.'

물론 현정이 벌을 받을 리는 없다. 이런 현상에 대해서는 세상의 누구에게도 들은 적이 없다. 현정이 남자의 죽음에 직접적으로 영향을 끼쳤다는 증거를 대지 못하는 한 경찰이나 누구도 현정을 비난할 수 없을 것이다. 하지만 이제는 현정 스스로가 의문을 버릴 수 없었다.

'내가 정말 사람을 죽인 걸까?'

아무도 모르더라도 자기만은 알아야 한다. 사람의 죽음은 그렇게 간단한 일이 아니다. 세상 모두를 속이더라도 그 사람을 죽인 당사자만은 알고 있어야 한다. 하지만 불행은 현정 자신도 정말 자신이 그 남자를 죽였는지 아닌지 모르는 데 있었다. 죽였다고 믿었는데 그렇게 생각하다 보면 아닌 것 같고 아니라고 생각하다 보면 그것 말고는 설명할 방법이 없다. 도대체 뭘까. 며칠 동안 이를 악물고 용기를 낸 끝에야 현정은 쓰레기봉투에 모조리 처박았던 볼펜과 필기구 중 한 자루를 꺼내 들었다. 전에 사용했던 볼펜과 같은 모델이었다. 그것을 들고 현정은 조심스럽게 천천히 책상을 건드려 보았다. 최대한 지난번과 비슷하게 글씨를 쓰다가 자연스럽게 톡 미는 것처럼. 톡 소리가 났고 아무 일도 벌어지지 않았다.

책상에 흠집도 가지 않고 책상이 망가지거나 부서지는 일 같은 것도 없었다. 당연한 일이다. 현정은 두근두근한 마음으로 역시 최대한 똑같이 움직이며 확인해 보았다. 검술을 익힌 현정의 감각은 남보다 예민한 데가 있어서, 보통 사람은 몸을 움직이는 동작이 어땠는지 기억하기 어렵지만 무술의 초식을 연마해 온 현정은 그 동작 하나하나를 기록한 것처럼 똑같이 반복할 수도 있었다.

보통 맹인들이 이런 능력을 지닌다고 하는데 현정은 후천적으로 습득한 능력이었다. 그렇게 집중해, 약간 각도는 다르지만 똑같은 움직임으로, 완전히 똑같을지는 모르겠지만 최대한 똑같은 움직임으로 현정은 자신의 손목을 쳐 보았다. 역시 '톡' 소리가 나며 약간의 감촉이 있었다. 하지만 현정의 손은 아무 이상도 없었다. 어디가 부러지지도 망가지지도 않았다. 물론 마음은 심란해 눈물을 줄줄 흘리고 있었지만 그 순간 현정은 자신도 모르게 픽 웃었다. 이렇게 톡 치는데 당연히 그렇게 될 리가 없었다. 현정은 다시 한번 마음을 가다듬고 이번에는 자신의 이마를 똑같은 방법으로 쳐 보았다. 심장이 두근거리며 긴장됐다. 자신도 정말 죽어 버리는 것은 아닐지.

'내가 죄가 있다면 나도 똑같은 방법으로 죽는 게 마땅하지. 내가 죽인 게 아니라면 내 머리를 친다고 해도 아무 일도 벌어지지 않을 테고.'

논리적으로는 당연했다. 당연히 그랬어야 하는데 현정의 손이 덜덜 떨렸다. 절대 그때와 같이 평정한 상태가 될 수 없었다. 현정은 억지로 이를 악물고 몇 시간이나 마음을 가다듬으며 생각을 정리하고 정리한 끝에 결국 자신의 이마를 톡 건드려 봤다. 아까와 마찬가지로 '톡' 소리만 나고 볼펜의 감촉만 느껴졌을 뿐, 이상하다고 느낄 만한 일은 벌어지지 않았다.

'아니, 달라. 이게 아니었어. 그때는 이렇게 덜덜 떨리고 생각이 많지 않았어.'

다시 기억을 돌이켜 봤다. 분명 충격적인 이야기를 들었다. 그게 상당한 충격이었던 것 같기는 하다. 마음속이 텅 빈, 아무것도 남지 않은 것처럼 됐으니까. 물론 정신이 완전히 나간 것은 아니다. 분명히 사물도 정상적으로 보였고 사고도 정상적으로 됐다. 그런데 뭔가가 없어졌다. 평상시에 항상 존재했기에 그 존재조차도 느끼지 못하는, 말하자면 공기와도 같은 무엇인가가 그때는 자신의 마음속에서 사라져 있었던 것 같다.

그리고 그것은 공기만큼이나 필수적이어서 없으면 스스로를 유지할 수 없는 그 무엇이었다. 그게 뭘까. 그 상황을 똑같이 재현할 수 없다면 현정은 확신할 수 없었다. 자신이 정말 그 남자를 죽인 것인지, 정말 그 무엇인가가 자신 안에 깃들어 있는 것인지, 이것은 굉장히 중요한 문제였다.

현정은 이미 태워 버린 옛날의 비급을 떠올려 보았다. 수도 없이 보아서 그 내용은 머릿속에 완벽하게 암기돼 있었다. 내용을 아무리 천천히 되짚어 보아도 검 밖으로 무언가가 뽑혀 나온다거나 기를 전달한다거나 또는 그럴 수 있다는 구절 따위는 단 한 군데도 없었다. 칼은 칼일 뿐이었다.

'그럼 도대체 뭐지?'

자신이 정말 사람을 죽게 했다면 자신의 몸에서 무언가가 볼펜으로 전달돼야만 했다. 그건 뭘까? 외면적으로는 아무런 흔적도 자국도 충격도 주지 않은 채 그 남자의 뭔가를 부숴 버렸어야 한다. 무엇을 부숴 버렸을까? 그때 현정에게서 빠져나갔던 것? 물론 현정 스스로도 그것이 무엇인지, 존재했던 것인지조차 알 수 없지만, 그것이 뭔가를 건드린 건 아닐까? 살아 있으려면 필수적으로 존재해야 하지만 눈에 띄지도, 느껴지지도, 만져지지도 않는 무언가가 그 순간에 파괴된 것은 아닐까? 현정이 한 짓이 확실하다고 보면 이런 식의 억측에 불과한 가설일지라도 일단은 조건이 성립된다. 그럼 그게 무엇인데? 그런 게 존재할 수는 있는 건가?

의외로 그 실체와 비슷한 것에 대한 이야기는 주변에 널려 있었다. 무협 소설이나 환상 소설에 보면 마음속의 기(氣)라는 것을 뿜어서 유형화시켜 멀리 있는 상대를 격살하고 사람을 조종하는 등등의 이야기가 난무했다.

물론 그것은 이야기일뿐이고 실제로 그런 것이 일어나는 경우는 단 한 번도 본 적이 없다. 그리고 그것은 불가능하다고 여겨졌다. 이런 내용을 쓴 작가들도 실제로 그런 일이 일어날 수 있다고는 믿지 않을 것이다.

'그런 건 일어날 수 없는데.'

하지만 현정에게는 그런 일이 일어난 셈이다. 그러니 문제는 그런 것이 존재하느냐 아니냐로 귀착됐다. 그런 일이 존재할 수 있다면 현정은 그 남자를 죽인 것이 맞다. 반대로 그런 일이 존재할 수 없다면 현정은 무죄다. 그때는 그렇게 생각했다. 오랫동안 나름대로 숙고해서 내린 결론이기 때문에 틀림없으리라 믿었다.

현정은 다시 검을 잡았다. 옛날보다도 더, 미친 듯이 필사적으로 휘둘러 댔다. 검기라는 것은 절대로 나오지 않을 것임을 현정 스스로도 알았고 이미 불가능하다고 내심 확신했다. 하지만 휘둘러 볼 수밖에 없었다.

'얼마나 수련을 하면 검기라는 게 만들어질까? 그리고 검기라는 것은 정말로 닿지 않는 것 또는 검을 통하지 않고서도 뭔가를 파괴할 수 있는 것일까?'

그러나 현정의 경우는 파괴한 것도 아니었다. 뭔가 보이지 않는 것을 제거해 버렸다고 설명할 수밖에 없었다. 정말 그런 일이 가능은 한 걸까? 하물며 형체도 없는 것이 정말 파괴될 수는 있을까? 의문들은 끝도 없이 일었다. 파고들면 파고들수록 억측 같았다. 이성적으로는 그 남자의 내부 기관 어딘가가 우연히 바로 그 순간 재수 없이 잘못됐다고 볼 수밖에 없었다. 그 남자에 대한 의사들의 소견서와 의학적 소견에 대해서는 이미 수도 없이 확인해 보았다. 의사들의 소견서에는 전혀 사인을 '짐작할 수 없다'라고만 적혀 있었다. 의사들도 사인을 짐작하지 못하는 경우 일반적으로 사용되는 병명이 몇 가지 있다. 급성 신부전이나 심장 마비 등등. 은근히 많은 수가 확신 없이 내려지는 결론이다. 그 병세들은 실제로 존재하는 것이고 발동되면 이런 경우와 같이 조금의 흔적도 남지 않고 사람이 죽는다. 때문에 의사들도 확실한 판정을 내릴 수 없게 되면 그중 하나를 고를 수밖에 없다. 정확한 진단이 아니라 거의 추측에 가까운 진단을 내리게 되는 셈인데 이럴 때마다 의사들은 자신의 무력함을 한탄하기도 한다. 그렇지만 현정은 그런 병이 존재한다는 것만으로도 마음의 위안을 받을 수 있었다.

'죽음에 대한 결론이 확실하게 내려지지 않는 경우도 존재해.

그런 경우라면…… 내가 죽인 게 아냐.'

그럼에도 마음이 편치 않았다. 그때 자신이 그 남자에게 품은 아주 짧고도 텅 빈 감정이 과연 살의는 아니었을까? 제삼자를 죽이고 싶어 했다면, 그래서 보이지 않는 뭔가가 뻗어 나가 사람을 죽였다면 그것은 살의여야 한다.

그러나 아무리 기억을 필사적으로 헤집어 보아도 그때 자신에게 떠올랐던 감정은 그런 것이 아니었다. 그냥 텅 비고 멍한 감정, 남자가 적반하장으로 소리를 지르려고 얼굴을 들이댔을 때 그 얼굴이 보기 싫었던 것까지는 기억할 수 있다. 하지만 아무리 생각해도 절대 살의 섞인 감정은 아니었다.

'그럼 대체 뭘까?'

더 모호해졌다. 그때부터 현정은 더더욱 필사적으로 검을 휘둘렀다. 예전보다 연습량이 훨씬 많아졌다. '검기'라는 것을 발출하기 위해서, 또는 그때의 텅 빈 마음 상태를 다시 한번 재현해 보기 위해서. 검의 경지가 아주 높아져서 마음이 명경지수(明鏡止水)처럼 된다면 혹시라도 확인할 수 있을지 모르기에.

허나 소용없었다. 필사적으로 수련을 했지만 그 경지는 보이지도 않았다. 죽을 때까지 수련을 해도 그렇게 될지조차 의문스러웠다. 변한 것은 없었다. 다만 가장 두려워하고 멀어져야 했던 검이 어느새 다시 손에 찰싹 붙다시피 했고, 예전과 달리 이제는 아예 검을 가지고 다니게 됐다. 떼놓고 싶은 마음이 생기지 않았다.

어느새 그녀의 마음속을 사로잡고 있는 것은 남자의 죽음이나 사람을 죽였을지 모른다는 죄책감이 아니었다. 그보다도 훨씬 커다란, 공포와 같은 의문.

책임감이 없어서 잊은 것은 아니다. 아무리 파고들어도 알 수가 없어 멀리한 것도 아니다. 어쩌면 생각을 연결하는 사고의 끈이 너무도 많이 사용한 끝에 닳아 가는 것일지도.

이제는 검이 중요했다. 검의 경지를 높이는 게 중요한 것은 아니다. 정말 그런 경지가 가능한 것인가? 설혹 우주 전체의 생성 소멸만큼 희박한 확률일지라도 정말 그런 일이 일어날 수는 있을지가 중요했다. 그것을 알아야 정말 자신의 마음속에 칼처럼 박혀 있는 의문을 확인할 수 있으니까.

'나는 죄가 있나? 혹은 없나? 내가 사람을 죽인 건가? 아닌가?'

혼자 하는 수련에 한계를 느낀 현정은 검도의 고수들을 찾아다녔다. 물론 다짜고짜 싸움을 건 것은 아니다. 하지만 검의 경지에 대해서 말로 표현하거나 배운다는 것은 표현력의 경지를 넘는다. 때문에 자꾸 대련을 해서 상대방의 검에 대한 경지를 보아야 했다. 이제는 의문을 풀기 위함이었다. 죄책감을 느끼지도, 벗어난다는 생각조차 없었다. 겉으로 볼 때는 멀쩡했지만 현정은 반쯤 미쳐 있었는지도 모른다. 검이 좋아서 미친 것이 아니고 검과는 전혀 상관없는 이유 때문에 검에 미쳤다.

사실 간혹가다 현정은 자신이 반 정도는 인간의 세계가 아닌 곳에 한 발을 걸치고 있는 것 아닐까 생각한 적이 있다. 예전부터 도지 무당이 굿을 할 때 간혹이나마 함께해 왔었지만 그즈음 현정의 검 경지가 높아짐에 따라 조금씩 큰일에도 대동된 적이 있다.

 글자 그대로 전설로 내려오는 주술이나 신통력을 사용하는 사람들도 보았고, 상당히 드물기는 하지만 보통 사람의 눈에는 보이지 않는 악령이나 염체, 사념, 정령, 악의, 살의 같은 것이 유형화돼 보이지 않게 사건을 일으키는 것도, 또 그것을 막아 내는 사람도 있음을 알게 됐다.

 하지만 현정에게는 그런 자질이 조금도 없었다. 애당초 없었을지도, 혹은 도지 무당이 그런 능력이 발현될 기회를 주지 않았을지도 모르지만 하여간 없었다. 물론 검술에 대해서는 상당한 경지에 올라와 있다고 자부했다. 그러나 그것도 어디까지나 인간들 사이에서 통용되는 수준 안에서였다. 눈에 보이고 잡혀야 벨 수 있으니까. 손안에 자신이 항상 쥐고 다니는 청홍검이 설령 전설에서 말하던 보검이라 할지라도 엄청나게 잘 들고 견고하다는 것 외에는 보통 칼과 별반 다를 것이 없었다. 결국 다른 세계와 접하면서도 그녀는 그 세계에도 몸을 담을 수 없었다. 한 발 이상을 딛는 것은 불가능했다.

 인간 세계가 아닌 다른 이면의 세계에 한 발을 디디고 나머지 한 발은 보통 사람의 세상에 그대로 딛고 있는 어중간한 중간자적 존재가 바로 자신이었다. 그리고 우습게도 그것은 현정의 마음속에 깊이 숨어 있는 의문과도 많이 닮아 있었다.

 '나는 살인자인가 아닌가.'

 '나는 죄가 있나 없나.'

그런 기이한 능력을 지닌 사람들조차도 차차 신기하게 여겨지지 않을 정도로 익숙해졌다. 하지만 그런 사람 중에도 전혀 생채기나 흔적도 없이 사람을 죽일 수 있는 경지의 도인이나 검사, 주술사는 없었다.

현정이 생각해 오던 대로 보이지도 느껴지지도 않는 뭔가를 움직여, 역시 다른 사람의 보이지도 느껴지지도 파악되지도 않는 뭔가를 파괴해 죽음에 이르게 하는 기술. 그런 것은 주술이나 법술, 도력을 가지고 눈에 보이지 않는 힘을 사용하는 사람들에게도 있을 수 없다고 결론이 내려졌다.

'그럼 난 뭘 생각했던 거지?'

상당히 마음이 홀가분해지는 기분이었다. 그런 것이 존재하지 않는다면, 있을 수 없다면 정말 마음속으로부터 죄책감이 사라질지도 몰랐다.

그러다가 현정은 그 남자의 이야기를 들었다. 아주 우연한 기회였지만 듣게 됐다. 이현암이라는 남자. 검기를 뿜어낼 수 있고 검을 조종할 수 있다는, 괴물 같은 남자에 대한 이야기를.

확인해 보고 싶었다. 듣자 하니 이현암이라는 괴물 같은 남자는 '공력'을 발휘한다고 한다. 여기서 말하는 공력은 흔히 무협 소설에서 나오는 공력과는 약간 다르다고 했다. 내공이나 공력이라는 단어를 처음으로 창안한 것은 옛날 중국 무당파의 장삼봉이라는 도인인데, 그의 내공론은 도교적이며 믿기 힘든, 연단술과 비슷한 고대 이론이었다. 그것과 다소 흡사한 점은 있지만, 현암이 수련한 내공-공력은 그것과도 또 다르며, 이론은 그럴듯하되 실제 이루기는 어려운 굉장한 제약 조건을 안고 있었다.

잘 모르는 사람들은 누구든지 하면 될 수 있다고 믿지만 실제로 내공력을 축적한다는 것은 보통 사람에게는 결코 일어날 수 없는 일이라 한다. 쉽게 말하면 돌연변이나 초능력자만큼의 확률로 정말 드물게 일어나는 체질을 타고나야 가능한 것으로, 실제로 내공을 수련할 수 있었던 사람은 역사를 통틀어도 손에 꼽는다 했다. 즉 수천만 분의 일의 체질적 확률을 기본으로 하는 셈인데 더더욱 어려운 점이 또 있다. 실제로 내공 수련을 하려면 다섯 살, 아무리 늦어도 일곱 살 이전부터는 하루의 거의 모든 시간을 수련에 투자해야 했다. 또 그 수련을 해서 가능성이 있는지 없는지 판별되기까지에도 최소한 오 년에서 십 년 이상이 걸린다고 했다.

그러니까 학교에 다니며 교육을 받아야 할 가장 좋은 시기를 될지 말지 모를 아주 희박한 가능성만 안은 채 모조리 희생해야 한다는 소리다. 당연히 현대에 이런 짓을 할 사람이 나올 리 없었다. 그나마도 역사에 꼽힐 만큼밖에 나타나지 않는 희귀 체질이 수반돼야 한다. 그렇기에 공력을 가진 사람을 찾을 확률은 돌연변이를 넘어 외계인을 찾아낼 수준에 육박하는 것이다.

그런 희미한 확률에 자기 생애를 걸고 달려들 사람이 있으랴. 그것도 어린 시절부터 인생을 버리다시피 매진해 그것을 실행할 사람이 몇이나 되랴. 그런 상황에서 한국에 그런 공력을 가진 사람이 있다는 것은 정말 기적이라 했다. 물론 들자 하니 이현암의 공력은 자신이 쌓은 것이 아니고 다른 공력을 쌓은 사람이 물려준 것이라고 했다. 이 이야기를 듣고 현정은 흥분해 도지 무당에게 물어보았는데 도지 무당은 오히려 담담하게 말했다.

"그럴 테지. 내가 아는 바로, 공력을 깊이 수련한 사람은 온 세상 다 합해도 다섯 명을 넘지 않을걸? 우리나라에서 그만큼 깊이 공력을 수련한 사람은 아마 도혜뿐일 거고."

"도혜요?"

"법명이지. 그냥 그렇게만 알고 있으면 돼. 이제는 공력을 다 내줬으니 보통 사람만도 못 하게 됐을 테지만······."

그게 무슨 의미인지 현정은 제대로 알지 못했지만 어쨌든 현암이라는 사람을 반드시 만나 보고 싶다는 바람이 강렬했다. 그러나 찾아갈 명분도 없었고 다짜고짜로 칼을 들이밀 수도 없는 일이다.

현정은 어떻게든 강제로 쳐들어가서라도 묻고 싶었다. 정말 그런 경지가 존재하는 것인지, 검기라는 것이 나오는지. 그것이 정말 마음 깊숙이 칼처럼 박힌 죄책감을 떨궈 낼 만큼 그녀의 '그것' 과 흡사한지. 애가 탔다. 체면이고 예의고 따질 것 없이 마구잡이로 쳐들어가거나 납치할까 하는 망상까지 했다.

기회는 갑자기 생겼다. 어느 날 도지 무당이 말했다.

"이번에는 아주 큰일이다. 너도 꼭 같이 가 줘야 되겠구나. 그리고 사람들이 많이 모일 거야."

"그런가요?"

현정은 아주 오래간만에 두근거리는 심정으로 따라나섰다. 그리고 목적지인 강화도에서 분명 '이현암'이라는 이름의, 얼핏 봐서는 특별히 느껴지지도 않는 덤덤한 남자를 만날 수 있었다. 일본 술사도 있었고 다른 신기한 재주를 가진 사람도 많이 모여 있었으나 현정은 오로지 검기를 뿜어낼 수 있다는 이현암 그 한 사람에게 집중했다.

그러나 거기서 벌어진 일은 실로 참담하고도 파격적이었다. 반쯤 이쪽 세계에 몸을 담은 현정도, 현정뿐 아니라 거기에 있는 모든 사람들이 거의 목숨을 잃을 뻔했다. 그 와중에서도 현정은 일본에서 왔다는 요염해 보이는 일본 무녀와 이현암을 주목했다. 이현암은 월향검이라고 불리는 이상한 칼을 날리면서 사용했고, 홍련이라는 그 일본 무녀는 구마열화검이라는 일본 밀교의 신기한 법기를 사용했다.

신기한 법기라고 호기심을 가진 게 아니라 정말 뭔가가 검에서 뿜어 나오는 모습을 보는 게 흥분됐다. 그것이 검기건 또는 도력이건 법력이건 뭐건 간에 정말 자기 마음속의 앙금처럼 남아 있는 그것과 닮은 것인지 아닌지 확인하고 싶어서였다.

하지만 현정의 기대는 무참히 깨졌다. 물론 그 두 가지의 검은 신기하기 이를 데 없었다. 옛 전설이나 괴담에서나 나올 법한 믿을 수 없는 힘을 가지고 있었다. 더구나 이현암이 간혹 검에 실어 내는 검기는 이 세상 어떤 것도 대적할 수 없을 것 같았다. 그러나 그럼에도 현정은 크게 실망했다. 눈에는 보이지 않았지만 검기조차 무형은 아니었다. 닿는 것은 무엇이든지 잘라 버리는 무서운 것이지만 아무 흔적 없이 상대를 파괴할 수는 없었다.

그러자 오히려 가슴이 더 조여들었다. 주술에서조차 자신이 찾는 힘은 발견하기 힘들었다.

'그런 건 없는 건가? 그래. 존재하지 않아. 헛된 고민을 하고 있었던 거야.'

그렇게 마음속 앙금을 지워 버릴까도 했다. 하지만 지울 수 없었다. 현정은 검기라거나 구마열화검, 다른 세상에 속한 것 같은 사람들의 현란한 주술을 보았다. 허나 그것들조차도 무형의 것은 아니었다.

'그러나 저런 것들도 있었어. 분명 없을 거라 믿은 것도 있었어. 그러면…… 내 '그것'이 없다고 단언할 순 없잖아.'

의구심이 새로 싹텄다. 지금은 유형의 주술일지라도 더 단계가 올라가면 정말 무형의 경지에 달하는 것은 아닐까? 어차피 논리와 상식이 통용되지 않는 세계의 일이다. 비록 현재는 미흡하지만 더 올라가면 그것을 넘어설지 모른다. 그보다 더한 일이 벌어지지 않는다는 보장이 어디 있으랴. 자신이 겪었던 일이 실제로 재현되지 않으리라는 법이 어디 있으랴. 마음의 힘이 휘둘러질 수 있다면, 마음의 칼이 튀어 나가지 못한다는 법이 어디 있으랴.

그렇게 생각하니, 확인을 위해서라도 이현암과 대련을 계속하고 싶었다. 물론 이현암의 경지가 자신보다 훨씬 높다는 것도 안다. 하지만 그도 그런 경지는 아니다. 어떻게 해서든 그 사람의 경지를 높여 줄 수 있다면, 그래서 마음의 칼이 가능한지 확인할 수만 있다면. 목숨이 왔다 갔다 하는 상황 속에서도 현정은 계속 이현암을 주목할 수밖에 없었다.

그러다 전혀 예기치 못한 일이 생겼다. 자신을 여태까지 북돋워 주고 버팀목이 돼 주었던 스승, 어머니와도 같고 선생님과도 같고 그 모든 것을 합한 존재라고도 할 수 있던 도지 무당이 그곳에서 죽음을 맞이한 것이다.

마음속에서 슬픔이 넘쳐흘렀다. 도지 무당의 죽음은 그녀의 마음속에 메울 수 없는 큰 구멍을 내 버렸다. 눈물이 하염없이 흘렀고 편안하게 눈을 감은 채 누워 있는 도지 무당의 모습을 보아도 실감 나지 않았다. 금방이라도 눈을 떠서 다시 '현정아' 하고 조용하면서도 단아한 목소리로 불러 줄 것 같았다.

주변에 다른 술사들도 여러 명 목숨을 잃었지만 현정의 눈에는 스승밖에 들어오지 않았다. 다른 사람들은 현정을 위로하려 도지 무당에 대해 이것저것 말해 주었다. 스승이 결코 고통스럽지는 않았을 것이라는 점, 도지 무당이 모든 힘을 다해 자신의 굿의 힘으로 수많은 해골 악령들을 어느 정도 억누르지 않았더라면 아마 한 명도 살아남지 못했으리라는 것, 도지 무당의 영력은 드러내 놓지는 않았지만 어쩌면 세상에서 제일 강했을지도 모른다는 것 등. 하지만 그런 것들은 다 상관없었다.

자신의 가장 고통스러운 순간에 느꼈던 뭔가를 상실한 기분, 그것보다도 더 많은 것이 송두리째 빠져나가는 느낌. 자신은 껍데기만 남고 속이 텅텅 비어 버린 기분. 그러나 그 안에도 흉측한 검은 점 하나는 끝내 남았다. 그런 혼란과 슬픔 속에서도 현정은 끝내 이현암에게 언젠가 다시 만나 검을 겨루어 보자는 말을 하고야 말았으니까.

어떻게 거기서 그런 말을 할 수 있었을까? 자신은 그만큼 이기적이고 나쁜 년이었단 말인가? 어머니와도 같고, 아니 어머니이자 스승의 죽음을 앞에 놓고도 기껏 한다는 이야기가 자기 자신의 죄를 덮기 위해, 추악한 호기심을 위한 것뿐. 그런 순간에조차 이 기심을 떨쳐 버리지 못한 자신이 추악하고 더럽고 메스껍고 혐오스러웠다. 정말 뭐라고 할지. 어떻게 지탱해야 할지. 솜이 빠진 인형같이 껍데기만 남아 악령처럼 부유하다가 재가 돼 어느 순간 훅 흩어질 것 같은 기분. 꺼칠한 혐오감이 마음속의 목소리들을 더 날 세웠다.

'너는 살인자야.'

'아니야, 아닐 거야.'

'너는 벌을 받아야 해.'

'내가 뭘 잘못했다고. 나는 살의도 없었어. 그리고 내가 그렇게 한 게 아니야! 내가 그렇게 했다는 증거도 없고…… 그렇게 필사적으로 찾아도 나오지 않잖아. 검기를 사용하는 사람조차 그런 것은 꿈도 꿔 본 적 없다고 했어. 그런데 어떻게 나 같은 게…….'

마음속에 뚫린 시커먼 점이 현정에게 말했다.

'정말 그렇지 않다고 얘기할 수 있어? 그렇게 확신할 수 있어? 정말 네가 죄가 없다면 왜 죄를 벗기 위해 안간힘을 쓰지? 이미

모든 것을 인정하고 있었던 것은 아냐?'

'아냐! 절대 아냐! 나는 그러지 않았어! 나는 그럴 수도 없어! 그러려 해도 그러지 못한단 말이야! 그런데 왜! 그런데 내가 왜!'

겉으로는 내색하지 않았으나 속으로부터 빨려 들 듯 허물어질 것 같았다.

그때 강화도에서 검기 외에 현정의 눈길을 끈 것이 하나 더 있다. 물론 준후라는 소년의 주술이나 주기 선생이라는 사람의 깃발을 이용한 이상한 주술, 신을 몸속에 마음대로 불러서 강신시켜 빙의돼 부리는 주술 등 신기한 것이 많았으나 정말로 현정의 눈길을 끈 것은 하나 더 있었다.

바로 박 신부라고 불리는 사람의 오라. 형체도 없고 기운도 없고 다만 경우에 따라서 영력이 약간 있는 사람들에게만 환하게 그냥 빛처럼 보이는 것. 아무런 느낌도 없지만 그것은 수백 마리 악령의 공격을 혼자 버텨 내고 모든 것을 튕겨 내 버릴 만큼 강했다. 아주 부드러우면서도 느껴지지 않는, 보이지 않으면서도 매우 강한 힘. 그렇다면 그것이야말로 오히려 현정이 느꼈던 마음의 칼과 더 비슷한 것은 아닐까?

현정은 강화도 사건 이후 한참이 지나서도 그 생각을 떨쳐 버리지 못했다. 결국 전에 만났던 박 신부에게 연락을 했다. 제발 한 번만 만나 달라고. 제발 고민을 들어 달라고. 처음에는 거절당하면 엎드려서라도 간청할 생각이었는데 박 신부는 도리어 저쪽이 무슨 잘못이라도 한 양 급히 정색을 하고 달려왔다. 무엇이든 도움이 된다면 할 수 있는 대로 할 테니 이야기해 보라고 그쪽에서 간청하듯이 말했다. 눈물이 나도록 고마웠지만 일단 자신의 의문을 푸는 것이 궁금했다.

절대 다시는 입에 올리고 싶지도 않았던 자신의 과거, 품고 있는 의문, 마음의 칼 이야기를 낱낱이 털어놓았다. 처음에는 조심스레 상황을 봐 가면서 적당히 마음속 깊은 곳은 감추려 했다. 그러나 박 신부의 진지한 표정을 앞에 두고는 그러지 못했다. 현정은 펑펑 울기까지 하면서 박 신부에게 모든 것을 털어놓게 됐다. 도지 무당의 죽음 앞에서조차 이기심을 버리지 못한 부끄러움과 후회까지도. 창피하고 부끄러운 마음도 없지 않았으나 이상하게도 이 나이 든 신부—이제는 더 이상 정식 사제가 아니라고 했지만—의 조금도 흔들림 없는 신실한 맑은 분 앞에서는 조금도 거짓을 말할 수 없었다.

이야기를 다 듣고 나자 박 신부는 고개를 저었다.

"현정 씨가 고민하시는 것은 알겠습니다만 너무 심하게 고민하시는 것 같습니다. 절대로 그런 경지는 없습니다."

"정말 없는 걸까요?"

"글쎄요. 정말 없다고 단언할 수는 없겠지요. 하지만 인간이라면 절대 그런 능력을 보일 수 없을 겁니다. 진실로 그런 정도가 된다면 그건 정말 사람의 경지를 한참 뛰어넘은 게 되겠지요."

"하지만요……."

"사람이 무엇 때문에 죽는다고 생각하십니까?"

"그, 글쎄요."

"현정 씨가 분명히 말씀하셨죠. 자기 마음속에 있는 보이지도 않고 느껴지지도 않는 뭔가가 그때 빠져나온 것 같았고, 그 죽임을 당한 남자도 보이지도 않고 느껴지지도 않는 부분을 파괴당해서 죽음에 이른 것 같다고요. 주술과 생사와 영혼을 연구한 저 같은 사람들은 물론 보통 사람들보다 그런 면에 대해 조금은 더 알고, 나름의 견해를 가지고 있지요. 하지만 우리조차도 사실이 뭔지는 알지 못합니다."

"정말인가요? 하지만 신부님 같은 능력자들은……."

"남보다 조금 더 알거나, 안다고 생각할 뿐입니다. 능력을 쓰는 경우도 있지만, 그렇다고 해서 모든 진실을 알지는 못해요. 예를 들어 볼까요? 우린 영혼의 존재를 믿고, 어느 정도 그에 대해서도 알죠. 그렇다고 실제로 지옥이나 사후 세계가 있는지는 정확히 몰라요. 하물며 신이 존재하는지조차 확답을 내리지 못합니다. 죽음 역시 마찬가지예요. 사람의 죽음에 대해 우리가 아는 것은 경험적인 것뿐이지요. 필수적인 장기를 손상당하면 사람은 죽습니다. 그건 일반적인 상식이지요. 그런데 장기의 손상이 없어도 죽는 사람이 많아요. 그렇다면 죽음이 뭘까요? 생명이 끊어지는 시점이 죽음이죠. 하지만 그건 상태를 말하는 거고, 죽음 자체에 대해서는 아무도 제대로 알지 못합니다. 현정 씨, 무엇이 사람을 죽입니까? 그리고 무엇이 사람을 살아 있게 합니까?"

"제가 영혼을 파괴한 건 아닐까요?"

"글쎄요. 영혼이라는 것조차 보통 사람은 이해조차 못 하죠. 그래서 사람의 생의 근원을 영혼이라고 비유하고는 합니다. 하지만 그 영혼이라는 것 역시 이해하지 못하는 사람들이 한데 붙여 놓은 집합물 같은 거예요. 영혼이라고 보통 사람들이 말하는 개념조차 실제로는 엄청나게 많고 다양합니다. 이미 우리들은 그 정도는 알고 있지 않습니까? 실제 사람의 영혼, 영혼의 한 갈래, 영혼의 부품, 염체, 사념, 악의, 살의, 정령, 악마……. 우리들조차도 그것이 얼마나 다양한 형태를 가지고 있고 얼마나 다양하게 나타날지 모릅니다. 다만 어떻게든 불러야 하니까, 다뤄야 하니까 나름대로 엉성한 일반화를 하고 있는 거예요. 그 본질이 뭔지는 우리도 모르지요. 영원히 모를 수도 있고요."

"하지만 제 문제는 영혼 같은 것이 아니에요. 내가 그 남자를 죽인 건지 아닌지……."

"흠…… 현정 씨 너무 심각하게 생각하시는 것 같습니다. 물론 저도 단언할 수는 없어요. 현정 씨가 진짜 그 남자를 죽인 것인지 아닌지는 저도 알 수 없고, 같은 말밖에 드리지 못하겠습니다. 다만 그때 현정 씨에게 살의가 있었다고 생각할 수 없고, 엄청난 보이지 않는 힘이 발출됐다고도 절대 믿지 못합니다."

"단정하실 수 있나요?"

박 신부는 조금 괴로운 듯 말했다.

"하지만…… 그렇지 않았으리라는 단정도 드릴 수 없군요."

"제가 괴로워하는 건 바로 그건데요."

"그러니까요. 정말 죄송스러울 뿐이군요."

현정은 몹시 실망했다.

'이대로 영원히 지옥 끝까지 이 번민을 지니고 가야 하나? 박 신부 정도 되는 사람도 모른다면……. 정말 방법이 없는 건가?'

그때 박 신부가 다른 말을 했다.

"좀 우습게 들릴지 모르지만 현정 씨, '슈뢰딩거의 고양이'라는 것 아십니까?"

"그게 뭐죠?"

"그게 사실은 저도 잘 모릅니다만. 현암 군이 공대 출신이라 언젠가 한 번 했던 이야기인데 무슨 양자 역학과 관련된 이야기라고 하더군요."

"그런 과학적인 건 하나도 몰라요."

"저도 잘은 모릅니다."

박 신부는 부끄러운 듯 앞머리를 쓸어 넘기며 말했다.

"그런데 그게……. 나도 모르게 현정 씨 이야기를 듣다 보니 그 경우가 현정 씨 고민하고 좀 흡사한 것 같군요."

"그게 뭔데요?"

"슈뢰딩거라는 물리학자가 공개 석상에서 다른 사람과 양자 역학에 관해 토의하다가 나온 비유였대요. 참 우스운 일이 슈뢰딩거 자신은 그 이야기는 그 자리에서 급하게 지어낸 잘못된 비유일 뿐이라 했다는데 아이러니하게도 슈뢰딩거 자신의 업적보다 이 고양이 사례가 훨씬 유명하다고 하더군요. 그런데 그게 참……."

"그게 어떤 내용이죠?"

"그게, 제가 설명할 만한 말재주가 없는 것 같아서. 현정 씨가 직접 보시는 게 더 낫지 않을까요?"

"글쎄요. 그렇다면 한번 찾아볼게요."

박 신부와 현정의 대화는 대충 그렇게 끝났다. 박 신부는 전혀 소용이 없을지도 모른다고 미안해하면서도 현정에게 말했다.

"그것을 보시면 여러 가지, 물론 억측이긴 합니다만, 여러 가지가 해결될 수도 있을 거예요. 꼭 답을 내야만 하는 것이 진실은 아니니까요. 물론 그런 식으로 보라고 나온 이론이나 비유는 아닙니다만 뭐 생각하기 나름이지 않습니까? 현정 씨도 부디 마음의 억압에서 어떻게든 벗어나시길. 그 비유가 도움이 될지 안 될지는 정말 모르겠으니 너무 기대는 하지 말아 주시고요. 허허허……."

그러면서 박 신부는 먼저 자리에서 일어났다.

현정은 박 신부와 헤어진 직후 곧장 서점에 달려가 슈뢰딩거와 관련된 책을 찾았다. 그러다 보니 양자 역학이라는, 자신은 여태까지 전혀 관심도 흥미도 없었던 종류의 책들도 사게 됐다. 현정의 이해도가 부족했기 때문에 더 많은 책이 필요했다. 사전 지식도 전혀 없었고 난해한 분야라 처음에는 몹시 이해하기 힘들었다. 어쨌든 책을 읽다 보니 몇 가지 사실들을 알게 됐다.

'슈뢰딩거의 고양이'라는 말은 말 그대로 슈뢰딩거라는 한 물리학자가 제안한 사고 실험에서 나왔다. 다른 물리학자 막스 보른이

자기가 만든 파동 함수가 확률을 뜻한다고 주장하자 슈뢰딩거가 이에 예시를 들어 반박하며 나온, 머릿속으로 이뤄진 사고 실험이지 실제 수행된 것은 아니다. 허나 여기서의 역설이 기묘한 인상을 주었기에 대중적으로 유명해진 것이다. 그 사고 실험 내용은 다음과 같다.

> 외부와 완전히 차단된 밀폐된 상자 안에 고양이와 독가스가 담긴 병, 병에 연결된 작은 장치가 있다. 독가스 병에 연결된 장치에는 자연 붕괴되는 입자 하나와 가이거 계수기, 그리고 계수기와 연결된 망치가 있다. 가이거 계수기 위에 놓인 입자는 한 시간에 오십 퍼센트의 확률로 핵붕괴 해 알파선을 방사하는 성질을 지니고 있다. 가이거 계수기는 방사선을 감지하므로 입자가 붕괴해 알파선이 나오면 망치를 작동시킨다. 그러면 망치가 병을 깨뜨리므로 입자가 핵붕괴 하면 독가스가 새어 나와 고양이는 죽게 된다. 입자가 핵붕괴 하지 않을 확률도 오십 퍼센트이므로 이때는 장치가 작동하지 않게 되고 고양이는 죽지 않는다.
>
> 이럴 경우 한 시간이 지났을 때 고양이는 어떤 상태로 존재하는가?

양자 역학의 파동 함수를 적용해 보면 '고양이는 반은 죽어 있고 반은 살아 있다'는 억지 유추를 하게 된다는 데서 이 유명한 역설이 도출된 것이다. 허나 슈뢰딩거는 양자 역학을 설명하기보다는 이론을 부정하기 위해 '죽었으면 죽고, 살면 살았지. 어떻게 이런 것이 존재할 수 있겠느냐'라고 예시를 들어 반박한 것이다.

물론 이 사고 실험에 대한 상식적인 답은 죽었거나 살았거나 둘 중 하나다. 하지만 양자 역학 이론파인 코펜하겐 해석에서는 이 상태를 다른 방향으로 해석한다. 상자가 외부와 완전 차단돼 있으므로, 외부에서 관측하기 전까지 상자 안의 상태는 아무 의미가 없다는 것이다. 결국 외부적 관찰자의 입장에서 이 고양이의 상태를 함수로 예측하자면, 그것은 죽음과 살아 있음이 중첩된 이상한 상태에 놓여 있다가, 관측에 의해 죽음과 살아 있음이 확정된다는 답을 내놓는 것이다. 그러나 슈뢰딩거는 특히 코펜하겐 해석에 있어서 무엇보다 과학적 사실이 —관측과 무관한— 결정론적인 것이 아닌 관측에 의해 확률적으로 결정된다는 점에 불만을 느끼고 있었다. 그래서 그런 양자 역학적인 특성 이론을 거시적인 관점으로 확대한다면 이러 역설이 생긴다고 예시를 든 것이다.

물론 '반은 죽고 반은 살아 있는 좀비 같은 상태의 고양이'는 하나의 —그릇된— 예시이며, 양자 역학의 수학적 특성을 무모하게 대입한 하나의 해프닝일 뿐이다. 실제 코펜하겐 학파의 해석에 의하면 '양자적 결풀림', 즉 고양이라는 존재는 많은 수의 양자로 이루어져 상호 작용을 하게 되므로 실제로는 반은 죽고 산 상태가 아닌, 하나의 명확한 상태를 가지는 것이라 설명하고 있다. 반은 죽고 반은 산 상태는 외부적 관찰자의 시점에서만 그럴 뿐이지, 상자를 여는 순간 고양이의 상태는 죽은 것과 산 것 둘 중의 하나로 명쾌하게 확인된다. 많은 일반인이 생각하는 '좀비 고양이'는 이론을 제대로 이해하지 못한 부족한 지식수준으로 마음대로 망상해 빚어낸 결과물일 뿐이다. 이 문제를 놓고 직접 토론한 보른이나 슈뢰딩거도 실제 좀비 고양이 따위는 연상도 하지 않았을 것이다. 그러나 제일 관건이 된 파동 함수와는 관련조차 없는 좀비 고양이가 오히려 대중적으로 유행해 본질과는 전혀 다른 망상이 실제 이론처럼 판치는 지경에 이르렀다. 물론 이 해석 말고 평행 우주론에 입각한 다른 해석도 있다. 하지만 현정은 거기까지 파고들 생각은 없었다. 파고들자면 한이 없었으며, 물리학적 소양이나 자질이 있지도 않다. 사실 책을 열심히 읽었어도 파동 함수는 양자적 결풀림 같은 말은 별로 이해가 가지 않았다. 다만 현정의 마음속에는 '관찰'이라는 단어가 깊이 파고들었다.

고양이는 산 것도 아니다.

그렇다고 죽은 것도 아니다.

어떤 상태인지는 아무도 모른다. 상자를 여는 순간 결정된다.

나는 죄가 없다.

그렇다고 무죄라 할 수도 없다.

어느 것이 맞는지는 아무도 모른다. 내가 확신하는 순간 결정된다.

내가 관찰자다. 내가 봐야, 내가 확신해야 내 죄도 비로소 생긴다. 양자 역학이니 파동 함수는 이제 중요한 것이 아니다. 내가 관찰자고, 내가 내 죄를 만든다. 혹은 없앤다. 이때껏 내가 죄가 있나 없나, 밖으로부터 찾으려는 데 모든 시간을 보내 왔다. 그 모든 게 잘못이었는지 모른다. 적어도 이 경우는. 마음의 칼의 경우는.

 더구나 단순한 죄의 유무에만 국한된 문제가 아니다. 사람의 목숨은 어디서 생기고 어디서 끝날까. 누군가가 돌아봐 주는 데서 생겨나고, 누군가가 외면하는 것에서 죽는 것은 아닐까. 지금까지는 그런 능력이 없었다 해도, 자신이 마음의 칼을 움직일 수 있다면? 보이지도 흔적도 남지 않게 사람을 죽일 수 있는 힘이 정말 있다면? 나는 그것을 감당할 수 있을까? 그것을 통제할 마음의 힘이 있을까? 자신 없었다.

 허탈했다. 생각해 보니 자신은 모든 것이 어중간했다. 반은 보통 사람들의 세계에 다리를 걸쳐 놓고 반은 주술과 혼령과 악령이 난무하는 다른 세계에 걸치고 있었다. 나쁘게 살아온 것 같지도 않지만 착하게 살았다고 자신할 수도 없다. 불행하다 절망한 적은 드물지만 행복하다고 감격한 적도 없다.

 더더군다나 가장 큰 문제는 그래도 남는다. 나는 죄가 있나, 아니면 없나. 거기서 새끼 쳐 나온 더 큰 문제. 그게 만약 내가 사람을 죽인 쪽으로 결정지어질 경우, 나는 그 힘을 어떻게 할 것인가. 쓸 것인가 말 것인가. 통제할 수 있을까 없을 것인가······.

 '끝이 없어······.'

 결국 해답은 하나뿐이었다. 관찰. 자기가 죄가 있는지 혹은 없는지, 자신이 정말 뭔가 양자 역학적으로라도 설명될 수 있는 이상한 것을 발현해 그 남자를 죽였는지 또는 죽이지 않았는지 아무도 모른다. 자기 자신도 모른다. 그러나 정말 그것을 정의하는 것은 제대로 된 행위 자체가 아니지 않을까? 단언을 내리려고 열리지 않는 상자를 젖히려고만 한 자신에게 문제가 있던 게 아닐까. 양자 역학은 더 이상 상관없다. 이론적으로 맞거나 틀리는 것도 상관없다. 이것은 나만의 이론이고, 나만이 답을 낼 수 있다. 관찰자는 나뿐이니까.

나는 죄가 있다. 없다고는 할 수 없다.

하지만 나는 죄가 없다. 있다고도 할 수 없다.

관찰에 의해서만 결정될 문제라면, 그리고 외부적 이론으로 명백한 답을 도출할 수 없다면 끝까지 파헤치는 것만이 정의이고 현명일까? 상자 속의 고양이의 상태가 상자를 여는 순간, 그 의지와 관찰에 의해 분명해진다면, 그 행동이 상자 속 고양이를 죽이고 살리는 결과를 보게 되는 거라면 어떻게 해야 할까. 현정은 그때 마음을 굳혔다.

'나는 열지 않겠어.'

열지 않는 것이다. 상자는 절대 열지 않으리라. 고양이의 슬픈 미래를 보느니, 또는 좋은 미래만을 연상하며 견딜 수 없는 슬픔을 감내하느니, 그 상자를 영원히 봉인하고 영원히 관찰하지 않는 편이 현명한 것 아닐까. 이건 회피도 아니다. 벌을 받지 않겠다는 얘기도 아니다. 하지만 죄가 있다는 얘기도 아니다. 그렇다고 죄가 없다는 이야기도 아니다. 죄가 없다고 단언하고 행복하게 살 수도 없다. 모든 것을 턱없이 짊어져서 자책감에 빠지고 싶지도 않다. 벌을 받고 싶지도 않고 벌을 면하고 싶지도 않다.

'상자 속으로…….'

열지 않는다. 반대로 나를 상자에 가둔다. 절대 관찰할 수 없도록, 또 다른 상자로 자신을 가둔다. 현정이 택한 결과는 결국 이것이었다. 세상에서 가장 동떨어진 곳, 세상 속에 있으면서도 가장 동떨어지고 세상이라고 할 수 있는 것과 가장 가까우면서 먼 곳. 불도 수행자들의 세계.

결코 회피도 아니고 속죄도 아니다. 나름의 수행하는 것도 의미는 있다. 그러나 그것은 결코 현정이 원하던 바가 아니다. 현정이 이런 식으로 인생 전체를 수행해서 살겠다고 생각한 적은 한 번도 없다. 도지 무당의 말처럼 항상 보통 사람으로 행복하게 살고 싶었다. 그렇지만 그럴 수 없었다. 마음속의 앙금을, 상자를 열어서 들여다보고 싶은 마음을, 고양이가 살아 있는지 죽어 있는지 확인하고 싶은 마음을 자신은 이겨 낼 자신이 없었다.

상자를 봉인한다. 모든 것의 도움을 받아 내가 조금 큰 다른 상자로 들어간다. 벌을 받는 것이 아니다. 회피하는 것도 아니다. 나는 죄가 있지도 않아. 없지도 않아. 내 마음속의 칼이 진실일 수도 있어. 그렇다면 봉인해 버리는 것이 맞지.

그 칼이 정말 위험한 것인지, 정말 사람이 무엇 때문에 죽고 무엇 때문에 사는지 꼭 열어 보고 확인해 봐야만 할까……. 이건 결코 회피가 아니다. 받아들이는 것이다. 나는 그렇게 할 거야. 그것밖에 방법이 없어.

현정의 머리는 거의 다 깎여 남은 몇 터럭이 간헐적으로 잘리는 촉감만이 느껴진다. 항상 머리를 덮고 있던 편안하면서도 따스한 머리털의 감촉은 앞으로 더 이상 느낄 수 없다. 차갑고 황량하지만 변화했다는 느낌이 온다. 눈은 감고 있으나 이제부터는 세상이 전부 변할 것 같다. 실제는 자신만이 변한 것일 테지만 모든 세상이 변했다. 적어도 자신에게 있어서는 자신이 관찰자니까. 또 다른 상자의 뚜껑을 닫고 다시는 열지 않을 테니까. 혹시라도 불도의 가르침에서 뭔가를 깨달으면, 이 상자를 열 수 있는 날도 올까? 그러다가 속으로만 살짝 웃는다. 비릿하게 조소를 담아.

'역시 나는 어중간해. 뭐, 어떻게든 되겠지.'

될 대로 되라고 방치하는 건 아니다. 그렇다고 일로정진(一路精進)할 각오가 있는 것도 아니다. 마음이 후련하지는 않지만 암담하지도 않다. 특별히 기쁘지도 않지만 슬프지도 않다. 가슴 아프지만 심하지도 않다. 이 정도는 버틸 수 있다.

죄가 있으면 어떻고 아니면 또 어떤가. 살았으면 어떻고 아니면 또 어떤가. 도피하기 위해 머리를 깎으면 어떻고, 또 다른 경지를 깨우쳐 이 모든 것을 이겨내 보려 머리를 깎은 거면 또 어떤가.

"이제부터 너의 법명은 무련(無戀)이다."

무련. 자신의 새 이름이 내려졌다. 속세와의 완전한 결별을 뜻하는 이름이다. 또 다른 상자의 뚜껑이 닫힌다. 현정은 다시 한번 조용히 속으로 생각한다.

'나는 현명한 선택을 했어. 내 일생에 한 선택 중에 제일 잘한

것일지도 몰라.'

　상자는 영원히 열리지 않을 것이다. 그리고 이제는 비구니 무련이 된 그녀의 주변을 조용히 감싸 주던 불경과 목탁 소리도 어느새 사라졌다. 비구니의 생활은 항상 조용하다던데, 앞으로도 영원히 조용하기를.

　이제 더 이상 무련의 눈에서는 눈물도 나지 않았다. 저만치 오후 햇살이 비치고 선방 귀퉁이에 매달린 풍경이 딸랑 소리를 내며 움직였다. 참 한적한 날이었다.

죽었다고
지옥을 아는가?

『퇴마록(세계편)』,
「아르타로트의 약속」 직후

Really know The Hell
just because dead?

괴사건

"또야?"

막 출근해 자리에 앉으려던 더글러스 형사가 눈살을 찌푸렸다. 책상에 놓여 있는 보고서 겉장이 눈에 들어왔기 때문이다.

'어젯밤에? 그러면 이건……'

급한 일이니 빨리 처리하라는 일종의 압력일까. 아니면 추적 중인 사건 수사를 돕기 위한 조력일까.

'상관없지. 그보다는 내용이…….'

책상 서랍조차 열지 않고 서둘러 보고서를 펼쳐 보던 더글러스의 입에서 자신도 모르게 탄식 섞인 한숨이 새어 나왔다.

내용은 전과 동일했다. 살인 사건. 어떻게 보면 평이하다. 권총 총격에 의한 사망. 여러 번 난사하거나 확인 사살을 하지도 않았다. 오로지 단 한 방. 미국에서는 흔한 살인 형태다. 하지만 이 사건이 더글러스를 포함한 미국 경찰을 괴롭히는 이유는 다른 데 있다. 사건의 정황이 너무도 이상하기 때문이다.

'대체 왜들 이러지?'

이번에 죽은 자는 '프랑코'라 불리는 자이며 '직업'은 마약 밀매상이다. 암흑가에서 이루어지는 그런 짓도 '직업'으로 쳐주어야 할지는 의문이지만 그러니만치 더더욱 위험한 일이다. 이렇게 총에 맞아 죽었다 해도 얼핏 보기에 특별한 것은 없다. 매스컴에서는 관심조차 두지 않을 것이다. 허나 정작 수사를 맡은 더글러스의 입장에서는 이해가 가지 않아 뒷골이 아프다.

'왜 이런 시간에 이런 장소에 나간 거야? 그것도 무기도, 호위하는 사람도 없이. 더구나 행선지도 알리지 않고 목격자도 없을 곳으로 왜 나간 거야? 마치……'

더글러스는 미간을 찡그리며 자기도 모르게 머릿속으로 하던 생각을 입술로 씹어뱉었다.

"……죽여 달라는 것처럼."

보고서에 의하면 프랑코는 죽기 바로 직전까지 그의 부하 및 동료 갱들과 파티를 벌이고 있었다. 하물며 그는 하찮은 피라미가 아니다. 잘 무장된 부하들과 구성원, 배경과 연줄을 갖춘 중간 이상 규모 조직의 보스다. 그런 자가 안전한 아지트에서 부하들과 함께 파티를 벌이다가 화장실에 갔다. 그런데 그 후의 행적이 이해가 가지 않는다. 분명 화장실에 가긴 했는데 문으로 나간 것도 아니고 자기 아지트의 화장실 창문을 넘어 도망치듯 빠져나갔다.

화장실 창문은 황급히 부수며 열어젖히고 나간 흔적이 역력했고, 증언에 의하면 프랑코가 들어가기 이전에는 물론 멀쩡했다. 프랑코는 너저분한 건 별로 신경 쓰지 않았지만, 뭔가 망가진 것에는 예민한 성격이었다. 자기 주변에 은근한 위험이 다가오는 것을 인식하고 있었을지도 모른다. 거기에 창문이 미리 부서져 있었다면 그냥 보아 넘길 성격이 아니었다.

또 바로 몇 미터 앞에는 그가 믿는 부하와 동료들이 파티를 벌이고 있었다. 갱들의 파티답게 음악을 시끄럽게 틀어 놓았기에 부하 중 아무도 창문 부서지는 소리를 못 들은 것은 이해가 간다. 그런데 도대체 왜 그랬을까? 자기 아지트에서 자기 동료나 부하의 눈에 띄지 않아야 할 어떤 이유라도 있었을까? 문 대신 화장실 창문을 부수어야 할 이유? 그래도 여기까지는 뭔가 내막이나 사연이 있다고 억측할 수도 있다. 그런데 그 후의 일은 더하다.

그는 자기의 아지트에서 한참이나 떨어진 외지고도 한적한 곳까지 '두 발로' 갔다. 차를 타지도 않았다. 더구나 목적지는 보는 사람이 전혀 없을 후미진 장소다. 프랑코와 같은 직업을 가진 자들에게는 극히 위험할 장소다. 겉으로는 구분이 되지 않지만, 갱들에게는 일종의 '구역'이 있다. 정글의 야수들이 나무에 표식을 하듯, 갱들도 자신들의 힘이 미치는 일정한 구역을 가지고 있으며 그 구역을 함부로 벗어나지 않는다.

특히 프랑코 정도 되는 자라면 통보도 없이 다른 세력의 구역을 침범하는 것은 극히 위험한 짓이다. 애당초 총알 세례를 받고 죽어도 갱들의 율법으로는 군소리도 할 수 없다. 그런데 이자는 그 구역을 벗어나, 그것도 차도 타지 않고 호위도 없이 다른 영역으로 두 다리로 '뛰어서' 침입해 들어갔다. 그리고 그곳에 도착하자마자 총을 맞고 죽은 것이다. 현장을 목격한 자는 아무도 없지만, 화장실에 간 시각과 사망 시간, 그리고 두 장소 사이의 거리로 짐작하면 상대는 그를 기다리고 있었을 것이다. 그런 곳에 제 발로 헉헉거리며 달려가서 죽여 달라고 간청한 셈이다.

상황이 도저히 이해되지 않아 더글러스는 다시 한숨을 내쉬었다.

'이상해도 너무 이상해, 그것도 벌써 다섯 명이나……'

더더욱 괴이한 것은 이런 부류의 사건이 한두 번이 아니라는 점이다. 물론 여기는 유흥업과 매춘, 마약상들이 들끓는 할렘 지구가 반 이상 차지하고 있는 지역이다. 이런 부류의 알력이나 싸움, 살인은 수도 없다. 그러나 그렇기에 더 약아빠진 자들이 넘쳐난다. 약아빠지지 않으면 생존조차 불가능하기 때문이다. 그렇게 닳고 닳은 자들이 스스로 죽음을 영접하듯 다섯 명이나 연달아 죽었다. 마치 죽여 달라고 스스로 도살장에 걸어 들어간 것처럼.

하지만 사건의 기괴함과는 걸맞지 않게 용의자는 몹시 선명하다. 오히려 눈에 너무 환히 보여서 당혹스러울 지경이다. '이자가 죽음으로써 누가 최후의 이득을 얻는가?'라는, 단순하면서도 명쾌한 논리를 따라가다 보면 추정할 수 있는 대상은 단 한 명뿐이다.

속칭 '빌'이라 일컬어지는 ─본명은 프랑코 빌리다─ 또 다른 암흑가 갱의 보스밖에 없다. 벌써 다섯 번째라고는 했지만 이런 방식으로 죽어 간 사람들은 그들과 경쟁 관계에 있던 세력이나 그에게 반발하던 조직의 보스들이다.

그러나 이미 암흑의 세계에 닳고 닳은 그들이 왜 이런 식으로 스스로 찾아가 죽음을 맞이하게 되는지, 그 이유는 아무리 해석하려 해도 할 수 없었다. 당연히 목격자도 없고 증거도 없다. 뒷골목을 막고 아무 알코올 중독자나 약쟁이에게 물어도 이구동성으로 '빌'이 범인이라 할 것이다. 그만큼 분명하지만 그 이상으로 증거가 없다. 물론 증인도 없다. 살해당한 자들이 모든 것을 인멸해 준 것이나 다름없으니까.

만약 죽은 자들이 빌의 협박이나 어떤 미끼에 낚였다고 해도 말이 안 된다. 암흑가에서 굴러먹은 이들이 최소한의 생명 보장 장치를 하지 않을 리 없다. 도청 장치, 녹음기, 소형 카메라, 멀리서 따라오는 경호원, 저격수, 자기 생명이 없어지면 바로 공개되는 비밀 등등……. 목숨을 건지거나 유지할 수 있는 장치는 수도 없이 많고 그들도 그런 것을 모를 리 없다. 더구나 한두 번도 아니고 이번이 다섯 번째다. 비슷한 일이 반복되는데 비슷한 처지에 있는 녀석들이 경각심을 갖지 않을 리 없다.

더글러스는 두어 번 이 종류의 사건이 반복되자 다음 녀석은 뭔가 나중에 공개될 비밀이나 증거를 장치할 거라고 자신을 위로했다. 그러나 실제로는 허탈하게 한 명도 그러지 않았다. 결국 죽은 자들 스스로 아무런 장치도 만들지 않고 죽음을 맞이하러 갔든지, '빌'이 뭔가 짐작도 할 수 없는 재주로 그렇게 하지 못하도록 만들었다고 볼 수밖에 없다. 허나 살해당한 자들의 부하나 조직을 조사했을 때, 거기에 배신자나 빌의 끄나풀, 또는 빌의 입김이 들어간 흔적은 없다. 빌이 그들에게 어떤 거래를 제안했거나 미끼로 유혹했던 증거도 전혀 없다. 오히려 죽은 자들의 조직원들이 더 미친 듯 그런 것을 찾아다녔지만 어이없게도 빌은 아무것도 하지 않았다. 어떤 접촉도, 연락도, 메시지도, 신호도 보내지 않았다.

그리고 적어도 두 번째 조직 보스가 죽은 후부터 나머지 보스들은 거의 외부와의 접촉을 차단하고 지하로 숨어들어 갔다. FBI를 총동원해 뒤져도 그들을 찾아내기 힘들었을 것이다. 프랑코도 그랬다. 빌은 아무것도 하지 않았다. 때문에 빌을 의심은 할지언정 아무도 그를 몰아붙일 수조차 없었다. 오히려 꼭꼭 숨은 자들이 스스로 은닉처를 빠져나와 빌, 아니 누군가의 총구 앞에 섰으니까. 그렇다면 왜? 대체 어떤 방법으로?

"이건 절대 정상이 아냐."

더글러스는 머리를 쥐어뜯었다. 과격한 행동으로 형사를 그만두게 돼 탐정을 하다가 퇴마사라고 일컬어지는 낯선 동양인들을 만났다. 그리고 그들의 일에 도움을 준 것이 빌미가 돼 다시 경찰로 근무하게 됐다. 순전히 행운이라고 할 수밖에 없다. 물론 입 밖에 낸다면 웃음거리가 될 만큼 이면의 내용은 황당했고, 그들이 미국에 와서 정말 무엇을 어떻게 했는지는 더글러스도 몰랐다. 그러나 그런 것은 상관없었고 신경 쓰고 싶지도 않았다. 그런 알 수도 없는 일들보다는 자기 사정이 더 급했다.

경찰 일을 할 때는 그 일이 세상에서 가장 지겹고 힘들다 생각했는데 겉보기만 그럴싸한 탐정 짓을 해 보니 그 일이야말로 정말 지옥 같았다. 무엇보다도 경찰이라는 조직력이 뒤에 있지 않은 것이 ―이전에는 그것이 다 자신의 능력이라고 착각했지만― 얼마나 힘든지, 자신이 얼마나 우물 안 개구리였는지 소름 끼치게 깨달았다. 그런데 천만다행히 기회가 다시 찾아왔다.

이번에는 알코올과 자신의 더러운 성질 때문에 쌓아 왔던 인생의 어두운 일면을 털어 버리고 새 출발할 계기로 만들어야만 했다. 그런데 시작하자마자 걸려든 것이 하필이면 이런 괴이한 사건이라니, 포기를 모르는 더글러스였지만 정말 머리를 쥐어뜯고 싶었다.

'아냐. 뭔가 해야 해. 뭐라도 해야……'

결국 마음의 결정을 내린 더글러스는 파일 중에서 참고가 될 만한 서류 몇 장만 빼서 아무렇게나 구겨 주머니에 넣은 뒤 몸을 일으켰다. 마침 서장이 지나가다가 더글러스가 몸을 일으키는 것을 보고 말했다.

"뭐 하나?"

"현장에 가 보려고요."

"이미 감식반에서 나와 다 훑고 갔어. 그보다는 먼저 회의를 해야……"

"현장에 가 봐야 할 것 같습니다."

"이보게, 지금 가 봐야……"

"나올 것이 있을지도 모릅니다. 아니, 반드시 있어야겠지요."

더글러스가 퉁명스럽게 말하자 서장은 약간 인상을 찌푸렸다. 소문이야 워낙 들어 왔지만 역시 희한한 녀석이다. 사교성도 없고 유머 감각도 없고 멋대가리라고는 하나도 없는 더글러스. 아는 자들의 평에 의하면 그나마 지금이 예전보다는 훨씬 나아진 편이라고 한다. 하지만 서장의 눈에는 여전히 어딘가 할렘 거리의 노숙자를 연상하게 한다. 머리와 면도를 나름대로 단정하게 했지만 몇 오라기씩 무신경하게 남아 어울리지 않는다. 고운 때가 켜켜이 앉은 것 같은 옷차림하며 엉성한 몸가짐, 알코올기가 스민 눈초리는 더더욱 말이다. '특별한 뭔가'가 있다고 해서 과거 경력을 무시하고 일을 준 윗자리의 누군가가 원망스러워지는 순간이다.

"그래? 뭐 특별한 재주라도 있어?"

더글러스는 순간 조금 당황했지만 서장은 아예 대답을 들을 생각조차 없던 양 바로 이어 말했다.

"그럼 맘대로 해 봐."

더글러스는 대답하지 않고 퉁명스럽게 몸을 돌렸다. 그리고 비록 입 밖에 내지 않았지만 속으로는 저주처럼 중얼거렸다.

'그래, 재주가 있지. 당신 같은 사람은 죽어도 모를……'

더글러스는 사이코메트리 능력자다. 사물에 남은 과거의 기억을 읽는 능력으로, 직접 보지 않았던 현장이나 사건을 추리할 수 있는 능력을 가졌다.

이 능력 덕분에 지난번 퇴마사들에게도 결정적인 도움을 주었고, 그 이전 경찰로 일할 때도 의외로 큰 성과를 올리고는 했다.

하지만 이 능력은 더글러스가 마음을 먹는다고 항상 발휘되는 것이 아니다. 제멋대로 됐다 안 됐다 하는 데다가 발동해도 꼭 도움이 되는 것은 아니다. 결정적인 순간이 오기 전까지는 잘 발동되다가 마지막 순간에 발동하지 않아서 일을 망친 적도 있다. 능력 때문에 모르고 지나쳐도 좋을 허황한 일에 수도 없이 휘말렸고, 결국은 그렇게 좋은 결과를 내지도 못했다. 제일 큰 문제는 남에게 이해받지 못한다는 점이다. 그리고 자신의 행동에 대해 변명이나 설명할 수 없다는 점이다. 오히려 이 능력이 없었다면 더글러스는 이렇게까지 괴짜가 되지 않았을 것이다. 어느 정도 유능하며 열의 넘치는 보통 형사로 살아갔을 것이다.

그렇지만 이번에는 다르다. 우울했던 과거를 청산하고 새 생활을 시작하려는 마당에 어이없이 걸린, 하나도 단서를 잡을 수 없는 사건. 이를 해결하기 위해서는 이 능력이 절실히 필요했다. 아니 이 능력이 튀어나올 때까지 며칠이고 사건 현장에 아예 붙어 있을 작정이었다. 그래서 겉으로는 별말 하지 않지만 슬슬 조롱하듯 관찰하는 서장과 서 내의 동료—라고 할 만한 인연은 아무와도 맺지 못했지만—들에게 뭔가 본때를 보여 주고 싶은 마음이었다. 그는 거친 발걸음으로 주차장으로 향했다. 물론 조금 전에 차를 세워 둔 곳이지만 들어서는 순간 의기소침해졌다.

더글러스는 자금 사정이 좋지 않아서 좋은 차를 몰 수 없었다. 이십 년도 넘은 케케묵은 고물차는 조금 전에도 타고 왔지만 다시 보자마자 짜증이 났다. 삐걱거리는 문을 열고 올라탔지만 시동조차 잘 걸리지 않았다. 몇 번이나 운전대 부근을 주먹으로 두들겨 패서야 간신히 가래 끓는 소리를 내며 시동이 걸렸다. 불안한 엔진 소리와 앓아누울 듯한 진동이 현재 자신의 꼴 같아 우울했다. 그러나 더글러스는 속으로 생각했다.

'이런 사건은 누구도 해결하기 힘들 거야. 하지만 난 할 수 있다. 한 번만 나와 줘라, 한 번만.'

차를 빼내며 더글러스는 자신의 그 감춰진 능력이 발동되기를 속으로 빌었다.

현장

금방이라도 주저앉을 것처럼 털털거리는 차를 타고 더글러스는 현장에 도착했다. 역시 보고에 나왔던 대로 황량하기 이를 데 없는 폐공장 주변이다. 원래 프랑코가 파티를 벌였던 장소와는 이 마일(약 3.2km) 이상 떨어져 있는 곳이다. 더구나 워낙이 외진 곳이라 아예 지나가는 사람이나 차조차 없다. 부하들과 함께 파티를 벌이던 놈이 화장실 창문을 부숴 가면서까지 무엇을 하러 이곳에 왔는지, 이 마일을 무슨 생각을 하며 뛰었는지, 현장과의 거리를 가늠해 보니 사고는 더더욱 실타래처럼 엉켰다. 일단은 사건 현장을 확인하는 것이 우선이었다. 그러나 사실 이것은 핑계고 이러다가 예의 '능력'이 나와 주기만을 바랄 뿐이다.

더글러스가 출입을 막기 위해 경찰들이 아무렇게나 붙여 댄 노란색 테이프를 역시 아무렇게나 들추자 테이프들이 멋대로 툭툭 끊어졌다. 조금 멈칫한 더글러스는 주변을 한 번 더 살폈다. 물론 사건 현장은 거의 말끔히 정리된 다음이었다. 시체도 당연히 옮겨졌고, 자리에는 사람의 모양을 그린 흰색의 스프레이 자국만이 을씨년스럽게 그려져 있을 뿐 핏자국도 없다. 주변도 이미 감식반이 한차례 쓸어 조금이라도 단서가 될 부분은 다 집어 간 듯 말끔했다. 가운을 입은 감식반의 모습조차 보이질 않았다.

다만 지역 경찰로 보이는, 그것도 초짜 신참으로 보이는 경찰 한 명만이 사건 현장에 어슬렁거릴 뿐이다. 아무도 없는 곳이라 그런지 그조차 전혀 긴장감이 없다. 더글러스가 다가와 아이디카드를 보이자 경찰은 슬쩍 웃으며 말했다.

"너무 늦게 오셨네요. 이미 다 치워졌는데요."

"아니, 늦지 않았어."

더글러스는 퉁명스럽게 말하며 일단 프랑코의 시체가 있던 장소에 가서 섰다. 그리고는 허리를 굽혀 프랑코가 쓰러졌던 땅바닥에 손을 댔다. 그것을 보고 그 경찰은 실없는 목소리로 말했다.

"감식반에서 싹 쓸고 갔다니까요. 남은 게 아무것도 없어요."

"있대도."

더글러스는 아무렇게나 대답하며 땅바닥에서 계속 손을 떼지 않았다. 어서 자신의 사이코메트리 능력이 발휘되기만을 바랄 뿐이었다. 그렇게 꼼짝도 하지 않고 삼십 분, 아니 한 시간 정도는 있었을 것이다.

그나마 옆에서 지켜보던 초짜 경찰도 슬그머니 저만치에 주저앉았고 이윽고는 교대하러 온 듯한 다른 경찰과 아예 쑤군거렸다. 몇 번 의아한 눈길이 자신 쪽으로 향하는 것이 느껴져 더글러스는 조금 부끄러웠다. 허나 원래 인내심과 끈기를 자신의 최고의 장점으로 내세우는 더글러스답게 그는 두 시간 가깝도록 그 자세로 꼼짝도 하지 않았다. 그렇게 다리가 저려 올 정도로 기다렸지만 역시 아무것도 느껴지지 않았다.

'안 되는 건가?'

마음 같아서는 사흘이고 나흘이고 꼼짝 않은 채 앉아 있고 싶지만 주변 경찰들의 눈초리가 별로 마음에 들지 않았다. 뒷담화보다도 만에 하나 자신의 능력이 알려지면 귀찮은 일이 수도 없이 생길 것이다.

'더 있기도 그러니…… 다른 곳으로 가 봐야겠군.'

더글러스는 허탈해하며 터덜터덜 자신의 고물차로 다가갔다. 뒤에서 경찰들이 정신 나간 사람 아니냐며 비웃는 소리가 들리는 것 같았다. 일부러 뒤를 돌아보지는 않았으나 자신의 행동을 이해 못하는 그들은 분명히 그렇게 수군대고 있을 것이다.

'맘대로들 떠들라지. 상관없어.'

더글러스는 마음을 다잡으며 자신의 차에 올라탔다. 그러나 차가 어떻게 주저앉았는지 엔진에 무슨 이상이라도 생겼는지 시동이 걸리지 않았다. 몇 번이나 갈갈거리는 소리를 내며 구동 모터를 회전시키다가 결국 차에서 내려 차 옆 문짝을 발로 냅다 찼다.

안 그래도 여기저기 긁혀서 흉해진 차의 문짝이 발길질에 움푹 패여 들어갔지만 더글러스는 신경도 쓰지 않았다. 뒤에서 경찰들이 킥킥거리는 소리가 마치 환청처럼 쫓아왔다. 더글러스는 이를 악물었다.

'해결만 하면 돼. 해결만.'

더글러스는 하는 수 없이 차를 버리고 걸었다. 기왕지사 이렇게 된 것, 프랑코의 기분을 그대로 느껴 볼까 싶어 천천히 달렸다. 그렇게 프랑코가 원래 파티를 벌이고 있었다는 갱단 지하실 건물을 가 볼 생각이었다. 물론 아무리 경찰이고 형사라 해도 갱들이 우글거리는 아지트에 직접 들어가는 것은 쉽지 않다. 더구나 자신은 새로 배치받았기에 갱들과는 안면조차 없다. 하지만 그 건물은 갱들의 파티 등 유흥의 용도로 사용되는 것 같았고, 어차피 갱들이 직접 신고한 데다 사건까지 벌어졌으니 굳이 꺼릴 필요는 없을 것 같았다.

이 마일은 도보로 걷기엔, 특히 더글러스처럼 몸 관리를 부실하게 한 사람에겐 가까운 거리가 아니었다. 중간중간 가볍게 달렸는데도 이십오 분 가까이 걸렸다. 죽은 프랑코는 배가 불룩 튀어나온 땅땅한 중년 남자다. 더글러스보다도 훨씬 힘들었을 것이다. 검시 보고서에도 땀을 심하게 흘린 흔적이 있다고 했다. 어쩌면 미친 듯 달렸을지도 모른다. 그런데 왜 하필 그리로 갔을까? 길의 사이에는 사람 많은 지역으로 통하는 길목이 얼마든지 있었다. 그런데 왜? 더 생각이 복잡해졌다.

어느덧 목적한 건물 부근에 도달하니 시간은 거의 저녁 무렵이 됐다. 덩치 큰 녀석들 몇이 건물 앞을 지키던 참인지 주변을 어슬렁거리다 더글러스에게 다가왔다.

"여긴 사유지니 나가쇼."

시비 거는 것처럼 거친 악센트로 말하는데 더글러스는 말 대신 형사 아이디카드만 보여 주었다. 그러자 그들은 닳고 닳은 녀석들답게 약간 자세를 추스르며 비켜 주었다. 그러면서도 거의 본능적인 적의로 한마디 던지는 것을 잊지 않았다.

"이미 경찰에서 한바탕 다 쓸고 갔소. 뭘 또 볼 게 있다고."

"볼 게 있어."

더글러스는 퉁명스럽게 대답하며 안으로 들어섰다. 녀석들은 더글러스를 꺼렸는지, 감시라도 하듯 일정한 거리를 두고 줄줄 따라왔다. 더글러스는 그들이 그러거나 말거나 건물 안을 유심히 살폈다. 놈들은 보스의 죽음을 경찰에 의존해서라도 해결하고 싶었는지, 처음 분위기와는 달리 방해는 전혀 하지 않았다.

건물 자체는 얼마 전까지 사용하다가 버려진 폐공장이었는데 바깥을 보니 공용 전기와 수도도 다 끊어진 상태였다. 그래서 갱들은 아예 주변에 이동식 발전기와 장비를 갖다 놓았다. 건물과 주변의 사물은 매우 낡은 데 반해 갱들이 가져다 놓은 발전기와 몇몇 가구들만 번들거리는 신품이라 눈에 띄었다. 그 어지러운 부조화만으로도 갱 냄새가 났다. 녹슨 문을 열고 음산한 기운이 풍기는 계단을 내려가 보니 지하실이었다. 역시나 딱 갱들의 수준만큼 적절히 어지럽혀져 있고 덕지덕지 장식돼 있었다. 싸구려 반라 모델들의 사진이 여기저기 붙어 있고 스프레이 페인트로 나름대로 장식이라고 해 놓은 역겨운 그림들, 그리고 여기저기 파티를 벌였던 잔해와 전혀 어울리지 않게 크리스마스를 연상케 하는 알록달록한 전구며 원색의 리본, 테이프 다발들이 지저분하게 흩어져 있었다.

중앙에는 큰 테이블이 있었고 그 주변에는 맥주 캔과 위스키 병이 굴러다녔지만 테이블 위만은 깨끗이 치워져 있었다. 아마 마약을 가지고 장난하다가 경찰을 부르면서 거기만 서둘러 치운 것이리라. 직접 눈으로 본 것은 아니지만 뻔했다. 이런 것에는 사이코메트리 능력도 필요 없다. 더글러스는 그런 쪽에는 관심도 없었다.

"화장실이 어디지?"

더글러스는 지하실 아래로 내려서자마자 뒤에 따라오는 덩치들에게 물었다.

"저쪽이오."

더글러스의 뒤를 따라오던 거한 중 하나가 퉁명스레 한쪽 방향을 가리켜 보였다. 그곳에는 낡은 문짝이 하나 보였는데, 일반적인 가정에서 쓰는 나무 문짝이 아니고 공장 지하실다운 철문이었다. 그냥 지나칠 수도 있는 사실이지만, 수사를 하려면 가급적 평범함 속에서도 특별한 의외성을 발견해야 하며, 그것을 염두에 두고 잊지 않는 치밀함이 필수다.

더글러스는 철문을 한번 주의 깊게 살펴보고는 슬며시 문을 열었다. 끽 하는 금속성의 마찰음이 꽤나 거슬리게 들려왔다. 문을 열고 보니 새로 칠한 시멘트와 도료 냄새가 아련하게 풍겨 왔다.

구조로 봐도 공장 지하실에 화장실이 따로 있을 턱이 없었다. 필경 작은 창고 용도로 만든 공간을 갱들 스스로가 개조한 것이리라. 우선 냄새가 증명해 주고 거기에 설치된 변기나 다소 엉성하게 솜씨 없이 깔린 타일들도 그런 추측을 뒷받침해 주었다. 하긴 항상 알코올과 약을 해 대는 놈팡이들이니 화장실이 훨씬 더 필요할 것이다. 변기에서 태어난 똥 같은 놈들에게는 여기가 고향일지도.

화장실 내부는 그리 지저분하지 않았다. 더글러스는 내부를 둘러보았으나 특별한 것은 없었다. 경찰 감식반도 여기를 그냥 지나쳤을 리는 없다. 물론 반드시 살펴야 할 곳은 있다. 한쪽 구석에 환기용으로 나 있는 창문. 화장실은 지하에 있지만 창문이 있다. 창문이 면해 있는 지면은 다른 곳보다 낮아서 창문을 내는 것이 가능했을 것이다. 화장실 안에서 보면 벽 위쪽에 달렸지만, 밖에서 보면 땅에 거의 붙어 있는 창문일 것이다. 그래서 프랑코가 밖으로 기어 나갈 수 있었을 것이다. 창문은 환기용 팬이 열려 있고, 그 옆에 여닫이로 된 유리문이 하나 있었던 것 같은데, 그 유리문은 이미 깨지고 달아나 휑한 구멍만 뚫려 있다.

주변에는 역시 경찰이 쳐 놓았는지 노란색 테이프가 있었으나 더글러스는 아무렇지도 않게 그것을 뜯어 버렸다. 아마도 여기서 감식반은 프랑코의 지문과 여러 가지를 확인했을 것이다. 그것은 지금 더글러스가 주머니에 구겨 넣은 보고서에도 충분히 기록돼 있다. 그러니까 프랑코가 여기서 철문을 닫고 뭔가 일을 보다가 창문을 깨부수고 자기편도 모르게 밖으로 나간 것은 틀림없는 사실이다.

여기까지는 의심할 여지가 없다. 가장 문제가 되는 것은 그가 왜 그랬느냐는 것이다. 화장실에 간다는 것부터가 핑계였을 수도 있다. 화장실에서 뭔가, 가령 예를 들면 남몰래 전달돼 온 편지라든지 메시지 같은 것을 확인한 후 몰래 나갔을 수도 있고, 또는 정말 무슨 다른 생각이 들어서, 또는 잊고 있던 뭔가가 떠올라서 그랬을 수도…….

"아니, 아니. 그건 아니지."

더글러스는 자기도 모르게 소리를 내며 고개를 저었다. 뭔가 잊었던 것이 기억난 정도라면 화장실을 부수고 나갈 만한 이유가 없다. 그냥 문을 열고 나가면 그만 아니겠는가? 그렇다면 왜, 도대체 무엇이 그를 이곳에서 도망치듯 탈출하게 만들었을까? 더글러스는 주머니에 손을 넣어 대강 구겨 넣었던 감식반의 서류를 꺼내서 여기저기 들춰 보았다.

다행히 대충 집어넣은 와중에도 프랑코가 사망 당시 지니고 있던 소지품들에 대한 감식반의 보고서는 섞여 있었다. 그것을 꼼꼼하게 확인해 보았으나, 쪽지나 어떤 종류의 메시지는 없었다.

'혹시 읽고 버린 것은 아닐까?'

그럴 수도 있었으나 현재까지는 아무것도 단언할 수가 없다. 그럴 만한 증거가 하나도 없었으며, 그가 왜 이 마일 가까이나 떨어진 다른 구역의 공터로 나갔는지에 대한 수수께끼는 전혀 풀리지 않았다. 적어도 논리적인 방법으로는. 일반적인 상식으로 본다면 프랑코는 부하들의 눈을 피해 나간 것이리라. 그러나 그럴 이유가 없잖은가. 이미 더글러스 자신 외의 모든 경찰이 논리적으로 추리했으나 하나도 답을 내지 못하고 있다. 프랑코 사건은 어제 일어났지만, 앞서 일어난 네 번의 사건이 이것과 흡사했다. 이유 없는 결과는 없다. 그렇다면 그 이유는 모두가 생각하는 논리적인 이유 외에 있을 것이다. 그게 뭔지는 몰라도 말이다. 더글러스는 자신의 능력 때문에, 세상은 논리만으로 이루어지지 않는다고 믿었다.

'일반적인 방법이 안 되면 특수한 방법을 쓰는 거야. 제발 이번에는 좀 나와 다오.'

아무튼 뭔가 일이 벌어졌다면 분명 이 화장실에서다. 프랑코에게 어떤 메시지가 전달됐을 확률이 높을 것 같았다. 그리고 능력이 잘 발동된다면 그 메시지를 볼 수 있을지도, 혹은 대략의 전말이라도 파악할 수 있을 것이다. 그렇게 생각한 더글러스는 기도라도 하는 기분으로 숨을 가다듬었다. 조심스레 오른손을 뻗어 아마 프랑코가 만졌을 것이 분명한 창틀을 굳게 꽉 쥐었다. 프랑코의 지문이 남아 있었을 테니, 이렇게 만지는 것은 현장을 훼손하는 것이나 다름없다. 하지만 어차피 감식반이 훑고 지나간 다음이니 별문제 될 것은 없다. 아니, 설령 문제가 된다 해도 신경 쓰고 싶지 않다. 그러나 능력은 발동하지 않았다.

'아냐. 기다려 보자.'

기다리면서 더글러스는 지루해진 나머지 화장실 내부를 훑어보다가 한 가지 특이한 점을 발견했다. 화장실 내부는 갱들이 대강 손을 보았지만, 화장실 문짝까지 고치기는 귀찮았는지 화장실 문임에도 자물쇠가 달려 있었다. 그 자물쇠는 일반적으로 쉽게 여닫는 작은 것이 아니라 쇠로 된 굵은 막대를 빗장으로 거는 둔중한 방식이었다. 안에서 문을 잠그려 한다면 꽤나 성가시고 여닫을 때 힘들지 모른다. 그렇지만 그것은 별문제가 안 된다. 힘들다고 해도 엄청나게 힘든 것도 아니고, 삐걱거리는 소리를 좀 내면서 쇠 막대를 넣어 찔렀다 빼내면 그뿐이니까.

별것 아니라 판단하니 더글러스는 다시 지루해졌다. 그래도 할 수 없었다. 육중한 쇠문 너머에서 갱들이 두런거리는 소리가 들려왔다. 아까는 듣지 못했는데, 혼자서 멍하니 있다 보니 저절로 청각이 예민해진 걸까. 아니, 그들이 일부러 들으라고 그러는 건지도 모른다.

"저 새끼는 화장실에서 뭐 하는 거지? 손 운동?"

"변비 아냐? 흐흐흐…… 엄청 굵은 똥을 싸고 있을지도."

똥 같은 놈들이라 하는 소리도 역시 똥 같은 것뿐이다. 거기다 아무리 봐도 일부러 들으라고 빈정대는 것 같다. 신경 쓰고 싶지는 않았으나 기분이 썩 좋지는 않다. 가급적 일을 빨리 끝내고 나가고 싶다.

그러나 이 빌어먹을 놈의 능력은 필요로 하는 순간에는 영 제대로 발동되지 않았다. 어떨 때 이 능력이 나오는 것이고 어떨 때에는 안 나오는 것인지. 많이 고민해 보았지만 짐작조차 할 수 없다. 그렇게 더럽지는 않아도 화장실에, 그것도 갱들이 쓰던 화장실 구석에 틀어박혀 몇 시간이나 '일'해야 할 자신을 생각하니 한심하기 그지없었다. 허나 참아야 했다.

그렇게 시간이 흘러갔다. 하지만 특별한 일은 전혀 벌어지지 않았다. 간혹가다 바깥에서 들려오는 갱들의 지루해 죽겠다는 듯한 조소 내지는 빈정거림 말고는 들리는 것도 느껴지는 것도 없었다. 더글러스는 창틀을 잡고 있는 것 자체에 회의를 느끼기 시작했다. 너무 오랫동안 같은 동작을 취하고 있다 보니 저절로 오만 생각이 들었다. 보는 사람도 없지만 이런 행동을 취하고 있는 자신이 쑥스럽기 그지없었다. 더구나 너무 오랜 시간 동안 망가진 창틀을 쥐고 있자니 손의 근육이 저려 왔다. 더글러스는 자신도 모르게 멍하니 손을 떼어서 이번에는 변기에 손을 댔다. 보통 때 같으면 갱들이 쓰는 변기 같은 것에는 손을 대지 않을 것이다. 그러나 정신적으로 상당히 지쳐 멍한 상태라 다른 생각은 들지 않았다. 물론 그렇게까지 해도 아무것도 느껴지지 않았다.

'정말 안 되는 건가?'

그래도 더글러스는 끈덕지게 지저분한 변기 옆에 쪼그리고 앉은 채 손을 떼지 않았다. 끈기와 포기를 모르는 성격만이 더글러스의 단 한 가지 장점이었다. 그 외에는 모조리 단점이니까. 더글러스는 손을 떼지는 않았으나 결국 자신도 모르게 시간의 무게에 짓눌려 꾸벅꾸벅 졸기 시작했다. 얼마나 시간이 흘렀을까.

갑자기 더글러스의 몸에 전기가 오듯 찌르르 이상한 감흥이 흘러넘쳤다. 자신의 능력인 사이코메트리가 발생했을 때 느껴지곤 하던 전율이다. 특히 이번처럼 멍한 상태에서 능력이 발동된 적은 거의 없었기 때문에 더욱 확연하게 실감이 갔다.

그러나 채 기뻐하기도 전에 더글러스는 자기 머릿속에 떠오른 형상에 스스로 놀라 비명을 지르며 화장실 바닥에 엉덩방아를 찧었다.

'뭐야, 이건!'

너무 놀라는 바람에 더글러스의 손은 어느새 화장실 변기에서 떨어져 있었다. 다시 손을 대기 싫을 정도로 눈에 떠오른 광경은 끔찍했다. 그렇지만 이렇게 찾아온 기회를 저버릴 수는 없었다. 눈앞에 떠오른 광경이 아무리 끔찍한 것이라도.

'이건 전에 있었던 일일 뿐이야. 실제가 아냐.'

더글러스는 억지로 자신을 타이르며 덜덜 떨리는 손을 화장실 변기에 갖다 댔다. 이 능력은 일단 발동되면 잠시 동안은 지속된다. 그 시간을 헛되이 보내서는 안 되는 것이다. 더 또렷이 보기 위해 눈까지 감았다.

떨며 손을 대자마자 아까 본 모습이 다시 떠올랐다. 풀어 헤친 금발 머리를 한 여인의 모습이 보인다. 그러나 보통의 금발 머리가 아니다. 피로 얼룩진 듯 붉은색이 점점이 번져 있으면서도 끔찍하게 번쩍거리는 웨이브 진 금발이다. 약간은 가벼워 보이는 미모의 얼굴은 몹시 일그러져 흉악하다. 비정상적으로 검고 길게 구부러진 속눈썹이 기이하게 비뚤어져 있고 속눈썹 밑의 눈동자는 희게 뒤집혀 있다. 눈에서도 피가 흘러내리고 있다. 새빨간 립스틱으로 칠해진 입술의 양옆에서도 립스틱 색깔과 구별할 수 없는 선혈이 줄줄 흐른다. 오른쪽 입술 위에는 작은 점이 하나 있다. 그리고 정확하게 양미간 사이에는 피를 내뿜는 총알구멍이 뚫려 있었다. 피부도 비정상적으로 창백해 얼굴의 선혈들이 불거지듯 뚜렷했다. 그런 얼굴로 반쯤 옷이 찢어진 채 온통 피에 물든 손을 내밀며 금방이라도 자신을 덮치려는 듯이 다가드는 모습이었다. 끔찍했다. 대체 철문으로 봉쇄된 화장실에서 어떻게 이런 여자가 갑자기 튀어나왔단 말인가?

악령 살인

더글러스는 저절로 아래턱이 덜덜 떨려왔다. 미국인으로 태어나서 그런지 그는 악령 따위는 정말 믿지 않는 사람 중 하나였다. 간혹가다 공포 영화에 등장하는 악령 같은 것은 단지 판타지적인 상상이라고 여겼다. 오히려 미스터리 하고 두려운 존재가 있다면 외계인 정도가 아닐까 생각했었다. 그러나 아무것도 없는 밀실에 불쑥 튀어나온 저 여자의 정체는 악령일 수밖에 없었다. 문명 훨씬 이전부터 유전자에 각인돼 있었을 본연적인 공포가 스멀스멀

올라와 삽시간에 온몸을 휘감았다.

'제기랄, 이런 게 정말 있었단 말이야?'

더글러스는 참으려 이를 악물었다.

'겁먹을 것 없어. 이건 내 앞에 나타난 게 아냐. 어차피 내 능력으로 들여다보는 것뿐이야!'

그럼에도 덜덜 떨리는 손을 변기에서 떼어 버리고 싶었다. 더글러스는 이를 악물면서 왼손으로 자기 오른손을 덮어 눌렀다. 자기 손이 스스로 통제를 벗어날까 봐, 그리고 스스로 마음을 확고히 굳히고자.

'봐야 해. 겁낼 것 없어. 나한테 벌어진 일이 아니야!'

억지로 되뇌면서 이를 악물었다. 조금 더 능력을 확산시켜 피해자인 프랑코를 보아야 했다. 덜덜 떨며 억지로 시야―꼭 눈으로 보는 것은 아니었지만―를 넓히자 프랑코가 잡혔다. 역시 예상대로 그때 프랑코는 화장실에 앉아 볼일을 보는 중이었는데, 그 악령이 나타나는 순간 완전히 기겁한 것 같았다. 그와 동시에 끔찍한 모습의 여자 악령이 프랑코 쪽으로 둥둥 떠 슬며시 다가오는 것도 보였다. 악령은 다리가 없어서 더 끔찍했다. 악령이 일종의 트릭이라거나 사람이 분장으로 놀라게 한 것이라면 더글러스의 마음이 편했을지도 모른다. 그러나 이제는 트릭이라고 스스로를 속일 수도 없었다. 무릎 아래가 연기처럼 흐릿하게 없는 것을 보고 말았으니까. 평소에는 돌아보지도 않던 종교나 신에게 자비를 빌고 싶어졌다.

'이런 제기랄, 하느님!'

그러면서 더글러스는 자신도 모르게 변기에서 손을 떼고 눈을 뜨며 화장실 바닥에 털썩 주저앉았다. 그 악몽 같은 투시는 중단됐다. 더는 견딜 수 없었다. 온몸에서 식은땀이 났다. 유령이 나타난 순간 프랑코의 표정을 본 것이 전부였지만 그것만으로도 충분했다.

당사자가 아닌 더글러스도 이렇게 놀랐는데 직접 악령과 마주쳤을 프랑코의 행동은 훤하게 짐작이 갔다. 저런 것이 문을 가로막고 갑자기 나타났으니 당연히 저 삐걱거리고 여는 데 힘이 드는 철문은 열 수 없다. 그쪽으로는 손도 내밀지 못했을 것이다. 허탈할 정도로 당연한 결과다. 더글러스도 소리까지 느낄 수는 없었는데, 프랑코의 입 모양을 기억해 보니 비명을 질렀을지 모른다. 허나 그 소리는 철문과 파티장의 시끄러운 음악에 묻혔을 것이다. 게다가 도움을 청하거나 비명을 지르고 주저앉아 있을 상황이 아니었다. '그것'이 자신에게 다가오고 있었으니까. 차라리 여자나 아이라면 주저앉았을지 모르지만 그래도 조직의 보스다. 아무리 놀랐어도 몸이 먼저 움직였을 것이다. 안 그랬으면 지금껏 살아남지도 못했을 테고. 머리는 두려움으로 백지처럼 하얗게 비워진 채 몸만 본능적으로 움직인 것이다. 그렇게 프랑코는 악령이 다가오는 반대편의 창문을 깨부수고 도망 나온 것이 틀림없었다.

'분명 그럴 테지. 그런데 더 봐야 하나?'

더글러스는 자신의 추리를 확인하는 의미에서 조심스럽게 화장실 변기에서 손을 떼어 아직 능력이 가시지 않은 상태로 창틀에 손을 가져갔다. 솔직히 만지기 싫었지만 이를 악물었다.

'이미 한 번 봤잖아. 겁먹을 것 없어. 시체 한두 번 봐? 뭐 별로 다를 것도 없더구먼.'

스스로를 속이기 위해 억지로 생각하려 했지만 쉽지 않았다. 물론 시체는 수도 없이 봐 왔다. 이보다 백배 더 끔찍하게 망가진 시체도 봤다. 그러나 둥둥 떠다니며 하반신 다리 부분이 연기처럼 희미한 데다 스스로 움직이는 시체는 본 적 없다. 그래도 더글러스는 견뎌 냈다.

역시 그다음 프랑코의 행동은 예상과 거의 흡사했다. 단 하나 다른 것이라고는, 창문을 깨고 빠져나간 것이 아니라 머리부터 들이밀며 창틀을 뚫듯 부수고 나간 것뿐. 어떻게 보면 우스꽝스러운 광경이었으나 프랑코의 입장이 하도 절박했고 더글러스의 사이코메트리 능력은 그런 프랑코의 마음까지도 동시에 전달해 주었기 때문에 비웃을 수조차 없었다. 더글러스는 그런 프랑코의 뒤를 그 여자의 악령이 몰아붙이며 따라간 것도 느낄 수 있었다.

'결국 저 유령이 몰고 갔다는 소린데.'

더글러스는 문득 아차 싶었다. 사이코메트리 능력은 몇 분 가지 않는다. 프랑코가 여기서 악령에 쫓겨 죽임을 당한 장소까지 몰려 간 것은 분명해 보인다. 그렇다면 그를 죽인 것은 누구인가. 프랑코는 확실히 총에 맞아 살해됐다. 그러나 악령이 총을 쏠 리는 없지 않은가? 설령 악령이 총을 쐈다 해도 여기서 쏘면 그뿐일 것이다. 그렇다면 누가 그랬을까?

'그걸 봐야 돼. 그걸 알아내야 하는데……'

프랑코가 죽은 장소는 여기서 이 마일 떨어진 거리다. 사이코메트리 능력은 이제 사라지고 나면 언제 또 발동될지 모른다. 더글러스는 자신도 모르게 프랑코가 한 것과 똑같이 창틀을 통해 밖으로 빠져나왔다.

화장실 안에서 덜걱거리는 소리가 나자 더글러스를 지키듯 밖에 남아 있던 두 덩치 중 한 명이 화장실 문을 열어 보았다. 문을 잠그지 않았기 때문에 그들은 더글러스가 창문을 통해 버둥거리며 빠져나가는 뒷모습을 볼 수 있었다. 그들은 어이가 없다는 듯 서로 말을 주고받았다.

"저거 뭐야, 미쳤나?"

"글쎄, 죽은 보스의 행동을 따라 하려는 건가?"

"그런다고 뭐가 나오겠어? 병신 새끼."

그들이 나름대로는 작게 소리를 죽여, 그래도 더글러스의 귀에 들릴 만큼의 성량은 유지한 채, 빈정대는 것을 더글러스는 창문 너머로 들었다. 기분 나빠할 틈도 없었다. 원래 더글러스는 사이코메트리 능력으로 프랑코가 화장실에서 그 장소로 이동하기 위해 받았을 일종의 메시지를 찾아내고 싶었다. 그러나 그런 끔찍한 여자 악령의 모습 같은 것을 볼 줄은 꿈에도 몰랐다. 현장은 아까 들러 보았지만 그때는 능력이 발동되지 않았다. 그러니 어떻게든 능력이 사라지기 전에 사건 현장으로 가야 진범을 볼 수 있는 것이다. 금방 숨이 가빠 왔다.

'이런 제기랄…….'

알코올과 불규칙한 생활 습관 때문에 몇 발짝 뛰지 않았는데도 헐떡거리는 자신의 폐가 저주스러웠다. 하지만 포기를 모르는 더글러스다.

'조금만 더, 조금만 더…….'

더글러스는 어떻게든 이 마일의 거리를 있는 힘을 다해 달렸다. 단거리 선수만큼 빠르지는 않았어도 아직 체력이 제대로 회복되지 않아 비실거리는 상태의 더글러스로서는 최대의 속력을 낸 셈이다. 그렇게 해서 두 번째로 도착한 사건 현장에는 아직도 경찰 한 명이 남아 있었다. 더글러스는 경찰 한 명이 하품하며 앉아 있는 자리에 땀투성이가 된 채 헐떡거리며 뛰어들었다. 있는 힘을 다해 달렸기에 땀에 절고 머리와 옷매무새까지 엉망이었다. 더글러스가 이상한 꼴로 달려 들어오자 남아서 현장을 지키고 있던 경찰은 눈이 휘둥그레졌다. 더글러스는 그에게 아무 소리도 하지 않고 오른손을 뻗어 아까 그랬던 것처럼 사체가 놓여 있던 자리, 사람의 형상이 흰 스프레이로 그려져 있는 바닥에 손을 얹었다.

아까와 다른 것이 있다면, 아까는 그래도 자세를 잡고 앉아 손을 댄 것이었는데 지금은 거의 야구에서 도루를 성공시키려 슬라이딩을 하듯 쏠고 미끄러지면서 손을 댄 것뿐이다.

"허어. 야구는 잔디밭에서 하는 게 낫지 않을까요?"

경찰은 어이가 없다는 듯 피식 웃었으나 더글러스는 반응할 기분이 아니었다.

그가 막 바닥에 손을 대는 순간 퍼즐이 맞춰졌다. 유유히 나타나 총을 발사하고 사라지는 빌은 이미 용의자 선상에 올라 있었으므로 서류에서도 사진을 확인할 수 있었다. 전혀 인적도 없는 장소에서 마치 기다리고 있었다는 듯 프랑코 앞에 나타나 간단하게 총 한 방을 쏘고 사라지는 빌의 짧은 모습을 보는 순간, 더글러스는 속으로 끔찍한 악령의 존재조차도 잠시 잊고 쾌재를 불렀다.

'됐어. 역시 빌이었군! 틀림없어.'

이로써 더글러스는 이 사건의 미스터리가 다 풀렸다고 믿었다. 그러나 그것은 너무 단순한 낙관이었다. 정말 큰 문제는 이때부터 시작이었다.

그녀의 정체

더글러스는 일단 마음을 진정시키려 집으로 돌아갔다. 이제는 몹시 어두워져서 좀 쉬어야만 했다. 차는 주저앉았고 어차피 폐차에 가까운 것이라 수리를 위해 다른 차를 부르기도 뭐해서 택시를 타고 집으로 돌아왔다.

더글러스는 생각을 정리하려 했다. 허나 악령의 모습을 떠올리자 온몸이 덜덜 떨려 왔다. 정말로 악령이 존재한다고 믿은 적은 없었다. 아니, 물론 자신의 사이코메트리 능력도 정상적인 것은 아니고 지난번에 캐나다 접경에서 만났던 동양인 일행도 믿지 못할 힘을 가진 것은 사실이었다. 그때 마주쳤던 거대한 얼음 괴물 웬디고를 보고 놀란 적도 있다. 허나 악령이 정말 돌아다닌다고는 믿지 않았다. 물론 그들이 악령은 반드시 존재하며 아주 드물게는 세상에 영향을 끼친다고도 했지만 그냥 한 귀로 흘렸는데…….

'사실은 알았는데 문제가 널렸군. 이걸 어떻게 상부에 보고해?'

악령이 프랑코를 겁주어서 몰아갔다고 보고할 수는 없다. 자신이 정신 병원에 처넣어지거나 농담이 과하다고 징계를 먹을 게 분명했다. 더구나 그걸 알아낸 과정도 문제다. 자신의 사이코메트리 능력을 드러내고 싶지도 않았다. 하물며 됐다 안 됐다 하는 얼치기 능력이다. 설령 누군가가 믿어 주려고 해도 입증 과정에서 재수 없게 발동되지 않으면 역시 끝이다. 그러니 진실을 알았더라도 상의조차 할 사람이 없는 것이다.

'그렇다면 그들에게 도움을 청한다면……?'

더글러스는 곧 고개를 가로저었다.

'지난번에는 작은 일이라도 내가 뭔가 도움이 됐었기는 했지. 아주 엄청나고 음산한 기운을 알아봐 주었으니까.'[1]

'그렇지만…….'

그들은 지금 뭔가 큰일에 휘말렸고 몹시 다쳤다는 후일담을 언뜻 들은 적이 있다. 더글러스는 그들을 깨끗이 잊기로 마음먹었

---

[1] 『퇴마록(세계편)』 3권 「아스타로트의 약속」에서 마스터의 은신처를 사이코메트리 능력으로 찾아내 준 것을 의미한다.

다. 어차피 이 세상과 다른 동화 세계에서 나온 존재들이니 동화 속 괴물이랑 싸우기라도 했나 생각하고 잊으려 했다. 그들과 연락한 지도 한참 시간이 지났으니 어쩌면 본국으로 돌아갔을지도 모른다. 또 비록 겁은 났지만 악령에 놀라 도움을 청한다는 것이 더글러스의 성질에도 맞지 않았다.

'그래. 생긴 건 좀 무섭지만 별거 있겠어? 그 악령이 프랑코를 직접 해친 것도 아니잖아. 다만 놀라게 했을 뿐이지. 그러니까 나도 놀라지만 않으면 그뿐이란 말씀이야. 뭐, 십자가라도 하나 걸고 다니면 되겠지. 무엇보다도 공연히 남에게 신세를 지는 것은 성미에도 맞지 않고······.'

하지만 막막했다. 가장 큰 문제는 실제 빌을 잡아넣을 만한 결정적인 증거가 아직 하나도 없다는 것이다. 투시임을 밝힐 수 없다면 논리로 정황 증거라도 제시해야 할 텐데, 그 중간에 악령이 끼어들어 있으니 추리라고 내세울 수도 없다. 어떻게든 이것을 계기로 빌을 잡아넣을 수 있는 실질적인 증거를 확보해야만 했다. 프랑코의 몸에서도, 다른 네 명의 희생자 몸에서도 탄환은 나왔다. 그러나 모두 다른 총에서 발사된 탄환이었다. 빌 정도 되는 인물이 한 번 쓴 총을 계속 쓸 리도 없고, 실외 공터 멀찍이서 총만 쏘았으니 다른 증거가 나올 가능성도 없었다. 이럴 경우 정석 수사로 들어간다면 빌의 주변을 감시해 현장에서 체포하는 방법이 있다. 그렇지만 빌의 다음 목표가 누군지 모른다. 대규모 수사를 벌이면 빌이나 예상 목표들도 감시할 수는 있겠지만 그러려면 수

많은 인원이 필요하다. 상부에 인원 요청을 해야 하는데 악령이나 초능력이 동원됐다고 보고가 불가능하니 그럴 수도 없다.

'일단 그 여자에 대해서 알아보자. 그래도 얼굴 하나 갖고 어떻게······.'

젊은 여자고 미인이다. 빌과 나이 차이가 많이 나는 듯 보이는데다 가족은 당연히 아니다. 십중팔구 내연 관계 같지만 확신할 수는 없다. 이것으로 끝이다. 물론 그 여자도 어딘가의 기록으로는 남았을 것이다. 그러나 그녀가 누군지 모르는 상황에서 전 미국의 여자 사진을 다 들여다볼 수도 없다. 아무래도 빌 근처에 있었던 사람들 중심으로 조사 범위를 좁혀야 할 필요가 있다.

'하지만 지금 빌을 자극해서는 안 될 것 같은데. 아, 제길······.'

섣불리 눈치채면 빌은 얼마든지 달아나거나 피할 수 있을 것이다. 실체를 증명할 수 없는 악령을 증거로 내밀 수 없는 판이니 지금 조심해야 될 것은 빌이 아니라 오히려 자신이다. 가급적 그쪽 주변은 건드리지 않는 것이 좋겠지만 그래도 그 끔찍한 몰골의 여자 모습 하나만 가지고는 증거를 만들어 내기에 너무 막막했다.

결국 결심한 더글러스는 늦은 시간이었음에도 다시 택시를 잡아타고 경찰국으로 향했다. 야근을 하던 직원 중 몇 명은 그를 보고 웃기도 했다. 아마도 자신이 현장에서 벌인 행각이 어느 틈엔가 돌아 귀에 들어간 모양이다. 어차피 대인 관계 같은 것은 신경 써 본 적도 없는 더글러스다. 그는 말없이 경찰 컴퓨터를 뒤져서 빌과 관련이 있는 인물들에 대해 조사했다. 비교적 빌과 가까이 있지만 충성도는 그리 높지 않을 만한, 그리고 가급적이면 겁이 많고 약간은 만만해 보이는 타입이 좋았다. 터프한 근육질 남자면 다루기도 어려우니까.

그렇게 생각한 더글러스는 대략적인 인상만으로 빌의 부하들을 쭉 훑어보았다. 그러다 마침내 한 사람의 파일에서 스크롤을 멈췄다. 곤살레스라고 불리는 이십 대 중반 멕시코 혈통의 남자였다. 딱 보기에 머리도 나빠 보이고 덩치도 작았으며 멍해 보이고 의지력은 약에 쓰려고 해도 없을 낯짝이었다.

'그래, 요놈에게서 뭔가 좀 얻어내 보자.'

생각한 더글러스는 컴퓨터를 끈 다음 자신을 힐끗힐끗 쳐다보는 다른 동료들에게는 눈길조차 주지 않고 아무 말도 하지 않은 채 경찰서 건물을 빠져나갔다.

곤살레스를 찾아내는 일은 그리 어려울 것 같지 않았다. 빌의 구역으로 찾아가 으슥한 술집 몇 곳만 탐문하면 금방 끌려 나올 놈이었다. 빌의 구역이라고 따로 정해진 것은 아니지만, 그런 것은 마치 보이지 않는 국경선보다 더 확실하고도 엄준하게 이 더러운 도시의 구획을 구분해 놓고 있었다. 이런 으슥한 지역은 아무리 경찰 배지를 가졌어도 한밤중에 마음 놓고 돌아다닐 만큼 안전하지 않다.

다음 날 아침까지 이런저런 생각을 하며 거의 밤을 새우듯이 기다렸다가 새벽녘이 되자 더글러스는 몸을 일으켰다. 새벽이긴 하나 어둠 속에서 생활하는 놈들이 움직이기에는 아직 너무 이른 시간이었다. 결국 먹지도 않을 아침 식사를 만들고 휘저은 다음 쓰레기통에 던져 버리면서 시간을 때웠다. 위스키 한 잔이 간절했지만 이제부터는 금주를 하겠다고 단단히 마음먹은 직후라 애써 그 생각은 하지 않으려 했다. 그렇게 정오가 다 돼 갈 무렵까지 억지로 참고 버티고 나서야 더글러스는 움직였다. 지금쯤이면 놈들도 조금씩 꿈지럭거리며 기어 나올 시간이니까.

예상했던 대로 빌의 구역 으슥한 곳 몇 곳을 뒤지기도 전에 곤살레스의 행적이 발견됐다. 곤살레스는 피라미 중에서도 최하에 가까운 등급으로 추락해 있었다. 예전에는 빌의 오른팔까지는 못 돼도 그의 등 뒤에는 설 정도였다고 알고 있었는데. 어떻게 조직 내에서 이렇게 전락하게 됐는지는 알 수도 없었고, 알 필요도 없으며, 궁금하지도 않았다. 다만 놈이 뭔가 말해 주기만을 바랄 뿐이었다. 하도 피라미인지라 빌의 갱 녀석들도 곤살레스를 보호하기보다는 웃으면서, 원하다면 한번 맘대로 갖고 놀라는 식으로 그가 있는 곳을 선선히 말해 주었다. 덕분에 더글러스는 쉽게 곤살레스를 찾아낼 수 있었다.

문도 열지 않은 술집 카운터 구석에서 꾸물거리는 녀석을 잡은 더글러스는 아예 아무 말도 하지 않고 놈의 뒷덜미를 잡아끌었다. 아직 정오도 채 지나지 않은 시간임에도 약이라도 했는지 음울한 눈을 멍하게 뜨는 녀석은 변변히 반항도 못 했다. 더글러스는 놈을 다짜고짜 화장실로 끌고 가 바닥에 팽개쳤다. 계속해서 화장실과 인연을 맺는 것이 조금 꺼림칙했지만, 놈을 닦달하기에는 이곳보다 좋은 장소가 없었다. 곤살레스는 이제야 위기감을 느꼈는지 간신히 중얼거렸다.

"이…… 이래도 되는 거예요?"

"닥쳐."

더글러스는 짧게 말하면서 곤살레스의 주둥이 부근을 한 번 발로 걷어찼다. 딱딱한 코가 있는 단단한 구두다. 녀석의 입가가 금방 찢어지며 약간의 피가 흘렀다.

"저…… 정말 이래도 되는 겁……?"

"이래도 되고 안 되고는 내가 결정한다."

"아니, 묻고 싶은 게 있으면 뭐라고 말이라도 해 줘야……."

"때가 되면 한다니까."

일단 더글러스는 곤살레스를 특별히 외상이 남지 않게, 다만 기가 죽어서 얼이 빠질 정도로만 적당히 두들겨 주었다. 이렇게 두들기는 것도 요령이 없으면 쉽지 않다. 섣불리 주먹을 굳게 쥐고 때렸다가는 멍이 들 수도 있고 어디가 부러질 수도 있다. 주먹을 쥐되 손바닥을 살짝 벌려야 퍽퍽 소리가 크게 나며 타격도 덜하다. 자신이 진짜 심하게 구타당하고 있다는 착각을 느끼게 하면 충분했다. 그래야 나중에 고소를 하거나 병원에 증거를 제출하려 해도 얻어맞은 흔적이 남지 않는다. 더럽지만 나름대로는 확실한 효과가 있는 방법이다. 또 이러다가 운 좋게 예의 '능력'이라도 발동되면 더 좋다. 물론 그런 변변찮은 확률에 기대할 수는 없지만.

한동안 맞던 곤살레스는 밑바닥답게 결국 눈물을 흘리며 더글러스의 바짓가랑이를 움켜쥐고 간청했다.

"말, 말할게요! 으흑……. 대체 뭘 알고 싶어요?"

"빌에 대해."

"그…… 하지만…… 그건……. 함부로 말하면…… 위험……."

"지금보다 더 위험할까?"

더글러스가 짧게 말하며 주먹을 치켜올리자 곤살레스는 질색을 하며 말했다.

"서, 설마…… 아무도 듣는 사람 없겠죠?"

"나."

"제, 제발…… 제가 빌에 대해 말했다는 건…… 비밀로……."

"흠……?"

더글러스는 조금 의구심이 들었다. 입이 싸도 너무 쌌다. 아무리 졸개라고 해도 자신의 보스를 이렇게 자진해서 배반하는 경우는 흔치 않다. 최소한 심한 강압에 못 이겨 그랬다는 핑곗거리라도 만들어 두려 할 텐데, 곤살레스는 오히려 더글러스에게 털어놓고 싶어 하는 것 같았다.

'속임수인지도 몰라.'

더글러스는 속으로 생각하며 곤살레스의 멱살을 잡아 눈을 똑바로 바라보았다.

"내가 왜 이러는지 네가 안단 말이지, 응?"

"제가…… 그걸 어떻게……."

"그런데 왜 그리 술술 불지? 그냥 너를 변기통에 박아 놓고 다른 녀석 찾는 게 낫겠어."

더글러스가 곤살레스의 뒷덜미에 손을 대고 몸을 일으키려 하자 곤살레스가 옷자락에 매달리며 버둥거렸다.

"지금…… 지금 내 꼴을 보라고요. 내가 이렇게 된 건 전부다…… 그 빌……. 내가 그때…… 그 자리에만 없었으면……."

"그게 무슨 소리야?"

더글러스는 호기심이 일어 말했다. 곤살레스의 눈빛은 겁을 잔뜩 먹고 두려움에 질려 있었으나 거짓을 말하는 것 같지는 않았다. 빌과 곤살레스 사이에 뭔가 사연이 있는 것일까? 그렇지 않다면 항상 뒤에 시립시킬 정도의 부하를 특별히 알려진 이유도 없이 폐물 취급하지는 않는다. 아무리 갱이라고 해도 엄연히 나름의 조직이다. 이유 없는 강등은 보스로서도 쉬운 일은 아니다.

"형사님이 알려는 게 뭔진 몰라요. 하지만 빌에 관한 거라면…… 제가 하나 알고 있습니다. 아주…… 중요한……."

"중요하고 아니고를 네가 어떻게 알아? 날 함정에 빠뜨리려는 거야?"

더글러스가 말하자 곤살레스는 힘을 다해 고개를 마구 저어 댔다. 금방이라도 울음을 터뜨릴 듯한 약한 표정으로 성호까지 그으며, 한껏 숨을 죽인 채로 조그맣게, 그러나 열정적으로 말했다.

"아이린…… 아이린을 찾으시는 거 아닌가요?"

"아이린이라고? 그게 누구지?"

"빌의…… 옆에…… 있던 여자예요. 내가…… 은근히 좋아했었죠. 그런데…… 그녀가…… 애를 배 와서 빌의 애라고 하는 바람에…… 그만…….."

"어떻게 됐다는 거야?"

"빌이 묻어 버렸대요. 아무 증거도 남지 않게……."

"아……."

더글러스는 한숨을 쉬었다. 뻔하고도 참혹한 이야기다. 물론 이것도 나름대로 빌을 엮어 넣기 위해서는 중요한 증거가 될 수 있었다.

"어디다?"

"그…… 그건 몰라요. 다만…… 이마를…… 총으로 쏴서……. 발견될 수 없는 곳에 치웠다고만……."

"하지만 안됐군. 지금 내가 찾는 건 그게 아니야. 요즘 빌의 경쟁자들이 차례로 죽어 나가는 거 알고 있지?"

"그…… 그건…… 저도 압니다만……."

"혹 빌 주변의 다른 여자들 몰라?"

"다른 여자는 몰라요. 제가 아는 거라곤 아이린뿐이에요."

허나 생각하던 더글러스는 고개를 갸웃했다.

"아이린은 내가 찾는 여자가 아냐."

"예? 분명 빌 주변의 여자를 찾으시는 것 아닌가요?"

"네가 어떻게 알지?"

"방금 다른 여자에 대해 물으셨잖아요! 여자는 항상 넘쳐 난다니까요. 빌은 보스니까요. 빌은 여자를 티슈처럼 여겨서 여러 번

만나지 않아요. 빌의 마누라가 성질이 보통 아니거든요. 숫자는 많아도 뭔가 걸릴 여자는 아이린뿐이었을 거예요."

나름대로 열변을 토하던 곤살레스는 다시 확언했다.

"아까 말한 사실을 제가 안다는 걸 빌이 눈치챘고⋯⋯. 그것만으로도 전 이 꼴이⋯⋯. 그것만 봐도 아이린은 중요할 거예요!"

"아냐."

"어떻게 그렇게 단언하죠? 그녀에 대해 조사하면⋯⋯."

"조사하고 말 것도 없어! 그녀는 아냐!"

더글러스는 고개를 저었다. 사실 자신은 악령의 정체를 밝히기 위해 곤살레스를 닦달하는 것이다. 빌의 살인을 돕는 금발 머리의 악령 여자는 어떻게든 그의 부근에 있었을 테니까. 허나 방금 말한 아이린은 절대 아니었다. 빌이 아이린을 쏴 죽였다면 아이린이 왜 빌의 앞잡이가 돼 유령이 된 후에도 살인을 도우며 다니단 말인가. 일단 어떻게든 빌을 엮어 넣을 단서는 될지 모르지만, 수사하는 데만도 긴 시간이 걸릴 일이다. 더글러스가 생각에 잠기자 곤살레스는 울면서 말했다.

"아이린의 죽음에 대해서만은 꼭 밝혀 줘요. 비록 형사님이 찾는 게 아니더라도⋯⋯."

"진심인가?"

"지금 막, 진심이 됐어요. 아이린을 위해서 뭔가 했어야 하는데⋯⋯. 빌의 부하 따위는 처음부터 되지 말았어야 하는데⋯⋯. 내가 얼마나 병신같이 살아왔는지 조금 깨달은 것 같아요⋯⋯."

더글러스는 조금 숙연한 기분으로 곤살레스를 내려다보았다. 이것만은 진심 같았다. 어떻게든 빌의 살인을 막고 그를 잡아넣으면 이 가련한 녀석에게 조금이라도 위안이 될까?

"빌에 대해 더 얘기할 거 있어? 특별하지 않아도 되니까, 되는 대로."

"형사님……?"

곤살레스는 멍한 눈으로 더글러스를 올려다보며 중얼거렸다.

"빌을 상대할 각오가 됐나요? 그는 막강해요."

"내 일이니까."

그러자 곤살레스는 갑자기 미친 것처럼 실실 웃었다. 화장실 바닥에 몸을 쪼그린 채 한참을 배를 잡고 소리 나지 않게 웃다가 이윽고 또 울었다. 미친 사람 같아 보였지만 더글러스는 묵묵히 기다렸다. 그러자 곤살레스는 눈물과 침을 손등으로 대강 문지르며 웅얼거렸다.

"난, 난 이제 지쳤어요. 밑바닥에 몰릴 데까지 몰렸죠. 이젠 아무것도 상관없어요. 어느 날 갑자기 빌의 히트맨이 와서 날 묻어 버리겠죠. 그래도 상관없어요. 아는 대로 다 말씀드릴게요."

"고맙군."

"헤…… 그런 말, 오랜만에 들어보는 것 같네요. 난 참 병신같이 산 게 틀림없……."

"넌 아직 젊어. 늙은이 흉내는 그만하고 말이나 해."

"그래요. 빌은 이제 약 사업은 접고 합법적인 사업으로 돌아설 생각을 하는 모양이에요. 그래서 옛 관계가 있었던 자들은 묻어서 입을 막고, 새로 진출할 사업의 경쟁자들도 노리는 것 같아요."

"프랑코로 벌써 다섯 명 째야."

"소문은 저도 들었죠."

"빌이 무슨 방법을 쓰는지 아는 것 없어?"

곤살레스는 고개를 설레설레 저었다.

"그건 아무도 몰라요. 빌에게는 암살자가 손가락 숫자보다도 많아요. 그렇지만 빌은 부하 갱들 전체에게 '아무도 움직이지 말라'고 명령한 지 오래됐어요. 움직인 녀석도 없고요."

"하지만 분명 빌일 거야."

"모두들 그렇게 말하죠. 하지만 아무도 확신하지 못해요. 부하인 저나, 다른 측근들도 빌이 그랬을 거라고는 생각하지만, 어떻게 했는지는 몰라요. 그러니……."

곤살레스는 조금 망설이다가 속삭이듯 말했다.

"오히려 빌이 안 했다고 보는 게 맞을지도 몰라요. 그는 조금도 움직이지 않았어요. 외부에 전화도 한 번 한 적 없고, 부하들 중 아무도 움직인 적이 없다고요. 그런 빌이 어떻게 다섯이나 죽였겠어요?"

이젠 더글러스가 할 말이 없어졌다. 사실 그렇기에 경찰도 빌은 전혀 건드리지 못하고 있었는데, 그의 부하가 이럴 정도면 사실은 더 심각하다. 그렇다고 자기가 투시를 써서 악령을 보았다고 말할 수는 없다.

"뭔가 외부의 힘을 동원했다거나……."

"애당초 그렇게 할 수 없다는 거, 형사님도 잘 아시잖아요? 다른 자들도 그랬고, 프랑코는 부하들과 파티하다 화장실 창문 밖으로 혼자 나가 죽으러 갔다면서요? 애당초 그 시간에 거길 혼자 가면 누구든 양아치 강도 새끼한테 총 맞아 뒈질 수 있어요. 누가 그렇게 하라고 시킬 수 있죠?"

'제기랄! 악령이 그렇게 몰고 간 거라고! 그래서 빌이 프랑코를 기다리다가 쏴 죽인 거고!'

더글러스는 그렇게 외치고 싶은 충동을 느꼈지만 간신히 억눌러 참았다. 일반적으로라면 절대 빌에게 혐의를 둘 수 없을 것이다. 곤살레스도 분명 빌에게 어떻게든 복수하고 싶어 했지만, 그조차 이렇게 말했다.

"제길. 빌은 그냥 운이 좋을 뿐이라고요. 그냥 경쟁자들이 미쳐서 죽어 자빠지는 거고요! 왜 그런 거 있잖아요. 빌이 무서운 나머지 전부 돌아 버려서 공포를 이기지 못해 뒈지러 가는……."

"너보고 판단 내리지 말라고 그랬어."

"나도 목숨 걸고 말하는 거예요. 빌을 잡으려면…… 아이린의 복수를 하려면…… 지금 죽은 놈들 가지고는 아무런 증거가 안 될 거라고요! 아이린을 캐 보는 게 훨씬 나아요!"

더글러스는 울적해졌다. 운 좋게 협조해 주던 녀석까지 이런 생각이라니. 결국 곤살레스에게 얻어 낼 것은 없었다. 악령의 정체도 아이린만은 아닐 것 같았고 다른 여자 이름도 얻어 내지 못했다.

'그냥 이놈이 알려 준 대로 아이린 살해 건으로 빌을 엮을까? 일단 처넣기만 하면 더 총질은 못할 테니······.'

그러다가 더글러스는 혹시나 싶어 물어보았다.

"혹시 아이린이 금발이었나?"

"예····· 예, 맞아요. 금발에, 미인이었죠······."

"혹시 오른쪽 입술 위에 작은 점이 있어?"

"어? 예! 아시는군요!"

더글러스의 가슴이 덜컹 내려앉았다. 도저히 말이 되지 않는 퍼즐. 그러나 현실은 그렇게 돌아가고 있었다. 곤살레스가 악령을 알고 거짓말할 리도 없으니 말이다. 놀란 더글러스는 자신이 보았던 아이린의 모습에서 있는 대로 특징을 잡아 계속해서 말했는데, 곤살레스는 아이린이 틀림없다고 했다. 짙은 속눈썹을 붙이고, 아주 진한 붉은 립스틱을 즐겨 바른 것까지 악령의 모습과 똑같았다. 다만 악령의 눈은 희게 뒤집혀 있어서 눈빛은 볼 수 없었는데, 곤살레스는 그것까지 말해 주었다.

"틀림없이 아이린을 보신 것 같은데····· 눈 빛깔에 대해서는 안 물어보시네요? 아이린의 눈은 조금 푸른빛이 도는 녹색이었어요. 참 아름다운 눈빛이었는데요."

"이런 제길····· 말도 안 돼······."

"형사님? 왜······."

"아니····· 젠장! 젠장! 이게 뭐야! 도저히 모르겠어!"

더글러스는 도대체 풀어낼 수 없을 것 같은 의혹에 빠져들었다.

그와 같은 시간 빌의 구역으로 알려진 너절한 변두리의 한복판, 주변과는 어울리지 않는 번쩍이는 건물. 십이 층 건물의 맨 위층 펜트하우스 안에서는 문제의 빌이라는 남자가 막 귀에서 이어폰을 뽑아낸 뒤 킥킥거리며 웃었다. 그의 주변에는 대여섯의 신뢰하는 부하들이 미동도 없이 서 있었다.

"이거 봐, 이거 봐. 하하하하! 내 그럴 줄 알았지! 곤살레스 그놈은 분명 누군가에게 뭐가 나불대지 않고는 못 배길 거라고. 봐, 내 판단이 맞았잖아. 보스는 아무나 하는 게 아니거든."

혼자 미친 것처럼 실실대며 웃지도 않고 주변에 서 있는 부하들에게 한참 늘어놓은 빌은 다시 킥킥대며 이어폰을 책상 위에 던지듯 올려놓았다.

"하. 그러니까 합법적인 사업을 해야 된다는 거야. 얼마나 좋아? 퍼부은 돈으로 개발한 이 소형 도청기! 세상에 이런 게 얼마나 유행할지 너희들은 모를 거야. 그렇지? 특히 이런 쪽의 사업하는 놈들은 돈을 아끼지 않을걸? 위험 부담도 적고 경찰들 꼬리 잡힐 일도 없고! 한데, 그러자니 아……."

빌은 무슨 격한 운동이라도 했는지 아니면 막 잠자리에서 일어난 것처럼 말하는 중간에 팔을 한 번 쫙 펴며 늘어지게 기지개를 켠 다음 부하들에게 조금 풀린 얼굴로 말했다.

"과거와 이별해야 하는데 옛 행적이 발목을 잡으면 어떻게 할까? 응? 어떻게 해? 이 곤살레스 놈 말이야. 입이 살아 있으니 기회만 되면 뭐든 나불거리고 다니잖아. 단절, 기억을 단절해야 하는 건데."

그러자 부하 중 하나가 말했다.

"곤살레스를 처치해 버릴까요?"

"오, 오, 그럴 필요 없어. 이미 형사 나리에게 과거의 기억 중 하나를 불었더구먼. 항상 그게 찜찜했어. 혹시나 했지만 옛정을 생각해서 봐주려 했는데 역시나 제 입으로 무덤을 파는군."

"그러니까 처리를……."

부하가 뭐라고 하자 빌은 씩 웃으며 말했다.

"아, 괜찮아! 괜찮아. 이제는 거의 내 즐거움이 됐거든, 너희들은 신경 쓸 필요 없어. 언제나처럼 아주 자연스럽게 모든 게 잘 돼 갈 테니까."

"자연히 처리될 거란 말씀인가요?"

빌은 이를 드러내며 크게 웃었다.

"그럼. 자연히 처리된다고. 온 세상이 내 편이란 말이야! 너희들이 보지 못하는 것까지 말이야. 흐흐흐."

빌이 웃으면서 그만 물러가라는 듯 손을 내젓자 무표정인 부하들은 그대로 몸을 돌려 기계처럼 걸어 나갔다. 속으로는 빌이 점점 미쳐 가는 것 같다고 생각했지만 겉으로는 절대로, 아무 표정도 드러내면 안 됐다. 뚱뚱한 몸집에 머리가 홀랑 벗겨지고 배가 불쑥 나와 위엄이라고는 하나도 없는 빌이었지만 그는 부하들에게는 정말 무서운 존재였다. 마음에 들지 않는 존재는 누구든 저절로 죽어 나가니까. 마치 빌의 다른 경쟁자들처럼…….

모두가 자리에서 나가자 빌은 다시 킥킥 웃으면서 책상에 교묘하게 숨겨져 있던 스위치 박스를 열고 거기서 드러난 스위치를 장난이라도 하듯 톡 건드렸다. 그러자 방 여기저기서 모터 소리가 들리더니 검은 커튼이 내려와 사방을 덮어 펜트하우스의 창문들을 가리고 방 안은 금세 어두워졌다. 그리고 깜깜해진 방 한가운데에 선 빌은 품에서 조용히 손수건으로 조심스럽게 싼 것을 꺼냈다.

　손수건에 싸인 물건은 조금 부서진 여자의 브로치였다. 그것을 조심스럽게 몇 번 손가락으로 만지자 빌의 앞에 희뿌연 영상이 나타나 서서히 형체를 갖추어갔다. 피에 젖은 금발 머리에 눈이 뒤집히고 이마 한가운데 구멍이 뚫려 피를 줄줄 흘리는 여자의 형상, 흉측하기 이를 데 없는 모습이었지만 빌은 그 모습이 너무도 사랑스러운 듯, 악마처럼 웃으며 말했다.

　"오, 나의 사랑하는 아이린. 오늘도 할 일이 생겼어, 우리 같이 일 나가 볼까?"

습격

　더글러스는 몹시 피곤했다. 육체적 피로보다 정신적 피로가 그를 짓눌렀다. 늦은 시간이었지만 잠도 오지 않았다. 침대 머리맡에 앉아 경찰국에서 뽑아낸 자료들을 훑어보던 더글러스는 이내 보고 있던 종이 뭉치들을 거칠게 땅바닥에 흩뿌려 버렸다. 그중에는 아이린의 면허증 사진 복사본도 있었다. 그녀가 바로 악령임은 이제는 의심할 여지도 없었다.

'이럴 리가 없는데 말이야.'

더글러스는 엉망으로 헝클어진 머리를 쥐어뜯었다. 아이린의 실종을 알아낸 것은 확실히 일종의 성과였다. 허나 아이린의 사체는 아직까지 발견조차 되지 않았다. 따라서 그것으로 빌을 기소할 수도 없다. 그런데 그보다 더 더글러스를 곤혹스럽게 하는 것은 왜 빌이 죽인 것이 틀림없는 아이린의 유령이 빌을 돕고 있느냐는 것이다. 그것만은 정상적으로 납득되지 않았다.

'빌이 사악한 마법사라도 되나? 죽은 자를 노예로 부리고 조종하는? 이건 뭔가 점점 더……'

어차피 악령이라는 존재가 처음 등장했을 때부터 정상적인 경찰이 다룰 범위를 훨씬 넘어선 셈이다. 그렇다고 이것을 상의할 만한 사람도 없다. 믿고 가깝게 지내는 친구나 동료도 없을뿐더러 자신에게는 정식 파트너조차 아직 정해지지 않았다. 본래 정식으로 수사를 진행하고 있다고 하면 누군가 한 사람이 더 파트너가 돼 파트너십 관계 안에서 일을 하는 것이 정상이다. 그러나 더글러스는 성격도 성격이거니와 상관에게조차 퉁명스럽게 대했고 또 파일을 보자마자 사건을 제멋대로 진행한 것이기 때문에 털어놓을 조력자조차 없었다. 아니, 어쩌면 이제는 끝까지 혼자 가야 할지도 몰랐다. 어차피 혼자 일하는 게 편하다고 생각하는 더글러스지만 이번 경우는 다르다. 이렇게 악령이나 조종하는 마법사 같은 놈과 상대하게 될 줄은 몰랐다.

"그들이라면 어떨까?"

더글러스는 다시 그들을 머리에 떠올렸다. 분명 이런 종류의 사건에는 최적화된 사람들일 것이다. 동양에서 온 네 사람, 그들에 대해서 정확하게 아는 것도, 아직 친분을 형성한 것도 아니지만 그들이 가진 능력이라면 이런 일 정도는 별로 어렵지 않게 해결할 수 있을 것 같았다. 이건 더글러스 자신의 일이었지만 이제는 자신 혼자 해결할 단계를 넘었다. 가장 기본적인 미스터리조차 풀어낼 수 없으니까.

'역시 도움을 청해야 될까?'

그러나 선뜻 나서 줄지도 의문이다. 그럼에도 혹시나 싶어 주머니를 뒤져 보니 네 사람 중 조금 눈매가 날카롭고 아름다운 여자가 주었던 연락처 쪽지가 있었다.

'정말 이런 식으로 부탁을 해도 되는 걸까?'

더글러스는 연락처가 적힌 쪽지를 한동안 들여다보다가 이내 설레설레 고개를 저으며 인상을 구겼다. 그리고 쪽지를 아무렇게나 뭉쳐 주머니에 집어넣은 뒤 쓰러지듯 침대에 누웠다. 그러면서도 혹시나 싶어 더글러스는 자신의 총이 장전된 것을 확인한 다음 배게 밑에 넣어 놓는 것도 잊지 않았다. 피곤과 고민에 지친 더글러스는 오른팔을 얼굴 위에 얹으며 자신도 모르게 스르르 눈을 감았다.

피곤에 지쳐 잠깐 잠이 들었던 더글러스가 어깨를 움찔하며 잠에서 깨어났다. 차가웠다. 아직 찬 바람이 불 때도 아니고 에어컨을 켠 것도 아닌데 갑자기 몸에 확연히 느껴지는 한기가 스며들었다. 북극에 파이프를 연결해 찬 바람이 쏟아지는 것 같았다. 그 한기는 피부에 느껴지는 온도로서의 차가움이 아니었다. 냉기의 느낌이 몸속에서부터 전신에 피를 통해 퍼지는 것 같았다. 그리고 놀란 더글러스가 눈을 채 뜨기도 전에 바로 코앞에서 낯선 목소리가 울려왔다.

더-글-러-스-!

등골에 소름이 쫙 돋게 하는 여자의 목소리. 그리고 그 목소리는 귀로 들리는 것이 아니라 자신의 온몸을 울리며 퍼져 나왔다.

놀란 더글러스는 올려놓았던 오른팔을 반사적으로 베개 뒤쪽으로 집어넣으며 눈을 번쩍 떴다. 그러나 차라리 뜨지 않는 것이 나을 뻔했다. 더글러스의 코앞, 불과 삼십 센티미터도 떨어지지 않은 곳에 피로 얼룩지고 희게 뒤집힌, 익어 버린 생선의 눈알처럼 번들거리는 눈 두 개가 보였다.

바로 아이린, 그녀의 얼굴이었다. 그녀의 희게 뒤집힌 눈동자. 총알구멍이 뚫린 이마. 피에 젖은 금빛 머리카락. 더글러스가 투시에서 보았던 것과 똑같은 모습을 한 채 아이린이 코앞에 얼굴을 바짝 들이밀고 있었다.

"아아악!"

더글러스는 자신도 모르게 겁에 질려 비명을 질렀다. 그는 반사적으로 베개 뒤에 넣어 놓았던 권총을 꺼내 코앞으로 내밀었다. 반사적으로 권총을 내미는 바람에 더글러스의 손은 아이린의 얼굴을 뚫고 지나갔다. 아무 느낌도 없었고 걸리지도 않았지만 더글러스의 팔이 아이린의 얼굴을 뚫고 나간 모습은 더더욱 끔찍해 보였다.

"으아악!"

다시 비명을 지르며 더글러스는 옆으로 몸을 굴려 침대에서 우당탕 소리를 내며 떨어졌다. 되는대로 마구 몸을 굴린 것이기 때문에 허리가 얼얼했다. 그러나 어떻게 할 겨를도 없이 더글러스는 오른손에 쥐었던 손잡이를 왼손으로 받치며 아이린을 향해 리볼버를 마구 쏘아 붙였다. 리볼버의 탄창이 완전히 한 바퀴 회전할 때까지 여섯 발의 총소리가 사방을 울리고 아이린의 뒤에 있던 스탠드와 액자가 산산이 깨어져 나갔다. 물론 액자 안에 들어 있던, 꽤 마음에 들어 하던 그림도 여지없이 총알구멍이 났다. 문에 두 개의 구멍, 벽에 네 개의 구멍이 연달아 뚫렸지만 허공에 둥둥 떠 있던 아이린은 더글러스를 향해 고개를 돌리며 피에 젖은 입술로 슬쩍 웃어 보였다. 더글러스가 쏜 총알에는 아무런 영향도 받지 않는 것 같았다.

공포가 가득한 비명을 지르는 더글러스의 손은 멈추지 않았다. 뭔가 본능적으로 움직이지 않고는 견딜 수 없는 것 같은 그의 성격이 이런 상황에서도 그를 가만히 있지 못하게 만들었다. 총알을 모두 써서 철컥철컥 빈 소리만 나는 총구를 두어 번 당기다 더 더글러스는 권총을 아이린에게로 냅다 집어 던졌다. 물론 권총 역시 아이린의 반투명한 몸을 그대로 통과해 벽에 부딪힌 다음 땅에 떨어져 버렸다.

"이런 제길! 제길! 제길! 제길!"

아무 효과도 없는 것이 분명했지만 더글러스는 포기하지 않았다. 물론 무서워서 죽을 지경이다. 언젠가 보았는지 기억도 명확하지 않은 B급 싸구려 공포 영화와 짜증 날 정도로 비슷했다. 그 영화에서 이렇게 날치던 녀석은 조금 있으면 귀신에게 갈가리 찢겨 죽는다. 그 영화를 보면서 더글러스는 이렇게 비웃었다.

'그렇게 투명한 존재에게 공격하는 게 말이 돼? 또 그런 존재라면 그게 무슨 힘을 쓰겠어? 찢겨 죽을 리가 없잖아.'

그러나 막상 닥쳐 보니 그런 논리적 판단은 떠오르지도 않았다. 아이린의 악령이 힘을 쓰지 못할 거라며 담담하게 있을 수가 없다. 일단 접근하지 못하게 하려고 더글러스는 침대 머리맡에 놓여 있던 스탠드를 집어 들고 미늘창처럼 아이린을 향해 마구 휘둘러 댔다. 혹시라도 전기나 빛에는 어떤 반응이 있지 않을까 싶은 생각에서였다. 불행히도, 더글러스가 너무나 힘을 주어 크게 휘두르는 바람에 스탠드의 플러그가 툭 빠져나갔다.

"악! 이런 제길! 제기랄!!"

순간적으로 전기가 꺼져 원했던 전기나 빛에 대한 실험을 더 해볼 수는 없었지만 더글러스는 아이린을 향해 두어 번 더 스탠드를 휘두르며 악을 썼다.

"포기 안 해! 이런 썅! 난 포기 안 해!!"

아이린은 결코 서두르지도 않으며 서서히 더글러스 쪽으로 둥둥 떠왔다. 더글러스는 여자처럼 비명을 질러 대며 스탠드를 아이린에게 집어 던졌다. 그런 다음 침대 시트와 이불도 동시에 움켜쥐어 아이린의 몸 위로 집어 던졌다. 흉한 모습이라도 덮어 보려는 생각이었다. 그러나 역시 힘없이 통과.

'이런 빌어먹을!!'

더글러스는 이를 악물고 허둥지둥 몸을 돌렸다. 더글러스의 아파트는 화장실 빼고는 다른 방도 없는 전형적인 원룸 구조였다. 밀폐시키거나 문을 잠그거나, 어디로 도망칠 곳도 없었다. 침대가 있는 곳에서 밖으로 도망칠 수 있는 현관문까지는 불과 칠팔 미터밖에 되지 않았지만 아이린의 유령은 더글러스가 침대에서 도망치자마자 곧 유일한 출입구인 현관문 쪽을 감시라도 하듯 문을 등지고 있다. 프랑코가 화장실 창문을 뚫고 도망칠 수밖에 없던 이유와 같다. 아무리 담력이 강해도 저 유령에게 정통으로 달려들어 문으로 나갈 엄두는 나지 않았다.

'그럼 어떻게 하지? 어떻게 해?'

더글러스는 울상이 돼 이를 악물었지만 포기하고 싶지는 않았다. 어떻게든 해야 하고 무슨 수든 내야만 한다. 더글러스는 손이 닿는 대로 집 안의 잡동사니라도 손에 쥐려 했지만 마땅한 것이 없었다. 무슨 십자가나, 묵주나 하다못해 불상이나 부두교 토템이라도 있으면 들이밀겠지만 아쉽게도 모든 종교에 무신경한 더글러스였다. 집에 종교와 관계된 뭔가가 남아 있을 턱이 없었다. 더글러스는 포기하면 안 된다고 자기에게 주문이라도 걸듯 계속 되뇌었다.

'그래도 포기 안 해. 난 포기 안 해!'

아이린의 유령은 섬뜩한 미소를 지으며 양손을 내밀 듯 들어 올린 채 공중을 부유해 천천히 더글러스에게 다가왔다. 포기하지 않겠다고 중얼중얼 입으로 주문을 외우고 있다고 해서 악령이 다가오는 것이 달가울 리는 없었다. 뒷걸음질 치던 더글러스는 거실에 놓여 있던 소파에 걸려 뒤로 나동그라졌다. 두려움에 떨면서 발악하듯 뒤로 몸을 끌며 도망치는데 아이린의 유령은 결코 서두르지 않고 천천히, 그러나 압박해 포위라도 하듯 더글러스에게로 다가들었다.

'아냐, 아냐. 이건 아냐.'

비록 공포에 질려 있었지만 결코 더글러스의 두뇌 회전은 멈추지 않았다. 포기하려 하지 않았다. 어떻게든 살아남기 위해 더글러스는 최대한 생각하고 있었다. 그런 그의 머리에 떠오르는 생각이 있었다.

아이린의 유령은 지난번 프랑코가 죽었을 때 투시로 본 것이긴 하지만 직접 본 것만큼이나 생생했다. 아이린의 유령이 프랑코를 몰아 이 마일이나 떨어진 곳까지 밀어붙이고, 거기서 빌이 최종적으로 프랑코를 죽였다. 아마 지금도 그와 동일한 상황이라면 아이린의 유령은 직접적으로 사람을 죽일 힘은 없는지도 모른다. 그렇지 않다면 빌이 굳이 총알을 박아 넣는 짓을 할 리가 없지 않은가?

그러나 유령이 힘이 없다고 아무리 머릿속으로 확신한들 목숨을 걸고 직접 덤벼들어 실험해 보고 싶은 마음은 들지 않았다. 다만 적어도, 최소한 한 가지는 분명했다. 아이린의 유령은 자신을 창가 쪽으로 계속 몰아붙이고 있다. 그것은 곧 저 창가 쪽으로 가면 안 된다는 뜻이었다. 빌이 기다리고 있다가 총을 쏘려는 것인지, 아니면 밀어 떨어뜨리려는 것인지는 모른다. 하지만 적이 원하는 대로 움직여서는 안 된다. 아무리 상대가 안 될 강한 것과 대적하고 있어도, 상대할 방법이 없어도.

'절대 네가 원하는 대로는 안 할 거야!'

더글러스는 뒤로 끌던 몸을 아무렇게나 굴려 테이블 탁자에 부딪힌 다음 밀리면서 옆으로 빠져나갔다. 거칠게 몸을 굴린 더글러스의 몸이 부엌의 싱크대에 털컹 부딪히며 멈췄다.

'혹시 칼은?'

더글러스는 허겁지겁 싱크대의 아래쪽 문을 열었다. 얼마 전 세일 기간에 세트로 샀던, 그러나 요리하는 것이 귀찮아 한 번도 사용해 본 적 없는 날카로운 식칼들이 칼꽂이에 가지런히 꽂혀 있었다. 더글러스는 되는대로 식칼을 양손에 한 자루씩 뽑아 들었다. 그리고는 약간의 자신감을 얻은 듯 유령 쪽을 돌아보았다. 아이린의 유령은 조금도 개의치 않고, 여전히 섬뜩한 미소를 흘리며 천천히 다가오고 있었다.

"이거나 먹어라!"

더글러스는 손에 들었던 칼을 냅다 집어 던졌다. 총알이 안 되면 칼이라도 먹히지 않을까 내심 기대했는데 불행하게도 아무 소용이 없었다. 역시나 투명한 환등기 그림을 지나치듯 더글러스가 던진 칼은 저만치 날아가 쨍그랑 소리를 내며 벽에 부딪혀 바닥에 떨어졌다. 다른 한 자루는 아예 아이린을 빗나가서 엉뚱한 곳으로 날아가 문에 꽂혔다. 당황해서 너무 막 집어 던진 결과다.

"으아아! 제길, 제길. 제기랄!!!"

더글러스는 세트로 돼 있던 여러 장의 칼을 마구 집어 모두 던졌다. 머리에, 몸에, 하다못해 손을 노리고도 던져 보았지만 모든 칼은 아이린의 몸을 속절없이 통과해 버렸다.

'그래, 저건 분명 허깨비일 거야. 이건 뭐 영사기 불빛과 다를 게 없잖아?'

더글러스는 용기를 내기로 했다. 모든 발악이 헛되더라도, 저것의 몸을 뚫고 나갈 용기를 얻는다면 헛된 일만은 아니다. 유용한 실험 결과다. 더글러스는 이를 악물고 단거리 달리기 자세로 몸을 일으키며 바로 달려 뚫고 나가려 했다. 그때 아이린이 한 손을 주욱 내뻗었다. 그 손은 아직 더글러스와 이삼 미터는 떨어져 있음에도 농담처럼 주욱 늘어나 더글러스의 바로 옆까지 뻗어 왔다.

피에 젖은 매니큐어를 칠한 붉은색의 날카로운 손톱이 더글러스의 얼굴을 움켜쥘 것처럼 다가오는 것을 급히 고개를 숙여 피했다. 다음 순간 두꺼운 나무와 수지(樹脂)로 만든 싱크대의 문짝 일부가 손톱에 뜯겨 나가기라도 하듯 주먹 크기만큼 통째로 파인 것을 더글러스는 똑똑히 보았다.

"이런 제기랄! 세상에 이래도 되는 거야?"

더글러스는 이제 절망적인 기분이 됐다. 정말 불공평했다. 싸구려 영화 스토리만큼이나 재수 없을 정도로 유령 쪽에 유리한 상황이다. 자신은 공격할 수도 대적할 수도 없는데 저쪽은 맘대로 할 수 있다. 그냥 죽으라는 소리나 마찬가지였지만 더글러스는 포기하지 않았다. 포기를 모르는 더글러스였으니까.

"물? 물은 어때?"

더글러스는 소리를 지르며 몸을 일으켜 싱크대에 수도꼭지를 아무렇게나 틀어 아이린의 유령 쪽으로 물놀이를 하듯 뿜어 댔다. 거친 물줄기가 아이린에게 뿜어져 나갔지만 역시나 별 소용이 없었다.

"그래, 물도 안 된단 말이지? 그랬단 말이지?"

조롱당하는 느낌에 이제는 분노까지 머금자 더글러스의 행동은 더 과격해졌다. 이를 악물고 냉장고를 열어 거기에 들어 있던 레몬주스와 맥주, 각종 소스까지 닥치는 대로 집어 던지며 더글러스는 절규처럼 외쳤다.

"이것도 안 되냐? 이것도 안 통해? 응?"

누군가 보았다면 웃었을 테지만 더글러스로서는 최선을 다한, 필사적인 실험과 노력이었다.

불행히도 아이린의 유령에게는 정말 조금의 타격조차 주지 못했다. 타격을 주지 못했다기보다는 아예 느낌도 주지 못했다. 오히려 아이린의 유령 쪽이 더글러스의 행동이 재미있어 데리고 놀 듯 장난치는 것은 아닐까 싶을 정도였다.

'하느님, 맙소사. 이런 씨발!'

어지간한 사람 같으면 포기할 상황이었고 '차라리 죽여'라고 멋지게 말했을 상황이다. 하지만 아무리 우습고 비참해져도 더글러스는 포기하지 않았다.

"다가오지 마! 다가오지 말란 말이야! 이런 제기랄!"

더글러스는 책이며 유리잔이며 자기가 아끼던 장식품조차도 아낌없이 손에 잡히는 대로 쥐었다. 그리고 손이 보이지 않을 정도로 계속 아이린의 유령을 향해 집어 던졌다.

"아직 해 볼 게 더 남았어! 오지 마! 오지 마! 이건 어때? 이건? 이것도 안 통해?"

초라하지만 필사적인 발악이었다. 궁색해진 더글러스는 물리적인 게 아무것도 통하지 않자 어떻게든 말을 걸어 볼 생각까지 했다.

"이봐…… 이러지 마. 원하는 게 뭐지? 우리 대화해 보자고. 너 내 이름도 불렀잖아. 그렇다면 넌 말할 수 있을 거 아니야? 뭘 바라지, 응? 원하는 게 뭐야?"

말도 경우에 따라서는 훌륭한 무기가 될 수 있지 않은가? 그러나 안타깝게도 아이린의 섬뜩한 미소는 변하지 않았다. 계속 협박하듯 빨간 매니큐어인지 혹은 피인지가 번들번들하게 빛나는 손톱만 협박처럼 휘둘러 보일 뿐, 대답조차 하지 않았다.

"이봐, 아이린. 너 이러는 게 맞아? 너 빌에게 죽은 거 맞지? 나는 그걸 조사하고 있어. 네 억울한 죽음을 밝혀 주려고!"

그래도 아이린은 다가온다.

"이런 건 결코 현명한 행동이 아니야. 왜 빌의 손아귀에 놀아나는 거지? 조종당하고 있어? 지배? 마법? 이런 제기랄. 뭐든 좋으니 다가오지 마. 제발 다가오지 말라고."

원래 말재주가 그렇게 좋은 편은 아니었다. 그래도 더 이상 집어 던질 것도, 무기로 쓸 것도, 통하는 것도 없는 판에서 포기하지 않고 필사적으로 입을 놀렸다. 그러나 아이린은 더글러스의 말 같은 것은 파리만큼도 신경 쓰지 않았다. 악령은 다시 더글러스를 창가 쪽으로 몰아붙이려는 듯 조용히 다가왔다.

'이런 제기랄. 이렇게 죽는 건가?'

더글러스는 순간 마음속으로 망설였다. 귀신의 손톱에 찢겨서 갈기갈기 찢어져 죽는 게 나을까, 아니면 창밖에서 대기하고 있을 빌의 총 한 방을 이마에 맞고 죽는 편이 나을까? 더글러스가 할 수 있는 선택은 둘 중 하나밖에는 없어 보였다.

'그래, 그렇다면 차라리 총 쪽이 훨씬 더 빠르고 고통이 적지 않을까? 빌이 그랬다고 써 놓으면 적어도 빌은 처넣을 수······.'

절망에 빠진 나머지 자기희생적인 생각까지 들었으나, 곧 더글러스 특유의 오기가 치밀어 올랐다.

'이런 제기랄. 아무리 고통스러워도 너희가 바라는 대로는 안 해. 죽더라도 너희가 바라는 대로는 안 죽을 거야.'

다시 오기가 치민 더글러스는 인상을 찌푸리며 크게 외쳤다.

"겨우 이 정도냐? 응? 더 해 봐. 맘대로 해 보라고! 내가 그렇다고 눈 하나 깜짝할……."

더글러스가 말을 다 잇기도 전에 아이린이 다시 한번 그 무시무시한 손톱을 허공에 휘둘렀다. 더글러스는 여태까지 기세등등하게 소리치던 것과는 다르게 기겁해서 머리를 움켜쥐고 주저앉으며 그 손톱을 피했다. 분명 거기서 손을 아래로 뻗기만 하면, 아까의 싱크대 문짝처럼 더글러스를 갈기갈기 찢어 버릴 수 있을 텐데도 아이린의 유령은 그렇게 하지는 않았다. 조롱하고 있는 것이 분명했다. 조롱하고 괴롭히고 마음껏 가지고 노는 것이다. 그러다 마침내 자신은 빌의 총에 맞아 이마에 뚫린 구멍으로 피를 내 쏟으며 쓰러져 가겠지.

'아니야. 그렇게 할 수는 없어. 그건 안 돼. 이런 제기랄.'

더글러스는 바닥 쪽으로 몸을 굴려서 그나마 땅바닥에 흩어져 있던 그릇과 유리 조각, 그리고 손에 잡히는 잡동사니를 닥치는 대로 아이린을 향해 집어 던졌다. 아무 소용이 없다는 것도 알고 있다. 아이린의 유령에게 이런 잡동사니 중 하나가 통한다는 기대도 하지 않았다. 그러나 포기할 수는 없었다. 계속 겁먹고 목을 움츠린 추한 꼬락서니를 보였고 절대 사내다운 모습은 아니었다. 허나 상대가 바라는 대로 되기는 싫었다. 최소한 추한 발버둥이라도 치다 죽어야지, 이대로 포기할 순 없었다. 발작적으로 물건을 집어 던지던 더글러스는 아이린의 유령이 성큼 더 다가오자 뒤로 계속 밀려만 갔다. 싱크대 가스레인지가 등에 닿았다. 더글러스는 가스레인지에 몸을 바싹 붙인 채 서서 덜덜 떨며 울부짖었다.

"이봐, 이러지 마. 제발…… 이러지 말아 달라고. 네 억울한 죽음을……. 아, 제기랄. 그 손톱 좀 집어넣을 수 없어? 아니, 제발 좀…… 이러지 말란 말이야……."

애걸하듯 추하게 울부짖는 더글러스 앞에서 아이린의 유령은 잠깐 다가드는 것을 멈추었다. 그런 눈동자로 보이는지조차 의문이었지만 익은 생선의 눈동자로 역겹다는 듯이 더글러스를 바라보다가 표정을 살짝 일그러뜨렸다. 경멸과 조소가 잔뜩 어린 표정. 그리고 쉴 틈 없이, 무슨 소리를 지껄이는지도 모르는 채 움직이는 더글러스의 입을 향해 서서히 양손을 뻗었다. 그 무서운 손톱으로 입을 찢어 버리려는 듯 성큼 다가왔다.

"오오…… 안 돼, 제발……."

애걸하며 겁에 질린 채 울부짖던 더글러스의 표정이 일순간에 득의에 찬, 그리고 그 특유의 독기를 뿜는 굳은 표정으로 바뀌었다. 그리고 입에서 거친 욕설이 튀어나왔다.

"…… 오지 말랬지? 이 쌍년아!"

그와 동시에 더글러스는 여태껏 등 뒤로 손을 돌려 조작하던 가스레인지 레버를 돌렸다. 아까부터 가스가 계속 퍼지도록 가스레인지 레버를 열어 놓고 어떻게든 시간을 끌던 참이었다. 이건 구형 고물이라 안전장치조차 달려 있지 않을 테니까. 충분히 가스가 퍼졌는지 모르겠지만 더 이상은 시간이 없다. 만약 이것마저도 안 통한다면 방법도 없었고, 설령 통하지 않는다고 해도 빌의 손에 죽는 것보다는 나으니까.

"제기랄!"

더글러스는 독하게 마음먹고 가스레인지의 레버를 힘껏 비틀었다. 곧이어 커다란 불덩어리가 허공에 생겨나 주변을 휩쓸었다. 온몸을 덮쳐누르는 거대한 충격, 소리라고 느끼기도 전에 귀를 후려치는 묵직한 타격감. 환해졌다고 느끼기도 전에 눈앞이 깜깜해졌다. 그리고 이윽고 모든 것이 잠잠해졌다.

폭발 이후

얼굴에 차가운 뭔가가 흐른다. 물이다. 그냥 흐르는 것이 아니라 위로부터 쏟아지듯 떨어져 내리고 있다.

'비?'

그 비 때문에 더글러스는 정신을 차렸지만, 아직 눈을 뜨고 싶지는 않았다.

'난 죽은 건가? 저승에도 비가 내리나?'

죽었나 싶었다. 분명히 집 안에 있었는데 비가 내린다는 것은 비현실적이다. 저승이라면 지옥이겠지. 그래서 눈을 뜨고 싶지 않았다. 설령 살아 있다 해도 눈을 떠서 가스 불에 그슬려 숯덩이가 된 자기 자신의 몸을 내려다보고 싶지는 않았다.

처음에는 고통도, 다른 어떤 감각도 느껴지지 않았다. 온몸의 근육은 마비된 것처럼 멍했다. 단지 차가운 물의 촉감만이 느껴졌을 뿐, 빗소리조차 들리지 않았다. 귀도 망가졌을 테지. 어쩌면 저승에서는 애당초 귀 같은 것은 필요 없을지도. 잠시 후 귓속 깊숙이 있는 고막으로부터 조그마한 울림이 느껴지기 시작했다. 그러더니 그 울림은 점차 쏴아 하는 물소리로 바뀌어 갔다. 샤워기를 세게 틀었을 때만큼이나 호탕하게 쏟아지는 빗줄기의 소리가 촉감과 함께 느껴졌다. 그리고 그와 더불어 두런거리는 발소리도 들렸다. 이제는 조금씩 감각이 돌아오는 것 같다.

더글러스는 자신이 아직 죽지는 않았음을 확인할 수 있었다. 온몸에 고통도 느껴지지 않는 것으로 보아, 아주 심하게 망가진 것 같다. 여전히 아까와 같은 이유로 눈을 뜨고 싶지는 않았지만 귀로 들리는 소리는 막을 수 없는 법이다. 사람은 시각으로 대부분의 정보를 접수한다고 생각하고 뭔가를 파악하기 위해서는 눈을 부릅뜨는 법이지만, 실제로 상황 전체를 파악하는 데는 눈보다 청각이 훨씬 유리하다. 사각지대도 없고 막을 수도 없으며 한군데 초점을 맞추지 않아도 주변의 모든 소리가 동시에 들려오니까. 저벅거리는 발소리와 사람들의 이야기 소리. 그 이야기 소리가 다 들리는 것은 아니지만 단편적으로 들리는 그들의 대화 내용의 일부만 듣고도 판단하건대, 결코 저승, 천국이나 지옥에서 쓸 것 같은 말은 아니었다.

'죽지는 않은 건가?'

속으로 나름대로 안도의 한숨을 내쉬고 있는데 발소리 같은 것이 다가왔다. 곧이어 더글러스의 목 경동맥 부근에 살짝 손가락을 대는 감촉이 느껴졌다. 생사를 판별하는 방법이다. 굳이 그렇게까지 확인할 정도로 내가 많이 망가졌나 하는 절망감 같은 것도 들었다. 더글러스는 참지 못하고 입에 힘을 주었는데 예상외로 쉽게 말이 흘러나왔다.

"나…… 아직 살아 있는 것 같소."

더글러스가 말하자 목 부분에 댔던 손가락의 감촉이 사라지며 너무도 평이하게 이를 데 없는 걸걸한 남자의 음성이 들렸다.

"다행이군. 괜찮소?"

"글쎄요…… 내가 묻고 싶소만……. 나 괜찮은 거요?"

"글쎄요, 뭐라고 말할지……. 혹시 두통이 심하다거나 매슥거림 같은 건 느껴지지 않소? 뇌진탕 기운이 있다면……."

남자가 나름대로 친절하게 설명하는데 사실 더글러스가 궁금한 건 그것이 아니었다.

"그건 문제가 아니오."

"예?"

"지금…… 내 꼴이 어떻소?"

"무슨 뜻이죠?"

남자가 묻자 더글러스는 자기도 모르게 침을 한번 꿀꺽 삼키며 긴장된 듯 말했다.

"그러니까 뭐랄까…… 팔다리는 제대로 붙어 있소? 그리고 혹시 온통 새카맣게 타 버린 것이라면……."

남자가 말했다.

"뭐, 그렇지는 않소. 너무 걱정하지 않아도 될 거요."

"근데…… 근데 이 비는 뭐요?"

남자의 목소리가 "허!" 하며 웃는 것처럼 들렸으나 더글러스는 계속 말했다.

"이해가 되지 않소. 집 안에 비가 오다니. 그리도 당신도…… 정말 내게 말하는 것 맞소? 난 정말 살아 있는 건지……."

"뭔 소리요. 지금 이건 비가 아니오. 폭발 때문에 천장에 설치된 스프링클러가 작동된 것뿐이오."

"아, 그런가……."

더글러스는 그제야 이게 비가 아님을 깨달았다. 남자가 다시 말했다.

"당신……. 눈을 떠 보시오. 동공을 보여 달란 거요. 당신 상태를 좀 확인하고 싶으니까."

"눈 떠도 되는 거요?"

"네?"

남자가 의아한 듯 묻자 더글러스는 말했다.

"그러니까 나는 가스 폭발에…… 휘말렸는데, 새카맣게 타 버린 건……."

남자는 다시 "허!" 하며 웃는 소리를 냈다. 그 소리에 자신도 모르게 더글러스는 눈을 번쩍 떴다. 예상했던 대로 911 제복을 입은 약간 뚱뚱한 남자의 얼굴이 보였다. 눈은 생각보다 멀쩡해서 중년의 살집이 다소 붙은 사람 얼굴까지 또렷이 보였다. 허나 911 대원의 표정은 별로 심각하지 않았다. 오히려 재미있는 농담을 들었다는 듯, 웃음기가 선명했다.

"이 정도 폭발 가지고는 별 큰일 없소. 당신 집도 꽤 많이 망가진 것 같지만 폭발 규모는 크지 않았어요. 웬만하면 가스레인지를 새것으로 교체해야 할 것 같긴 하지만……."

"아니, 폭발에 휘말렸는데 멀쩡하다고요?"

"글쎄, 폭발이라는 건 원래 순간적인 거요. 그리고 엄청나게 큰 규모도 아니었고."

"하지만 영화 같은 데선 엄청난 불기둥이……."

"아, 그럴 수도 있지만 이런 가스레인지에서 잠깐 샌 가스 정도론 그렇게 안 되지. 가스 경보기도 안 울릴 정도의 양으론 말이오."

"하……지만 난 폭발에 휘말렸는데……."

"혹 자살 시도한 거요? 새카맣게 타길 바라는 것 같소만?"

"아니오. 그런 건 아니고……."

"그렇다면 운 좋은 줄 아시오. 불길이 보이는 건 한 0.1초쯤 될까? 확 하고 터지니까 폭발이라고 하는 거요. 보통 불에 그슬리거나 타는 건 그게 일어난 이후에 연속되는 화재 때문이지, 폭발 자체만으로 그슬리거나 새카맣게 타 버리는 일 같은 건 없어요. 더구나 여기 부엌을 보니 절대 큰 폭발이라곤 할 수 없었고……. 뭐, 전문적인 분야라 설명하긴 그렇지만……."

911 대원은 중얼중얼 말을 늘어놓으면서도 더글러스의 몸 여기

저기를 쿡쿡 찔러 보다 이내 웃으며 가볍게 윙크했다.

"…… 쉽게 말해, 당신은 무사할 거란 얘기요."

"그러면 내가 그슬리지도 않고 팔다리도 멀쩡하다 이거요?"

"사람 몸은 생각보다 튼튼해요."

남자는 더글러스의 어깨를 툭 치며 말했다.

"그렇게 입을 잘 놀리는 걸 보니, 별문제는 없는 것 같고. 그리고 외견상으로 뼈나 근육도 별 이상 없고 출혈도 없소. 물론 나중에 어딘가 뻐근하면 병원에 가서 자세히 진단해 보길 권하오. 하지만 지금은 그냥 일어나 보는 게 어떻소?"

더글러스는 다행이라고 생각했으나, 조금 어이가 없기도 했다. 말한 대로 조금씩 조금씩 몸을 움직여서 힘을 넣어 보니, 팔다리의 감각이 돌아오는 것이 느껴졌다. 작으나마 폭발에 휘말려 넘어졌던 것은 사실이니 온몸이 쑤시기는 했지만, 자신이 너무 과한 생각을 했던 것 같아 조금 부끄러운 기분까지 들 정도였다. 911 대원은 사람 좋게 웃으며 말했다.

"괜찮소?"

"그런 것 같군요."

"다행이군요."

"고맙소."

911 대원은 고개만 한 번 까딱해 보이고는 집 내부를 둘러보며 어깨를 조금 으쓱해 보였다.

"그런데 이상하군."

"뭐가 말이오?"

"이 정도의 폭발치고는 집이 너무 심하게 망가졌어요."

그렇게 만든 것은 바로 더글러스 자신이다. 911 대원에게 악령의 습격을 받아서 그랬다고는 차마 말할 수 없어서 더글러스는 그냥 멍하니 머리를 긁적이며 말했다.

"그냥 그게……. 나도 모르겠소."

"글쎄, 여기서 상황만 보면 마치 괴물이 들어와서 쓸고 지나간 것 같은데……. 이 정도 폭발 가지고는 집이 저쪽까지 이렇게 엉망이 될 수도 없고, 저 칼이 어떻게 튀어나와 문에 꽂혀 있는지도 잘 모르겠고 말이오. 그리고 벽에 총탄 구멍은……."

"아, 나 사실 경찰이오."

아무래도 총의 탄흔 흔적이 남은 것을 수상하게 볼 것 같아 더글러스는 대충 얼버무리려 했다. 911 대원은 눈을 둥그렇게 뜨며 말했다.

"그런데 집에서 총은 왜 쐈소?"

"아, 그게……. 휴, 나도 모르겠어요."

그러자 911 대원의 표정이 아까 처음 더글러스를 검진할 때보다 오히려 더 심각해졌다.

"당신, 진짜 괜찮소?"

"아, 괜찮소."

"경찰이라고 했는데, 아무래도 정신적으로 뭔가……."

"아니, 난 괜찮다고요."

"당신, 혹시 무슨 약이라도……."

"아닙니다……."

더글러스는 한숨을 푹 쉬며 절망적인 표정을 지었다. 911 대원은 어이없다는 표정을 짓더니 곧 더글러스를 동정하듯 입을 다물었다.

"뭐…… 사연이 있는 것 같군요. 나도 마누라가 짐 싸서 도망갔을 때 꼭 이런 기분……."

"아, 제발요……."

"흠흠. 뭐, 내 일은 아니지만…… 힘내시구려."

더글러스는 울고 싶었다.

911 대원들이 다 철수하고, 몰려든 집주인과 이웃들까지 다 내보내고도 한참이 지난 후에야 아까의 기억이 되살아났다. 그러면서 현실 감각도 차차 되돌아오는 것 같았다. 다행히 죽지 않고 살아났다. 가스의 폭발 때문에 악령이 도망간 것일까? 아니면 소란이 일어나 스프링클러가 작동되고 경보가 울려 사람들이 달려왔기에 사라진 것일까? 모든 것이 혼란스럽기 그지없었다.

'이건 나 혼자 버틸 수 있는 일이 아니야…….'

더글러스는 무심코 주머니에 손을 넣어 아까 대충 구겨 집어넣었던 종이쪽지 하나를 꺼냈다. 스프링클러 때문에 종이쪽지도 물에 젖었지만, 전화번호는 아직 식별이 가능했다.

'할 수 없지…….'

마음을 정한 더글러스는 쪽지의 전화번호를 외우기라도 하려는 듯 몇 번이나 눈으로 반복하며 뚫어지게 바라보았다.

그들이 오다

"누구…… 어? 벌써 왔소?"

문을 열어 찾아온 사람들을 맞이하며 더글러스는 눈을 휘둥그레 떴다. 망설이다가 결국 전화를 걸어 도움을 청한 것이 하루는커녕 예닐곱 시간 전이다. 그런데 벌써 달려와 줄 줄은 미처 예상 못했던 일이다. 문 너머에 서 있는 사람은 모두 세 명이었다. 둘은 예전에 만났던 사람들이고 하나는 아니다. 맨 앞에는 날카로운 눈매지만 동양적으로 예쁘게 생긴 미녀, 승희가 있었다. 그 뒤에는 여전히 입을 꾹 다물고 깊은 눈빛을 한, 말도 표정도 없을 것 같은 무뚝뚝한 남자 현암이 보였다. 그런데 또 그 뒤에는 깡마르고 훌쩍 큰 키에 회색으로 바싹 마른 해골 같은 얼굴, 거기에 한없이 무뚝뚝한 표정을 머금은, 공포 영화에서 툭 튀어나온 것 같아 보이는 회색 머리의 백인이 서 있었다.

더글러스는 특히 그 낯선 백인을 말도 없이 멍하니 바라보았다. 깡마른 몸매에는 조금 헐렁한, 지나치게 격식을 갖춰 차려입은 고급 복장은 나무랄 데 없었지만 그 옷과 등에 걸친 커다란 배낭은 절대 어울리지 않았다. 더구나 그는 양복 차림과는 안 어울리게 옆구리께에도 몰리 벨트를 걸고 큼직한 주머니들을 주렁주렁 늘어뜨려 걸고 있었다. 짐에 눌려 앙상한 다리가 폭삭 꺾일 것 같았다.

'이 사람 누구야? 그리고 도대체 뭘 이렇게 싸 짊어지고 다니는 거지?'

더글러스가 놀라는 기색이자 맨 앞에 서 있던 승희가 웃으며, 그러나 약간 눈살을 찌푸리고 말했다.

"글쎄요, 도움이 필요하다니 빨리 오는 게 당연하죠, 뭐. 여기 현암 군이 어서 가자고 성화를 해 대서……. 그런데 탐정님?"

"아, 이젠 복직해서 탐정이 아니오. 형사요."

"그렇군요. 형사님."

더글러스는 아무렇게나 헝클어진 머리를 긁적이다가 할 수 없이 말했다.

"저…… 이게…… 참……."

승희가 웃는 얼굴로 다소 당돌하게 말했다.

"그런데 이건 아세요? 우린 사실 지난번 일 때문에 그렇게 컨디션이 좋은 편이 아니에요. 몇몇은 병원에 있고요. 한데 현암 군, 이 고집쟁이가 서둘러야 된다고 해서 온갖 것을 갈아타며 달려온 거예요. 뭐…… 늦지는 않은 것 같아 다행이지만, 몹시 피곤하거든요."

"아, 그것참…… 미안하오."

"미안한 것은 됐고, 좀 들어가면 안 될까요?"

"들…… 들어오시죠."

그러자 키 크고 마른 백인 노인이 통명하면서도 깐깐한 독일식 악센트의 영어로 말했다.

"원치 않는다면 괜찮소."

"아뇨. 그…… 그게 아닙니다. 집 안이 사고로 엉망이 돼서……. 들어오세요. 환영합니다."

더글러스가 멋쩍게 사람들을 안으로 안내하자 그들도 집 안의 엉망진창이 된 모습을 보고 눈을 크게 떴다. 급히 도움을 청한 것은 사실이지만, 불행히도 이들이 수백 마일 떨어진 곳에 있던 것치고는 너무도 빨리 달려왔기 때문에 엉망진창이 된 것을 정리할 시간조차 없었다. 더구나 여기저기 깨지고 부서진 것은 더글러스가 직접 부순 것이라고 해도 맨 마지막 가스 폭발로 인해 자연스럽게 파괴의 흔적이 남은 데다 천장에서 작동된 스프링클러의 물이 모든 것을 적셔 버린 탓에 집 내부가 마치 허리케인이 휩쓸고 간 뒤의 폐허처럼 참담하기 그지없었다. 보기만 참담한 게 아니라 소파나 의자까지 모두 젖어 방의 침대(그나마 시트를 모두 걷어 매트리스 상태였고, 그것도 눅눅했다)를 제외하고는 앉을 곳마저 없었다. 승희가 선 채로 고개를 갸웃하며 말했다.

"글쎄, 뭐랄까……. 참 편안하고 아늑한 곳에 사시는군요."

더글러스는 부끄러워 살짝 고개를 숙이며 말했다.

"원래 항상 이 정도는 아니오. 전화로 간략하게 말했듯이 일을 겪어서……."

"음. 악령 이야기는 저도 들었지만. 일개 중대 정도는 왔던 모양이죠? 무슨 전쟁이라도 치른 것 같은데."

"아니, 아니. 하여튼 됐고, 그런데 정말 당신들은 내 말을 믿어주는 거요? 악령이니 뭐니 말하는데도?"

승희가 아무렇지도 않다는 듯 웃었다.

"아, 그럼요. 적어도 탐정, 아니 형사님은 거짓말하실 분은 아니니까. 그리고 거짓말하는지 아닌지 제가 모를 리가 없잖아요? 그렇죠?"

그제야 더글러스는 눈앞의 동양인 아가씨가 사람의 마음속을 읽는 재주가 있다는 것을 뒤늦게 떠올렸다. 그렇다면 더 이상 자세하게 설명하고 자시고 할 것도 없을 것 같았다.

승희는 그러면서 내심 불만스러운 듯, 온통 아수라장이 된 집 안에서 어디 앉을 곳이라도 없나 여기저기 기웃거리며 찾기 시작했다. 그때 말없이 서 있던 현암이 더글러스에게 다가왔다. 현암이 영어 발음은 여전히 서툴렀지만 더글러스가 알아들을 만은 했다. 그는 조그만 목소리로 말했다.

"악령은 우리에게는 낯선 일이 아닙니다. 물론 직접 보셨으니 이젠 더 말씀드릴 필요도 없겠지만요."

더글러스는 말했다.

"사실 나는 지금도 믿어지지가 않소. 그걸 내가 정말 본 건지. 아니면 내가 혹시 꿈이라도 꾸고 있었던 것은 아닌지, 이건 뭐 정말 도대체, 내가 믿었던 것과는 너무 달라서……."

더글러스가 자기도 모르게 위안이라도 찾으려는 듯 중얼중얼

늘어놓자 현암은 아무 말도 않고 고개를 끄덕이며 더글러스를 똑바로 바라보았다. 은근히 믿음이 가고 신뢰가 가는 깊은 눈빛이라 더글러스는 자기도 모르게 수다쟁이처럼 계속 떠들었다.

"이거 정말 세상이 원래 이랬던 거요? 세상이 이렇게 돌아간다면 이건 정말, 흠……."

현암은 안심이라도 시키듯 말했다.

"그렇다면 세상은 벌써 엉망이 됐게요. 글쎄, 이거 제가 영어가 부족해서 제대로 표현되는지는 모르겠습니다만……."

"하지만 내 눈앞에서 일어난 일이라서."

뒤에서 서 있던, 뻣뻣하고 멋대가리 없어서 거의 무서울 정도인 백인 노인이 입을 열어 말했다.

"자신이 겪은 특수성을 일반성과 혼동하는 건 현명한 일이 아닐 거요. 결코 흔한 일은 아니지. 다만 분명 존재하기는 해도 너무 겁을 먹을 건 없소. 세상을 바꿀 만큼 자주 일어나는 것도 아니고. 뭐 일종의 영혼계에서 일어나는 사고라고 보면 될 거요. 거의 벼락을 맞을 확률에 가깝지. 물론 악령을 보아 당신은 무섭겠지만 벼락이 무서워서 큰길을 못 나가는 건 아니지 않소? 그리고 악령이 따지고 보면 벼락보다 죽음이나 쇼크를 받을 확률이 더 적은, 그러니까 그리 무서운 것도 아닌……."

"아니, 아니. 나는 그런 설명을 들으려 한 건 아닌데요. 하여튼 참 위안이 되는군요."

"정말 안심한 것 같진 않소만."

"아닙니다. 제일 막막했던 건 두려움보다도 이걸 정말 누군가와 말할 수 있을까, 누구에게 털어놓을 수 있을까 하는 거였어요. 일단 들어 주시는 것만으로도 정말 맘이 많이 놓입니다."

"한데……. 서로 간에 초면인 것 같은데, 소개나 인사가 너무 늦은 것 같지 않소?"

역시 쨍쨍해 보이는 인상다운 노인의 말이 나오자 옆에 있던 승희가 조금 급조된 미소를 지으며 말했다.

"아, 정말 그러네요? 중요한 걸 잊고 있었군요. 우리는 구면이지만 형사님은 처음이시죠? 더글러스 형사님, 이쪽은 이반 교수님이라고 하세요."

더글러스는 딱딱한 분위기를 조금이라도 메우고 싶어서 본래 자기에게는 거의 존재하지 않는 유머 감각 비슷한 것을 최대한 끌어내 보려 했다. 아무래도 이 노인의 딱딱하게 굳은 표정이 분위기를 가라앉히는 것 같아 조금 견디기 힘들었기 때문이다. 더글러스는 웃으며 말했다.

"아, 그러세요? 교수님이셨군요. 저는 대학은 나오지 못했습니다만, 그래서 교수님에 대한, 그리고 학식이 높은 분들에 대한 존경심을 가지고 있지요."

더글러스가 웃으며 손을 내미는데 이반 교수는 아무런 말도 하지 않고는 깡마르고 물기조차 전혀 느껴지지 않는 커다란 손바닥을 말없이 내밀어 별로 성의 없이 더글러스와 악수했다. 더글러스는 분위기가 더 어색해진 것 같아 급히 말의 방향을 틀었다.

"그런데 혹시 전공이?"

더글러스가 최대한 상대를 맞춰 주려 하자, 이반 교수는 여전히 손도 놓지 않고 표정 없는 얼굴로 딱딱하게 말했다.

"흡혈귀학."

"예…… 예? 그…… 그런 게 정말……. 아, 아뇨……. 있을 수 있겠죠. 예, 당연하죠. 여기 계신 두 분만 해도……. 그리고 오늘 내가 본 것만 해도……. 아, 내가 무슨 소리를 하는지 잘 모르겠습니다만…… 하여튼 그렇군요. 네네……. 그런데 수강하는 학생은 많습니까?"

이반 교수는 표정도 바꾸지 않고 딱딱하게 말했다.

"네 명 있소."

"아. 그거 좀…… 수강 인원이 생각보다 적군요. 그…… 그게……. 그런데도 강의가 유지가 됩니까? 난 대학에 대해서는 잘 모릅니다만……."

원래 솜씨 없는 말이 점점 꼬여 가는데 이반 교수는 더더욱 퉁명스럽게 말했다.

"상관없소. 그 학교는 내 거거든."

더글러스는 이제 더 이상 뭐라고 말할 수도 없어서 민망한 상태가 됐는데, 이반 교수는 그런 더글러스에게 쐐기를 박듯 잡았던 손에 약간 힘을 주며 말했다.

"그리고, 한마디 말하겠는데, 나는 미국식 유머를 굉장히 싫어하오."

더글러스는 이제 거의 포기하고 힘없이 웃으며 말했다.

"그…… 그런가요? 그럼 다행이군요. 애당초 나는 그조차 없어서 거의 사람 취급도 못 받는 형편없는 미국인이니까요."

그러자 이반 교수는 여전히 딱딱한, 오히려 그 자신이 흡혈귀가 아닐까 싶을 정도의 얼굴을 향해 살짝 들이밀면서 음울한 회색빛 눈동자로 더글러스를 빤히 바라보았다.

"모욕하려는 뜻은 없었소. 난 오히려 그 점에서 당신이 마음에 든다는 소리였으니까."

'젠장. 이게 마음에 드는 거면 마음에 안 들었을 땐 어떻게 해? 잡아 놓고 피라도 빨 생각인가?'

더글러스는 속으로 그렇게 부르짖었으나 도와주러 온 사람들에게 대놓고 입을 열어 말할 수는 없었다. 그러고 보니 이반 교수가 잔뜩, 주렁주렁 짊어진 그 짐 덩어리들이 보였다. 그 속에는 뭐가 들어 있을까?

'흡혈귀를 잡는 나무 말뚝? 마늘? 알 수 없는 기괴한 마법서?'

아니면 중세 시대에 만들어진 은으로 된 거대한 칼이나 고문 용구, 단두대가 들어 있을지도…….

'더 생각하기도 싫어.'

더글러스는 속으로 외치며, 그래도 이반 교수보다는 훨씬 믿음이 가고 은근히 편하게 느껴지는 현암 쪽으로 고개를 돌렸다.

"그런데 당신들 정말 그런 것과 상대할 수 있는 겁니까?"

그 말에 현암은 긍정도 부정도 하지 않고 조용히 고개만 갸웃해 보였다. 오히려 더글러스가 더 흥분해서 말했다.

"그 빌어먹을 여자 유령은 총알도 안 통해요. 칼도 소용없고."

"물리력이 안 통하는 존재라면 그건 당연한 거죠."

현암이 짧게 대답했으나 더글러스는 악령을 입에 올리자마자 흥분되는 듯 또다시 정신없이 주절거렸다.

"그것뿐이 아니에요. 마지막 발악으로 나는 가스 폭발을 일으켰지만, 그걸로 악령이 죽었을 것 같진 않아요."

"그래서 집이 이렇게 된 건가요?"

승희가 물었지만 더글러스는 계속 말했다.

"수돗물도 소용없었소."

"수돗물요?"

"그러니까 물, 그리고 수돗물에 들어가 있는 염소도 소용이 없을 거요. 레몬주스의 산성도 소용이 없었고, 술의 알코올도 소용없었소. 깨진 유리 조각이나 나무나 돌이나 유리나 어떤 재질의 물건도 소용이 없었어요. 강한 빛도 소용이 없고 스탠드도 휘둘러 봤으니 전기도 소용없는 것 같았고······."

더글러스가 정신없이 자기 나름대로는 최선의 의지를 가지고 실험한 결과를 읊어 대자 옆에서 듣고 있던 승희가 살짝 얼굴을 일그러뜨리며 말했다.

"그 악령하고 한 백 번쯤 싸우셨나요?"

"아니오, 아냐. 무슨 그런 끔찍한 소리를! 딱 한 번이었지. 그것 만으로도 충분하오!"

"그런데 언제 그런 걸 다 해 보셨대요?"

승희가 반쯤은 놀리듯이 장난스럽게 말하자 더글러스는 화가 날 뻔했다. 그러나 현암이 조용히 말했다.

"승희의 말투는 신경 쓰지 마십시오. 어쨌든 애쓰셨습니다. 다시 이런 일이 생기지 않게 해야죠."

현암이 믿음직스럽게 말하는데 옆에서 승희가 불만스러운 듯 말했다.

"아, 정말⋯⋯. 여기는 미국이라고, 미국. 정말로 이번에는 플로리다 해변에 꼭 현암 군을 데리고 가 보고 싶었는데. 아, 정말⋯⋯ 나는 왜 이리 재수가 없는지⋯⋯."

자기 자신이 재수가 없다고 탄식하는 것 같지만, 실은 은근히 이런 일에 얽히게 만든 더글러스를 원망하는 것이리라. 그러나 말주변도 없고 기도 꺾여 버린 더글러스는 그냥 한숨만 쉬었다. 현암이 위안하듯 말했다.

"신경 쓰지 마십시오. 이런 일이 있으면 누군가는 해결해야겠죠. 제대로 우릴 잘 부르셨어요. 물론 준후나 신부님이 있었으면 훨씬 쉽겠지만, 들어 보니 별것도 아니니까 너무 걱정 마시고⋯⋯."

사실 현암도 말솜씨 없기는 더글러스에 뒤지지 않을 정도인 데다가 영어가 그렇게까지 능통하지는 못한 바람에 본질의 의미를 왜곡하고 말았다. 더글러스는 인상을 찌푸리며 말했다.

"이게 별거 아니라고? 저기 저 싱크대 문틀을 보시겠소? 아니,

거기 아니고. 응, 거기. 저게 무슨 사고나 폭발 때문에 벌어진 게 아니오. 만져지지도 않는 존재였는데, 빨간 손톱으로 긁자마자 문짝이 저렇게 잘려 나갔단 말이오. 이런 게 별거 아니라고?"

그러자 뒤에 있던 승희가 피식 웃었다. 그러나 현암은 그만큼 성의 없는 사람은 아니어서 조용히 문짝 옆으로 다가가며 말했다.

"글쎄요, 이제 이 싱크대 문짝은 못 쓸 것 같습니다만……. 맞죠?"

"맞소."

대답을 듣자 현암은 장난이라도 하듯 아주 살짝 싱크대 문짝으로 손을 올린 다음 손가락으로 싱크대 문짝을 톡 쳤다. 그야말로 톡 친 것 같았는데, 문짝은 그 순간에 와르르 부서져서 아까 악령이 떼어 낸 것보다 수십 배는 더 잘게, 그야말로 박살이 나 버렸다. 그러면서 현암은 말했다.

"안심시켜 드리려고 한 겁니다. 그러니 걱정 마세요."

"아, 그렇지. 당신들이 어떤 사람인지 내가 또 잊고 있었던 것 같군. 어쨌든 도와주시오. 이제는 정말 마음을 놓아도 될 것 같기는 하오만……."

그러다가 더글러스는 옆에 역시 말없이 하나도 놀라지 않고 서 있는 이반 교수를 바라보며 말했다.

"흡혈귀학을 전문으로 하셨다는 이분도 능력자?"

더글러스가 묻자 현암이나 승희가 대답하기도 전에 이반 교수가 먼저 딱딱하게 말했다.

"난 능력 같은 건 없소."

"네? 아니, 하지만 흡혈귀학의 교수시라고······."

"물론 내가 주로 상대한 건 흡혈귀고, 이런 악령은 내 목표는 아니지. 하지만 친애하는 친구들을 위해서라면 난 뭐든 할 수 있소. 안 그래도 이번에 큰일이 생겼는데, 제대로 도움이 된 것 같지 않아 마음이 좀 언짢았거든. 한데 미스터 현암이나 승희 양에게 일이 생겼다니, 어떻게든 돕고 싶어서 온 거요. 그리고 당신에게 말해 두겠는데, 나는 저분들 같은 능력자가 아니오. 당신과 마찬가지로······."

이반 교수가 말하는데, 승희가 끼어들었다.

"더글러스 형사님도 사실은 아주 특이한 능력을 지니고 계시죠. 사이코메트리라고······."

그 말에 이반 교수는 호기심이 간다는 듯 고개를 살짝 젖히며 말했다.

"오, 그렇소? 대단하시군."

더글러스는 어깨를 축 늘어뜨리고 말했다.

"문제는 난 그걸 마음대로 발동시킬 줄도 모르고 컨트롤되는 것도 아니라는 거죠. 사실 그게 아니었으면, 이런 일에 얽히지도 않았을 텐데······."

현암이 더글러스를 위로하듯 말했다.

"능력이라는 건 공연히 생기는 법이 없다고 생각합니다."

그 말에 승희도 위로하듯 덧붙였다.

"큰 의미로 볼 때 꼭 필요하기 때문에 있는 거라 생각하는 편이 낫지 않나요? 마음도 편하고……. 자, 이제 사건에 대해서나 좀 들어 볼까요?"

"아, 그렇지. 잊고 있었군. 그래요."

더글러스는 간신히 안정을 되찾아 사건에 대해서 설명하기 시작했다. 자기도 일종의 능력자라는 것을 일깨워 준 덕분에 주변에 서 있는 사람들이 더 이상 낯설게 느껴지지 않았다. 이상한 일을 겪었지만 숨기거나 둘러대지 않아도 되니 마음이 좀 편해졌기 때문이다.

악령이 사람들을 몰아붙여 인적 없는 장소로 가게 한 다음 빌이 처단하는 방식은 충분히 가능하다고 했다. 물론 어떤 경로로 빌이 아이린의 영혼을 지배해서 부리고 있는지는 현암이나 승희도 추정하지 못했다. 빌에 대해 투시를 행하는 방법도 있었지만, 아직 승희는 빌에 대해 정확히 알지 못했고, 굳이 그럴 필요 있느냐는 생각이기도 했다. 더글러스에게는 까무러칠 정도로 놀랄 만한 사건이었지만, 이들에게는 극히 흔한, 마치 동네 슈퍼에서 세일을 시작한 정도로 자연스러운 일인 것 같아 보였다. 그러나 더글러스의 이야기 중 아이린 부분이 나오자 현암이 고개를 갸웃거렸다.

"이건 좀 이상한데요?"

더글러스도 고개를 끄덕이며 말했다.

"나도 이해 안 되는 건 마찬가지요."

승희와 이반 교수도 비슷한 의아함을 가지는 것 같았다. 그들이 공통적으로 가지는 의아함은 역시 아이린의 행동이었다. 아이린이 빌에 의해 죽은 것이 확실하다면 왜 빌의 명령에 따르는 것일까? 이것만은 현암이나 승희도 이해가 가지 않는 듯했다.

더글러스는 물었다.

"혹시 무슨 마법이나 주술이 있는 것 아니오? 다른 사람이나 영혼을 조종하는……."

현암은 고개를 저었다.

"물론 있죠. 허나 그런 건 아닐 겁니다."

"그런 게 없다는 거요?"

"없다는 게 아니라, 적어도 이 경우는 그런 게 아니에요."

"어떻게 확신하지?"

더글러스가 묻자 현암 대신 승희가 설명했다.

"어떤 존재를 마음대로 조종하는 것은 생각보다 훨씬 큰 능력이에요. 더구나 빌은 흡혈귀나 초자연적인 존재도 아닌 보통 사람일 테니 더 어렵죠. 빌에게 정말 그런 능력이 있다면 귀찮게 굳이 유령을 조종할 필요도 없겠죠. 목표가 된 대상자를 직접 불러내거나, 귀찮게 총을 쏠 것도 없이 자살해 버려라 하면 그만이니까요."

"그런 건가?"

"백 퍼센트 단언할 수는 없지만 아마도 그럴걸요? 그리고 정말 그런 능력이 실존한다면 그건 우리가 가진 힘보다 훨씬 더 강한 힘일 거예요."

"글쎄, 내가 볼 때는 별거 아닌 거 같은데……."

"아니죠, 아니죠. 사용법에 대해서 잘 생각해 보세요. 조금이라도 머리를 제대로 쓸 줄 아는 사람이라면, 그런 능력이 훨씬 더 위험하다는 걸 알 수 있을 텐데요."

"다른 사람을 조종하고 마음대로 하게 만든다……."

"그건 당신의 사이코메트리나 현암 군의 공력, 내 투시 능력보다 몇십 배, 아니 몇백 배 더 위험한 거죠. 우리의 힘이 이런 악령 사건 차원에서 뭔가 할 수 있는 정도라면, 그건 그냥 세계를 뒤엎을 정도의 힘일 건데요."

승희는 단언했고 현암도 동의하는 기색이었으나 더글러스는 아직도 좀 개운치 않았다.

"하지만 유령을 부리는 능력이 있다면 그렇게 복잡하지 않을 수도 있잖소."

그 말에 승희는 약간 싸늘한 조소를 보냈다.

"유령에 대해 뭘 아시는 데요?"

"어…… 그…… 그건……."

더글러스가 당황해하자 이반 교수가 딱딱하게 말했다.

"사람 모습을 하고, 허공에 둥둥 떠 있는 게 유령이오? 유령들도 보통 옷을 입고 있는데, 그럼 옷도 유령이 되는 거요? 피를 흘리거나 칼이 꽂혀 있는 모습도 보일 때가 있는데, 그럼 유령도 피를 흘리고, 칼도 유령이 되는 거요?"

"그…… 그건 모르겠소. 난 유령에 대해서는 생각해 본 적도 없고, 아무것도 모르니까."

"그런데 유령을 맘대로 부린다는 생각은 어떻게 그렇게 쉽게 할 수 있소? 조종한다는 건 장난감 자동차를 운전한다는 것과는 근본적으로 다르오. 대상이 장난감 자동차 같은 존재라면 몰라도, 지능이 있고 인격이 있으면 절대 쉽지 않지."

"그건 그럴 테죠."

"그런데 유령은 작동 방법이 정해진 기계 같은 게 아니오. 사람에서 비롯된 거니까. 유령이 아무 생각 없는 존재라면 누구도 부릴 수 없겠지. 애당초 명령을 알아듣지도 못할 테니까! 하지만 빌처럼 누군가를 목표로 정해 그 사람을 어디로 몰고 오라는 명령을 내리려면, 적어도 그 유령이 지능이 없어서는 불가능하지 않겠소?"

"그…… 그렇겠군요. 그런데 유령도 종류가 다릅니까?"

"천차만별이오. 눈의 착각이나 환상부터 인간 영혼, 환영, 유체, 염체, 정령, 사념, 자연령, 동물령, 다른 차원의 방문자, 초자연적 존재…… 모두 유령이라고 싸잡아 부르지만 몇 종류나 있는지 셀 수도 없소. 모조리 유령이라 싸잡아 부르는 개념 자체가 틀린 거요……."

"허어…… 알았습니다. 하지만 아이린의 경우는?"

이번에는 승희가 더글러스의 질문을 받았다.

"어쨌든 아이린의 유령에겐 기억이나 지능이 있어야만 해요. 그래야 명령을 들을 테니까요. 그리고 그렇다면 정신적으로는 인간과 흡사할 테니, 감정이나 인격도 존재하겠죠? 아이린은 초자연적인 탄생물도 아니고 사람이었으니 사람과 닮았다 생각하는 편이 맞겠죠?"

"그렇겠군."

"그러니 빌에게 그런 능력이 있는 게 아니라, 아이린의 유령 스스로가 그의 말을 따르고 있다는 거예요."

더글러스는 아직 유령이 뭔지는 잘 이해 가지 않았다. 허나 대강 이들의 설명은 납득할 수 있었다. 그렇다면 문제는 그대로 남는다. 아이린은 왜 빌의 명령을 듣는가? 인간의 마음을 근본적으로 속박하는 게 아니라면, 도대체 무슨 관계가 있기에?

현암이 말했다.

"아이린이 빌에게 죽지 않은 건 아닐까요?"

더글러스는 다시 생각해 보고 말했다.

"그럴 가능성도 있군. 하지만 그렇게 따지면 곤살레스의 정보가 거짓일 수도 있다는 것인데……. 아이린은 사체도 발견되지 않았으니 검시해 볼 수도 없고."

"곤살레스가 누구죠?"

"빌의 똘마니였던 하찮은 갱이오. 내가 그를 다그쳤더니 아이린에 대한 이야기를 해 주더군."

"빌의 부하였다면 거짓말했을 수도 있잖아요."

승희가 말하자 더글러스는 고개를 저었다.

"글쎄, 난 그렇게 생각 안 하오. 진심을 말하는 눈빛이었거든."

그때 이반 교수가 제안했다.

"그는 만나기 어렵소? 빌에 대해 더 알아보기 전에 곤살레스를 만나 보면 좋을 것 같은데……."

그러면서 이반 교수는 넌지시 승희 쪽을 바라보았다. 그 눈빛을 보고 승희는 씩 웃었다.

"아, 그런 눈으로 보지 마세요. 난 곤살레스가 누군지도 모르니 투시 못 해요. 뭐, 옆에 있다면 진실을 말하는지 정도는 쉽게……."

"아! 맞아. 그랬지. 그럼 문제없소."

더글러스는 캐나다에서 보았던, 승희의 능력을 기억해 냈다. 금방 의문이 해결될 것 같아 기분이 좋아진 더글러스는 씩 웃으며 손바닥을 비볐다.

"역시 당신들이 오니 일이 척척 풀리는군. 곤살레스 녀석을 바로 찾아보겠소. 요즘 그는……."

더글러스는 곧 용케 파괴되지 않고 남아 있는 거실의 전화 수화기를 들어 전화를 걸면서도 계속 떠들어 댔다.

"…… 보통 할렘 귀퉁이의 바에 처박혀 있거든. 낮이나 밤이나. 내가 바꿔 달라고 하면……. 아, 그래. 쿠퍼? 나 더글러스야. 거기 곤살레스 있지? 뭐? 없다고? 그럴 리 있나? 곤살레스 어디 있는지……."

말하던 더글러스의 눈빛이 갑자기 흐려지며 입가에서 미소가 사라졌다. 이어 더글러스는 아무 말도 없이 서에 전화를 걸어 또 곤살레스에 대해 물었다. 질문도 하지 않고 한동안 듣기만 하다가 더글러스는 이내 수화기를 천천히 귀에서 떼며 팔을 늘어뜨렸다. 현암이 더글러스를 긴장된 눈매로 보자 더글러스는 전화를 끊으며 힘없이 말했다.

"죽었다고 하오……."

"어떻게요?"

현암이 얼굴을 굳히며 묻자 더글러스는 멍하니 대답했다.

"할렘 거리의 구석진 막다른 골목에서……. 이마에 총을 맞고……. 여태까지 죽었던 자들과 똑같이……."

그들의 방식

현암이 얼굴을 찌푸리자 더글러스는 변명이라도 하듯 말했다.

"빌이 이렇게 빠를 줄은……. 내가 그 녀석을 건드려서 죽게 만든 건 아닌지……."

"이미 지난 일이오."

현암이 위안하려 하자 더글러스는 말했다.

"나도 아오. 제길. 이렇게 된 이상, 곤살레스가 거짓말한 건 아니겠지?"

다들 고개를 끄덕이자 더글러스는 이를 악물었다.

"어떻게든 빌을 멈춰야 하오. 곤살레스도 그걸 원했으니까. 좋은 녀석은 결코 아니었지만……. 그래도 그거라도 해 줘야……."

더글러스가 침통해하자 현암은 조용히 더글러스에게 손을 내밀며 말했다.

"빌의 사진 같은 것 없습니까?"

더글러스는 곧 벽에 걸어 둔 겉옷 주머니를 뒤져 반으로 접어 말아 넣어 둔 서류 봉투를 꺼냈다. 차가 자주 주저앉기에 자료는 항상 품에 가지고 다녀야 했다. 거기서 빌의 사진을 꺼내 주자 현암은 승희를 돌아보며 사진을 내밀었다. 승희는 투덜댔다.

"아우, 또 힘 써야 돼? 나 그거 하면 정말 피곤한데……."

"승희야."

현암이 말하자 승희는 할 수 없다는 듯 사진을 받아서 들었다.

"악당답게 생겼네."

중얼거린 다음 승희는 숨을 한 번 깊이 쉬고는 눈을 감았다. 더글러스는 가만히 보고 있는데, 채 삼십 초도 지나지 않은 사이에 승희는 감았던 눈을 뜨며 말했다.

"빌이 여태껏 다 그린 거 맞네. 곤살레스 포함."

더글러스는 조금 놀랐다.

"그렇게까지 알 수 있는 거요?"

"그냥, 분명하다니까요?"

현암이 물었다.

"아이린은?"

"아이린의 유령을 종처럼 부리는 것도 맞는데, 주술적인 느낌은 전혀 없어. 그냥 시키면 다 듣는다고만 생각하고 있어. 아무래도 이상해."

"아이린에 대해 투시는?"

"아, 그건 애매해서……. 사람이라면 몰라도 영혼이라는 게 그렇게 확실하게 잡히는 존재가 아니잖아. 가까이에서 보면 몰라도."

"보면? 가까이에서 보면 유령의 마음도 읽는단 거요?"

더글러스가 끼어들자 승희는 핀잔주듯 말했다.

"꼭 단언할 순 없지만 가능성은 있어요. 믿기 싫으면 우린 그냥…… 현암 군, 플로리다 바닷가 갈까?"

"아니, 아니오, 됐소. 내가 잘못했소. 무조건 믿겠소."

더글러스가 당황해하자 이반 교수가 끼어들었다.

"초월적 능력은 인간의 지성을 종종 우스운 것으로 만들지. 잘만 사용하면 하나하나가 데우스 엑스 마키나[2]가 되니까. 그러니 더더욱 서로 간의 신뢰가 중요하오. 믿기 싫으면 묻질 말든지, 물었으면 믿으라는 거요. 멀리 돌아갈 길을 단숨에 닿게 해 주니."

승희도 덧붙였다.

"형사님의 사이코메트리도 우리는 전적으로 믿잖아요."

"알겠소. 그럼 이제부터 어떻게 해야 되는 거요? 뭔가 증거가 있어야 법적 절차를 밟을 텐데."

현암이 간단하게 말했다.

"그런 증거를 남겨 뒀을 리가 없죠."

승희도 덧붙였다.

---

[2] Deus ex machina. 그리스 희비극에서 만연한, 스토리를 멋대로 기계 장치(신의 의도)로 종결짓는 아리스토텔레스가 비판한 것에서 유래됐다. 현재는 모든 상황을 종결짓는 절대적인 힘의 개입이라는 의미로 쓰인다.

"사이코메트리, 투시, 악령. 호호. 증거가 없진 않겠지만, 이걸 어떻게 납득시키려고요?"

"당신들도 방법이 없는 거요?"

현암이 짧고 굵게 말했다.

"그래도 뭔가 해야겠죠. 형사님도 위험하고, 곤살레스도 하루도 지나지 않아 죽었으니까요. 빌은 몹시 위험해요."

"그거야 그렇지. 아주 이 도시 전체의 암종(癌腫)이지. 빌이 처리되기만 하면, 이 도시의 인간들, 하다못해 갱들조차 파티를 벌일 거요. 요즘 들어서 빌에게 반대하는 사람들이 죽어 나갔기 때문에 그의 부하들 말고는 갱들조차도 그의 존재를 꺼리고 있는 판이니까."

"그럼 빌을 처리해야겠네요."

"어떻게? 모조리 쳐부수기라도 할 거요?"

"글쎄요, 필요하다면요……. 좀 내키지는 않지만……."

더글러스는 기가 막혔다.

"미스터 현암. 당신에 대해서는 대강 알지만 무리요. 빌은 이 도시에서 제일 세력이 큰 갱단의 보스요. 항상 달고 다니는 부하만도 삼십 명이 넘을 거고, 전부 잘 무장돼 있을 거요. 마약으로 얻은 돈이 어마어마하니까. 그들은 경찰은 고사하고 심지어 미합중국 군대보다 더 좋은 무기를 갖고 있다고!"

"상관없어요."

그러면서 현암이 몸을 일으키자 더글러스는 놀라 말했다.

"어디 가는 거요?"

"그 빌이라는 자가 있는 곳으로요."

"그냥 막 바로 쳐들어간다고?"

"쳐들어가는 게 아니라, 일단은 그냥 가는 거죠. 가야 확실히 상황을······."

"그냥 가면, 웃으며 문 열어 줄 것 같소? 분명 총질을 해 댈 건데!"

이반 교수가 슬쩍 말했다.

"뭐, 그 정도야······."

"당신들, 아니, 아니. 신뢰해야 한다는 건 알지만, 너무 무모한 거 아니오? 또 아무리 갱단이라도 사적으로 상대를 심판하는 건······."

"심판 아닌데요?"

현암은 더글러스를 보며 말했다.

"우린 그가 갱 노릇을 하려는 것을 심판하려는 게 아닙니다. 영혼이 제 갈 곳을 못 찾는 것, 또 영혼을 가지고 이런 짓을 하는 걸 볼 수 없어섭니다."

"갱이라서 처치하려는 게 아니라?"

"글쎄요, 우린 판사도 경찰도 아니지 않습니까. 심판이라기보다······ 다만 우리가 할 수 있는 걸 할 뿐이죠. 이미 죽은 사람도 많고······. 당신 목숨도 위험한 데 그냥 두고 볼 수는 없죠."

"하긴······ 한 번 실패했으니 내가 일 순위겠지. 하지만 이건 법적으로 처리해야 하오, 안 그러면······."

"이게 법적으로 처리될 문제였으면 우릴 부르지도 않으셨겠죠?"

"그건 그렇소만……."

"우린 영혼이 얽힌 문제만 개입합니다. 이런 문제는 섣불리 시간을 끌면 안 돼요. 희생자도 늘 수 있고 자칫하면……."

현암은 잠시 주저하다가 말했다.

"……빌도 위험해질 수 있어요."

"빌이? 아니, 사람을 죽여 대는 게 그놈인데?"

"아직 확실하진 않지만 서둘러야 합니다. 그 갱들이 모두 죽기 전에."

더글러스는 이해가 가지 않았다.

"무슨 소릴 하는 거요? 갱들이 왜 죽어? 당신들이 죽인단 거요?"

그 말에 현암이 놀랐다.

"죽이다뇨? 원, 천만의 말씀을."

이번에는 더글러스가 놀랐다.

"음? 아니, 그러면 온갖 총으로 잘 무장된 적들을 어떻게 이기고?"

"어떻게든 되겠죠."

"놈들은 총을 쏴 댄다고! 당신, 총알 맞아도 안 죽소?"

"그럴 리가요. 세상에 그런 사람이 어디 있어요?"

더글러스는 현암의 무덤덤한 표정이 짜증 났다.

"그럼 어쩌자는 거야!"

"그냥 서두르자는 겁니다. 사람이 더 죽을지도 모르는데, 이렇게 앉아 있을 건가요?"

현암은 그러면서 문밖으로 나가 버렸다. 더글러스는 어이가 없었지만 승희가 그냥 넘어가라는 듯 눈짓을 하며 쪼르르 현암을 따라 나가 버렸다. 무뚝뚝한 이반 교수도 짐을 주렁주렁 걸머진 채 그 뒤를 따랐다. 더글러스는 놀라 하는 수 없이 이반 교수에게 말했다.

"뭔가 준비해야 하는 거 아니오? 경찰 지원은? 스와트 팀(미 기동 타격대)이라도 불러야……."

"괜찮을 거요."

더글러스는 흥분했다.

"뭐가 괜찮냐고! 내 분명히 말했잖소. 그들은 엄청나게 잘 무장돼 있고……."

이반 교수는 태연히 손목시계를 힐끗 보고는 말했다.

"사실 나도 좀 시간이 모자라오."

"시간?"

"비행기표를 예약해 뒀거든."

"이보시오……. 제발 좀 지원을 받든지, 하다못해 준비라도 더 갖춰서……."

"준비는 이미 다 돼 있소."

이반 교수는 가볍게 말하고는 조금 정색을 하며 덧붙였다.

"저 친구들이 가자면 가는 거요."

"아니, 못 믿진 않소! 하지만 이건 너무 갑작스런……."

"당신이 이해가 가든 가지 않든, 그들을 믿을 거면 그들이 하자는 대로 하시오. 그게 최선이오."

이반 교수는 등에 지고 있던 커다란 배낭을 풀어 더글러스에게 내밀며 말했다.

"내가 운전해야 할 것 같으니, 이거나 좀 들어 주시겠소? 절대 떨어뜨리거나 충격을 주진 말고."

흡혈귀학 전문 교수의 배낭 안에 무엇이 들었을까? 더글러스는 몹시 내키지 않았지만 이반 교수의 표정에 눌려 입을 다물고 배낭을 받아서 들었다.

할렘 지구

차조차도 주저앉아 버린 다음이라 어떻게 빌의 건물까지 안내할지 더글러스는 잠시 걱정했지만, 그런 걱정은 할 필요가 없었다. 바깥에는 아주 크고 비싸 보이는 검은 차가 서 있었다. 그리고 이반 교수가 말없이 운전석에 올랐다. 더글러스는 배낭을 든 채 엉거주춤하며 차를 훑어보았다. 생전 처음 보는 모델이었지만 척 보기에도 주눅이 들 만큼 비싸 보였다. 고급스럽기도 했으나 몹시 클래식한 골동품 같은 디자인의 차였다. 더글러스는 배낭을 감싸 안은 채 이반 교수의 옆자리에 앉아 물었다.

"당신, 미국에 사시오?"

"아니오."

"그럼 이 차는? 이런 건 생전 처음 보는데……."

"배로 실어 온 거요."

이반 교수는 퉁명스럽게 대답하며 능숙하게 핸들을 잡았다.

"갈 길이나 알려 주시오."

그래도 더글러스는 겁이 났다.

"정말 이대로 빌의 건물로 가는 거요?"

"그렇소."

"맙소사. 아까도 이야기했지만, 빌은 이 도시의 보스요. 그를 잡으려면 내가 아무리 형사라도 절대로 이렇게는 안 하오. 백 명 이상의 완전 무장한 스와트 팀과 헬기 지원을 받지 않는다면 엄두도 내지 않을 거요!"

뒷자리에서 승희가 말했다.

"이반 교수님이 계시니 괜찮아요."

더글러스는 울화통을 터뜨렸다.

"흡혈귀학으로 갱을 상대할 거요? 다시 한번 말하겠소. 당신들 능력은 알고 있소만 그들은 모두 총을 가지고 있다고! 아주 커다란 총!! 더구나 보통 갱도 아니오. 군사 훈련까지 받았다는 소문이 있어요!"

"길이나 알려 달라고 했잖소. 일단 출발하겠소."

이반 교수가 무덤덤하게 말하며 차를 출발시키자 더글러스는 아무렇게나 헝클어진 머리를 쥐어뜯으며 말했다.

"아! 정말 미치겠군, 그러면 하다못해 미스 승희만이라도 두고 가는 게 어떻겠소? 미국에 대해서 잘 아는지 모르겠는데, 거기는 할렘 중에서도 할렘이라고! 정상적인 젊은 여자라면 발걸음도 들여놔서는 안 되는 마의 지역이란 말이오. 미스 승희만이라도 안전한 곳으로……."

허나 승희는 전혀 걱정이 되지 않는다는 듯 웃으며 말했다.

"현암 군 옆이 제일 안전해요."

그 말을 듣자 현암은 좀 부끄러운지 시선을 돌렸지만 더글러스는 그냥 기가 막힐 따름이었다.

"아니, 이 사람이 얼마나 대단한지는 캐나다에서 봤소. 하지만 당신, 총 맞아도 괜찮소?"

"아니라니까요?"

"그래, 나도 그건 알지. 그런데 당신이 상대하려는 자들은 그 총을 가진 수십 명의 갱들이라고! 사람 목숨을 파리처럼 여기는 놈들이 득시글거리는데……."

"우리도 믿는 바가 있거든요."

현암이 짧게 말하자 더글러스는 미치겠다는 듯 말했다.

"뭘 믿는지는 모르겠지만……. 당신, 분명히 당신 입으로 조금 전에 말했잖아. 총 맞으면 당신도 죽는다고!"

"아, 물론이죠. 오른팔만 빼고는요."

현암은 아무 생각 없이 한 말이었지만, 더글러스는 눈이 휘둥그레졌다.

"오른팔? 당신 그 팔, 기계요?"

현암은 웃었다.

"지난번 캐나다에서 말씀드렸잖습니까? 순수 자연산이라고."

"그런데도 총알이 못 뚫고 들어간다고?"

현암은 고개만 조금 끄덕여 보였다. 더글러스는 탄식했다.

"뭐, 하긴……. 당신들에게 불가능이란 없을 것 같군. 몇 번 봐 왔지만 참 신기하오."

현암은 다소 차갑고 냉정한 눈빛이 되며 말했다.

"저는 그것보다 어떻게 사람을 함부로 죽일 수 있는지가 더 신기합니다."

현암의 영어는 매끄러운 편이 아니었기에 승희가 곧 현암의 말을 이어받듯 재잘거렸다.

"어떻게 자기와 똑같은 인간을 하찮은 이유로 죽이는 정신 상태가 되는지. 그게 신기하다는 거예요."

이반 교수도 쓸쓸히 웃었다.

"그거야말로 이 세상이 빚어낸 가장 어둡고 사악한 기적 중 하나겠지."

"그런 놈들이야 세상에 널려 있지 않소?"

"그러니까 더더욱 사악한 기적이라고 하는 거요."

더글러스는 자기도 모르게 입을 다물었다. 이반 교수는 잠시 입을 다물었다가 말했다.

"저 갈림길에서 어느 쪽이오?"

더글러스는 눈짓으로 오른쪽을 보며 말했다.

"저쪽요."

이반 교수는 깐깐하게 따졌다.

"저쪽이라고만 하면 어떻게 하오? 명확히 말해 주시오. 갈림길에서 왼쪽이오? 오른쪽이오?"

"오른쪽이오."

"고맙소."

전혀 고마운 것 같지 않은 대답이었다. 그러다가 더글러스는 갈림길 오른쪽 너머 지역에 대해 떠올렸다.

"그런데 그쪽 지역으로 이 차를 몰고 가는 건……. 나라면 안 그러겠소."

"왜 그렇소?"

"거긴 할렘 지구요."

"그래서?"

"할렘 녀석들은 부자를 증오하오."

뒷좌석에서 승희가 웃었다.

"빌도 부자 아닐까요? 그를 그렇게 증오해 준다면 일이 훨씬 편할 건데."

"물론 빌이 도시에서 누구보다도 부자겠지만 그는 예외요. 그자가 두목이나 마찬가지니까. 그런데 정말 계속 갈 거요?"

"물론."

"그렇다면…… 빌의 아지트에 도착하기 전에는 절대 멈추지 마시오."

더글러스가 말하자 이반 교수는 물었다.

"왜요? 빌의 부하들이라도 있는 거요?"

"빌의 부하 말고 아무 상관없는 놈들일지라도 할렘 녀석들이라니까. 이런 차가 그 지역에 잠시라도 멈추면 그냥 넘기지 않을 거요. 쇠 파이프니 돌이니 닥치는 대로 몰려들어 차를 때려 부술 거요. 총질을 당할 수도 있소."

"왜?"

이반 교수가 이해되지 않는다는 듯이 묻자 더글러스는 다소 흥분해 말했다.

"비싼 차니까!"

"그게 대체 무슨 상관이오? 나는 그들과 아무런 관계도 없는데……. 이유가 뭐요?"

이반 교수가 여전히 이해 안 된다는 듯 말하자 더글러스는 답답해하며 말했다.

"거기가 할렘이라는 게 바로 이유요. 당신들의 기이한 세계와 비교해도 조금도 꿀리지 않을 만큼 이상한 세상이라고요. 어쨌든 멈추지 마시오. 알겠소?"

"앞에서 누가 나타나서 길을 막아도 말이오?"

"그냥 피하시오. 아니면 밟고 가던지. 여기서 이런 차를 세우는 건 자살행위요. 차라리 수영복 차림으로 사자 떼 앞을 지나는 것이 낫지."

"미국이란 나라를 이해할 수 없군."

"당신이 이해하든 말든 우리는 알아서 잘 살고 있소. 저런 놈들도 있지만 일반 시민들은 안전해요! 할렘 같은 건 일종의 구역인 셈이니까."

"남의 차를 맘대로 부수고 총질하는 자들이 구역은 지키는 거요?"

"구역은 공권력과 룰로 유지되는 거요. 아, 설명하기 힘들군."

더글러스는 머리를 쥐어뜯었다가 푸념처럼 말했다.

"선량한 미국 시민들은 세상의 누구보다도 선량하오. 함부로 그렇게 총질을 해 대는 미국인도 있지만, 모든 미국인이 다 그런 것은 아니오."

이반 교수가 말했다.

"미국인들이 모두 총을 가지고 있는 것은 아니오?"

"도시에 사는 샐러리맨들의 구십 퍼센트는 총을 평생 만져 본 적도 없을 거요. 자기 집 벽장에서 총이 나오면 놀라서 엉덩방아를 찧으며 도망가겠지. 총알을 뒤집어 넣으면 뒤로 총이 발사된다고 믿을 정도로 순진한 미국인도 널렸고, 반대로 총을 닥치는 대로 휘두르는 미국인들도 많소. 이것을 알지 못하면 당신은 미국인을 절대 이해하지 못할 거요."

"일반화로는 도저히 설명할 수 없는 복잡한 나라군."

"당신이 미국식 유머를 맘에 들어 하지 않는 것은 자유요. 그렇다고 함부로 미국인 전체를 매도하는 것은 답답한……."

더글러스가 거기까지 이야기하는데 막 창문 너머로 할렘 거리와는 도저히 어울리지 않는, 미끈하고 어딘가 졸부스러운 화려함으로 단장된 기묘한 형태의 건물이 차창을 통해 보이기 시작했다.

더글러스는 하던 말을 멈추고 말했다.

"저게 빌의 소굴이오."

더글러스가 빌의 건물을 지목하자 차를 몰고 있던 이반 교수나 현암, 승희 등도 약간은 긴장했다. 더글러스는 조금 힘이 빠져 다시 중얼거렸다.

"아무래도 정식으로 영장 발부받고 스와트 팀도 불러야지, 우리만으로는 통과하기가……."

그 말에 현암이 짧게 말했다.

"우린 시간이 없어요."

"미스터 현암, 당신의 능력이 대단한 건 알겠지만 총알을 막아낼 재주는 없지 않소? 대체 이렇게까지 서둘러야 하는 이유가 있소? 당신들이 시간이 없다고는 했지만."

승희가 날카로운 눈매로 노려보며 말을 걸었다.

"이보세요, 형사님. 시간이 없는 건 우리가 아니라 당신이라고요."

"뭐? 내가? 그게 무슨 말이오?"

"생각 좀 해 보세요. 당신의 증언은 다 사실이었죠? 저 큰 건물에 숨어 있는 빌이라는 자가 악령을 시켜 사람을 죽여 왔고 지금도 죽이고 있다는 거."

"당신들이 믿어 준다면 정말 다행이오만."

"믿고 안 믿고의 문제가 아니죠. 그리고 그 악령이 형사님에게도 왔잖아요."

"그랬지. 그렇게 긴 시간이 지난 것도 아니오."

"하지만 형사님을 해치우진 못했어요. 형사님의…… 그…… 뭐라고 할까, 절망적이면서도 영웅적인 사투라고 할까요? 그 포기를 모르는 기백 덕분에."

"놀리지 마시오."

"놀리는 게 아니라 칭찬하는 거예요. 덕분에 어쨌든 그들은 실패했고 한 박자 늦게 됐죠. 그런데 그 몇 시간도 지나지 않는 사이에 곤살레스를 죽였으니 빌의 성질은 몹시 급한 것 같네요."

"실제 소문도 그렇소."

"그리고 악당이고요."

"그건 불변의 사실이지."

"그러면 빌의 입장에서는 자신만의 비밀을 형사님이 안다는 사실이 몹시 찜찜할 거예요. 아무리 악령 같은 걸 믿어 줄 사람이 없다고 해도요. 그렇겠죠?"

"확실히 그렇겠지."

"그러니까 빌은 어떻게든 형사님을 없애 버리려고 할 거라고요. 물론 일을 벌인지 몇 시간도 지나지 않으니 아직까지 빌도 섣불리 손을 대지 못한 거지만요."

그 말을 듣자 더글러스는 으슬으슬했다.

"당신들이 서둘러 달려와서 옆에 조력자가 생겼기에 머뭇거렸을지도 모르겠군."

"우리가 이렇게 서둘러 온 건 형사님 주변에서 수상한 움직임을 여럿 보았기 때문이에요."

"보다니? 어떻게?"

"봤다기보다는 느꼈다고 할까요? 저 그런 능력 가진 거 모르지 않잖아요?"

"흠."

"우리가 만약 조금이라도 늦었으면 형사님은 벌써 이름 없는 킬러들의 손에 죽었을지도 모른다고요."

"하지만 어떻게 알고……."

"빌이나 악령에 대해서는 확실하게 투시하기가 어렵죠. 하지만 우린 여러 번 만난 적이 있잖아요? 내가 일단 신경 쓰면 형사님 주변에서 벌어지는 일에 대해 모를 것 같아요?"

"하지만 멀리 떨어져 있었는데……."

"홍. 그까짓 몇백 킬로미터."

더글러스의 머리가 멍해졌다. 승희는 계속 날카롭게 떠들었다.

"그래서 현암 군이 서두르는 거라고요! 물론 빌이 사람을 마구 죽여 나가는 것을 그대로 둘 수도 없지만, 무엇보다 형사님이 위험하기 때문에요. 그리고…… 빌과 갱들도요."

"가만, 빌과 갱 이야기는 뭐요?"

"아, 이해 안 되실 텐데, 그건 나중에 이야기하죠. 어쨌든 형사님이 위험하니 서둘러야 한다는 건 이해하셨죠?"

"그…… 그렇소."

"물론 우리도 시간이 많지 않아요. 또 이런 일에 끼어드는 것도 사실 달갑지 않고요. 그러니 우린 최대한 빨리 일을 처리하고 사라지는 방법밖에 없거든요. 현암 군이라고 총알이 안 무섭고, 저라고 안 무섭겠어요? 하지만 우리에게 다른 선택의 여지가 없는 거예요. 이대로 밀고 들어가서 빨리 빌이라는 자를 막지 않으면 사람들이 계속 죽을 거고, 아마 그 순서를 리스트로 적는다면 형사님의 이름이 맨 앞에 있을 거예요. 우리가 영원히 형사님을 지켜 줄 수도 없고요. 이제 이해하시겠어요?"

"알았소. 하지만 정말로 빌이 내 주위를 감시하고 있단 말이오?"

승희는 답답하다는 듯 말했다.

"형사님, 아주 멀리서 감시한다면 아무도 알 수 없죠. 저들도 그렇게 경찰 주위를 드러내 놓고 감시할 만큼 바보는 아닐 거고요. 하지만 틀림없이 여럿이 느껴졌어요. 더구나 형사님 잊고 있는 거 있지 않아요? 무엇 때문에 형사님이 우리를 부르셨죠?"

그제야 더글러스의 머리에 떠오르는 것이 있었다.

"악령?"

"그래요, 악령. 나도 그 아이린이라는 여자 유령이 왜 빌을 돕는지는 확실히 알 수 없지만, 악령이라는 것은 사람처럼 항상 그렇게 눈에 띄는 존재가 아니에요. 눈에 띄려면 띌 수 있고, 안 띄려면 얼마든지 몸을 숨길 수 있죠. 그리고 악령 스스로가 마음만 먹는다면 어떤 탐지기나 카메라도 그녀의 존재를 인식하지 못할 테니까요."

더글러스는 저절로 소름이 끼쳐 왔다.

"그…… 그러면? 아이린의 악령이 사라진 게 아니라 날 지켜볼 수도 있는 거요? 그…… 그게…….”

"당연히 그렇다고 봐야겠죠. 형사님은 지금 지극히 위험한 상태라고요."

"가스 폭발 때문에 사라진 게 아니고?"

"어떤 것에도 영향받지 않는 악령이 가스 폭발을 겁낼 리 있어요? 아마도 밖에서 기다리던 빌이 놀라 시끄러워지니 도망친 거겠죠."

더글러스는 뭔가 조금 이상한 점을 발견했다.

"그런데…… 아이린의 악령이 아무 힘도 없는 건 아니잖소."

"그렇죠. 드문 일이지만, 물리적으로 싱크대 문을 파괴해 보일 정도라면 누구든 마음먹으면 직접 해칠 수도 있겠죠."

"그렇다면 지금까지 왜 안 그랬지?"

"그러게요. 빌이 총질을 하지 않고도 더 완벽하게 위장할 수 있었을 건데, 빌이 아마 아이린의 힘을 모르거나 또 다른 이유가 있을지도 모르죠."

거기까지 말하고 승희는 고개를 갸웃거렸다. 더글러스는 천천히 생각하다가 다시 말했다.

"그러면…… 아이린이 나를 죽이려 했다면……. 폭발 이후에도 얼마든지 기회가 있었다는 거잖아."

"그건 이해가 가지 않는 점이에요. 형사님이 나름대로 애쓴 것은 알지만, 아이린이 정말 그러려 했다면 언제든 가능할 거예요. 물리력을 갖춘 악령은 정말 위험해요. 저승사자나 다름없죠. 물론 진짜 빌의 편을 드는지도 사실은 의문이고요."

"뭐, 뭐라고? 분명히 빌의 꼭두각시가 돼 사람들을 죽이는 데 협조하고 있잖소. 나도 죽이려고 했고."

"글쎄요, 정말 죽이려고 했을까요?"

"무슨 소리요?"

"형사님, 입장을 바꿔서 형사님이 악령이고 누구를 없애려 한다 해 보세요. 형사님은 남의 공격은 하나도 받지 않고 언제든지 모습을 감출 수 있어요. 아무도 자기를 찾아내지 못하게 만들 수도 있고 손톱만으로 문짝을 찢어 버릴 수 있을 정도의 괴력도 있어요. 그런데 왜 상대가 온갖 실험을 다 할 때까지 천천히 몰아가려고만 했을까요? 확실하진 않았지만 제가 이런 이상한 상황들을 확인한 이후 우리는 정말 서둘렀어요. 사력을 다해 달려오는 몇 시간 사이에도 형사님이 얼마든지 해를 입을 수 있었기 때문이에요. 그런데 도착해 보니 형사님은 멀쩡했고, 그 이후에 특별히 악령이 나타난 기색도 느껴지지 않았어요."

"그…… 그건 낮이라서 그런 거 아니었소?"

"아, 형사님…… 아직도 그 얘길 믿으세요? 물론 낮이 되면 유령들이 힘을 쓰기가 좀 어려운 건 사실이지만, 그 정도의 원한이 맺히고 물리력을 행사할 정도의 악령이면 그런 것은 신경 쓰지 않아요."

"허, 글쎄. 그렇다면…… 우리 원점으로 돌아갑시다. 아이린이 빌에게 죽은 것이 확실하다면……. 아니, 빌에게 죽은 게 아무래도 아닌 것 같소. 그랬다면 이렇게 됐을 리가 없잖아. 혹시 정말 아이린이 조종되고 있지는 않은 거요?"

"간혹 가다 그런 주술을 쓰는 경우들도 있지요. 그러면 그들은 거의 멍한 상태가 되고, 스스로에 대한 자각이 없어져요. 하지만 아까 논의했듯이 아이린의 경우는 그렇지 않잖아요?"

"그러면 왜 그런 거지?"

"그게 앞으로 알아내야 할 가장 중요한 문제일 거예요."

대화가 자연스레 멈추자 모두가 말없이 앉아 있었다. 이반 교수가 간혹 길을 물어보고, 더글러스가 간혹 길을 안내할 뿐이었다.

할렘 거리의 모습은 사실 보통 사람들도 알아보기 쉽다. 대부분의 건물들이 창문이 깨지고 손질되지 않아 거리 전체가 버려지거나 죽은 것처럼 보인다. 물론 군데군데 노숙자들이나 자그마한 점포 같은 것도 있기는 하지만, 전반적으로 볼 때 마치 사람이 살지 않는 거리 같다. 왜냐하면 부랑자나 노숙자들에게 침식당하게 되면 원래의 거주자들은 경제적인 능력이 있는 한 집을 버린 채 뒤도 돌아보지 않고 떠나 버리기 때문이다. 그렇게 해서 돌봐 줄 것도 없고 소유주도 불분명하게 된 죽은 건물들의 블록이 탄생하고, 거기에 범죄자나 부랑자들이 자연스레 들끓는 것이다. 물론 거기에 사는 주민들이라고 무조건 피에 굶주린 악당인 것은 아니다. 나름대로 질서도 있고 인간적인 맛도 있기는 하다. 그러나 이렇게 이질적인 존재, 그러니까 상당히 값비싸 보이는 클래식카가 천천히 미끄러져 들어왔을 때는 당연히 악의 어린 시선을 받을 수밖에 없다.

생각에 잠겼던 더글러스는 이반 교수의 차의 속도가 슬며시 떨어지는 것을 느끼자 급히 말했다.

"아니, 아니. 속도를 늦추면 안 돼요."

"왜 그렇소?"

"아까 말했잖습니까. 여긴 할렘 지구니까요. 저들의 시선을 끌지 않으려면······."

"하지만 저쪽 담장을 넘으면 빌의 건물로 쉽게 갈 수 있을 것 같은데?"

더글러스가 돌아보니 그건 그랬다.

"하지만 차는요?"

그 말에 이반 교수는 쯧 하고 혀를 차며 말했다.

"늦은 것 같군."

더글러스가 놀라 둘러보니, 죽어 버린 건물 틈바구니에서 새로 창조라도 된 양 꾸물거리며 군상들이 나타나기 시작했다.

"아, 맙소사."

더글러스는 인상을 찌푸렸다.

"어쨌든 절대 멈춰서는 안 됩니다."

더글러스의 말이 끝나지도 않았는데 이반 교수는 속도를 줄여 구석에 정차 준비를 했다.

"아니, 왜 멈추는 거요? 저들 안 보여요? 차를 부수러 오잖소!"

더글러스는 당황했지만 이반 교수는 씩 웃어 보였다.

"그래 주면 고맙지."

"뭐라고요? 당신 차를 부수는데?"

"저들이 차를 부순다면 우리에겐 신경을 덜 쓸 것 아니오. 여러분, 빨리 내리시오."

그 말에 현암과 승희는 두말도 하지 않고 문을 연 다음 차에서 내렸다. 그리고 이해가 되지 않아 멍하니 있는 더글러스를 남겨두고 이반 교수조차 차에서 내렸다. 이반 교수가 차에서 내려 재빠른 동작으로 더글러스 쪽 문을 열어 배낭을 도로 가져가 짊어지자 더글러스도 급히 안전벨트를 풀었다. 일행은 이반 교수가 발견한 담장 쪽 길로 달려갔다.

그러자 그들이 겁을 먹었다고 생각했는지 할렘의 깡패 무리는 킥킥 웃으며 차 쪽으로 다가들었다. 더글러스도 이대로 있으면 차와 함께 망가질 판이라 급히 차에서 내려 그들의 뒤를 따랐다. 곧이어 깡패들은 더 자신감을 얻었는지 킥킥 웃으며 다가와 차를 때려 부수기 시작했다. 물론 아무런 설명도 뭣도 없었지만 더글러스에게는 그렇게 생소한 광경은 아니었다.

더글러스는 도저히 이해가 가지 않았다. 자신의 차를 때려 부수라고 내미는 이 노인의 마음 상태가 이해가 되지 않아 더글러스는 급히 그에게 물었다.

"지금 당신 차가 저렇게 부서지고 있소."

이반 교수는 눈 하나 깜짝하지 않고 말했다.

"그래서 우리가 지금 편하게 가고 있지 않소."

"아, 정말, 저 차, 그래도, 상당히……."

그러자 이반 교수는 조용히 말했다.

"그냥 기계요."

"이런 제기랄. 그래도……."

더글러스는 미국인답게 차에 대한 동경이 강하고 차를 자신의 분신이나 일부분처럼 여겼다. 그래서 자신의 차가 모욕당하는 것은 자신 스스로가 모욕당한다고 생각하는데, 저렇게 비싸 보이는 좋은 차를 단순히 기계라고 하는 한마디에 뭔가 이질감이 느껴졌다.

'그래, 뭐 대학교도 가지고 있을 정도에다가 흡혈귀학이라고 했나…… 그런 정신 나간 짓을 하고 있으니 이럴 수도 있겠지.'

이렇게 억지로 생각하려 했지만 사실 아무리 생각해도 그런 것 같지는 않았다. 제아무리 돈이 많은 부자라고 해도 미국에서 자신의 차가 저런 꼴이 되는 것은 아무도 원하지 않을 것이다. 돈이 썩어 넘쳐서 흐르는 자라고 해도 그렇게 넘어갈 수 없는 법인데, 이 사람은 그냥 단순히 기계라고만 한다.

'피도 눈물도 없는…… 아니, 아니. 차를 놓고 이렇게 얘기하는 건 좀 그런가?'

불평을 할 만한 건덕지는 없었지만 더글러스는 불만스러웠다. 다만 이반 교수의 말이 맞기는 했다. 그들이 순순히 차에서 내려 물러난 덕분에 이 할렘 무리들도 오래간만에 그들이 증오해 마지않는 부자의 비싼 차를 때려 부수는데 완전히 도취한 것 같았다. 주변의 다른 놈들까지 모조리 쏟아져 나와 조금이라도 차를 더 때려 부수려고 난리법석이었다. 그사이 더글러스를 비롯한 네 사람은 무사히 할렘 거리를 벗어나 빌의 건물 부근까지 걸어서 도착할 수 있었다.

화력전

네 사람은 별 제지를 받지 않고 빌의 건물 앞까지는 갈 수 있었다. 그런데 빌의 건물에 다가가자 더글러스는 또다시 주눅이 들었다. 아무리 생각해도 빌은 너무 위험한 인물이었고, 실제로 더글러스가 건물 아래까지 직접 다가온 적은 이제껏 없었다. 물론 부임한 기간이 길지 않은 까닭도 있었지만 애당초 이쪽으로는 쓸데없이 발을 옮기고 싶지도 않았다. 더구나 그에게는 영장도, 동료 경찰도, 추궁할 증거도 없다. 게다가 막상 건물 아래쪽에 와 보니 빌의 건물은 생각보다도 훨씬 엄중하게 경계되고 있었다.

멀리서 볼 적에는 그럴듯한 빌딩이었지만 건물 주변은 마치 군 기지나 국경선처럼 높다란 철망으로 빈틈없이 에워싸져 있었다. 차가 드나드는 입구에는 전기로 여닫는 육중한 철제문과 경비 초소까지 딸려 있었다. 철책 주변에는 군데군데 굵직한 쇠 파이프 기둥을 박은 조그마한 망루들이 곳곳에 산재해 있었다. 망루 위에는 아마도 총을 가진 경비원들이 지키고 있는 게 분명했다. 어지간한 군사 기지보다도 삼엄한 경비라 더글러스는 그 안으로 뚫고 들어갈 엄두가 나지 않았다. 몇 미터만 더 가면 철책이고 거기서 다시 몇십 미터만 더 가면 빌의 건물이지만 그 길을 전진할 방도가 생각나지 않았다.

빌의 건물과 바로 도로 하나를 사이에 둔, 의도적으로 대비라도 하듯 홀랑 무너지고 낡아서 금방 쓰러질 것 같은 담벼락 뒤에 숨어 더글러스는 한숨을 쉬었다.

"이거 안 되겠군."

"시간이 없다고 했어요."

"그건 그렇지만, 이건……."

현암은 대답도 하지 않고 태연하게 걸어 지나가는 행인처럼 양손을 주머니에 찌른 채 저쪽으로 갔다. 더글러스가 말리려 했으나 승희가 그를 제지하며 말했다.

"빌의 부하들은 현암 군이 누구인지 모르니까 처음엔 괜찮을 거예요."

"아니, 아무리 그래도……."

현암은 정문에서 조금 떨어진 철책 주변을 따라 산책이라도 하듯 걸어갔다. 그러다 으슥한 곳이나 그늘진 곳도 아니고 바로 망루의 아래편에 서서 아무렇지도 않은 듯 주머니에 찔렀던 오른손을 꺼냈다. 물론 그 손에는 아무것도 들려 있지 않았지만 현암은 손의 공력을 태연하게, 그러나 전력을 다해 끌어올렸다. 그런 다음 '발'자 결을 넓게 확산시키는 느낌으로 철책을 가볍게 밀어 쳤다.

현암이 철책에 손을 대려 하자 망루 위에 있던 자가 고함을 지르면서 몸을 일으키려 했으나 그보다 현암의 손이 더 빨랐다. 현암이 손댄 철책의 철망은 상당히 두꺼웠지만 물에 파문이 일듯 순식간에 출렁했다. 다음 순간 철책은 주변의 기둥과 함께 요란한 소리를 내면서 반대편으로 줄줄이 쓰러져 버렸다.

망루 위에 서 있던 자는 흔들리는 망루 위에서도 어떻게든 균형을 잡으려 버둥거렸으나 현암은 내친김에 그 망루의 기둥까지도 오른손으로 주먹을 쥐어 한 대 후려쳤다. 거의 허벅지만큼이나 굵은 쇠 파이프로 만들어진 기둥 하나가 현암의 주먹만큼 위아래 부분이 절단돼 튀어 나갔다. 기둥 하나와 충격을 입은 망루는 통째로 기울어지며 반대편으로 쓰러져 갔다. 물론 망루는 그 위에 있던 자의 비명과 함께 단숨에 넘어져 땅바닥에 처박혔다. 떨어지는 속도와 땅에 부딪히는 충격으로 망루 위에 있던 자는 한 번 땅에 튕겨 나갔다가 바닥에 그대로 죽 뻗어 버렸다. 벌써 사방에서는 아우성과 욕설, 총소리가 울려 퍼지기 시작했다. 현암은 무너지다 남은 기둥 하나를 오른손으로 잡고 휙 끌어당겼다. 무지막지한 힘으로 당기자 현암의 몸이 순간 이동처럼 사라져 철책 너머 주차장 한쪽에 세워진 픽업트럭 뒤로 떨어져 내렸다.

아무리 현암의 힘을 알았어도 직접 눈으로 보니 무시무시했다. 하지만 더글러스는 어이가 없었다. 작전이고 뭐고 없이 이렇게 무지하게 돌진하다니!

"철책에 전기라도 흘렀으면 어쩌려고!"

승희가 아무 걱정 없다는 듯 찡긋하며 말했다.

"전기는 안 흘렀어요."

"아니 그, 그걸 어떻게 알……. 아니, 당신은 그냥 어떻게 아는 재주가 있겠지. 아무리 그래도."

"빨리 가요."

"뭐요? 지금 총알이……."

"전부 현암 군 쪽만 보고 있어요! 우리가 뛰어들 기회를 벌어준 거라고요. 머뭇거릴 거예요?"

승희는 말만 하지 않고 앞장서서 달렸고 이반 교수도 주저 없이 그 뒤를 따랐다. 할 수 없이 더글러스도 그 뒤를 따라 달렸다. 총알은 현암이 뒤에 숨은 트럭 주변에 집중적으로 퍼부어졌다.

"이건 너무 무모하오."

가면서도 더글러스는 불평했지만 빌의 부하들은 다른 세 사람이 철책을 넘어오는 것을 알아채지도 못했다. 망루와 철책을 단번에 송두리째 무너뜨리고 뛰어든 현암에게 너무 놀라 그쪽만 보는 것 같았다. 덕분에 편하게 또 다른 차 뒤에 몸을 옮긴 세 사람은 저만치에서 집중 사격을 받고 있는 현암을 바라보았다. 더글러스가 말했다.

"저 차, 거의 부서져 가는데 미스터 현암은 괜찮을지……. 아, 제기랄, 난 총도 못 가져왔다고!"

"네? 미국 형사가 총을 안 챙겨요?"

"당신들이 다짜고짜 이리로 끌고 왔잖소. 나는 준비가 전혀 돼 있지 않았다고! 제길. 우린 응수할 무기도 하나 없고 저들은 저렇게 쏴 대니, 아무리 당신들이 강력하고 마음을 읽는다 해도 이 총알 밭을 건널 수 없지 않소!"

여태까지 말없이 가만히 있던 이반 교수가 말했다.

"아니, 방법이 있소."

"예?"

"그런데 응사(應射)해도 되오?"

"총이 있소?"

"그러니 묻는 거요. 하지만 난 미국인도 아니고 경찰도 아니니……. 응사해도 되는 거요?"

더글러스는 어이가 없다는 듯 말했다.

"그럼 앉아서 죽을 생각이오?"

"미국의 법률 체계에 대해 아직 확실하게 인지하지 못해서……."

"상관없어요. 경찰인 내가 책임지겠소. 어떻게든지 쏘시오. 일은 이미 벌어졌으니, 나도 더 이상 물러설 생각은 없소. 내가 또 한 번 옷을 벗는 한이 있어도……. 다만 기자만 없으면……."

"기자?"

"미국 경찰이 제일 싫어하는 순위를 매긴다면 당신들이 생각하는 범죄자는 한 세 번째쯤 될 거요. 첫 번째가 변호사, 두 번째가 기자, 세 번째가 범죄자지. 당신들도 기자는 반기지 않을 거잖소."

승희가 생긋 웃으며 말했다.

"이 근방엔 없어요."

"그럼 마음껏 쏘시오."

"알겠소."

이반 교수가 딱딱하게 대답하며 배낭 손잡이에 손을 댔다. 그리고 배낭을 내려 땅에 놓더니 끄르지도 않고 주머니에 손을 넣었다. 이반 교수는 배낭을 그냥 둔 채 주머니에서 조그마한 리모컨 같은 것을 꺼내 열심히 톡톡 눌러 댔다. 그리고는 고개를 한 번 끄덕이고 배낭이 차 옆으로 노출되도록 발로 주욱 밀었다. 더글러스는 뭔가 싶어 멍하니 보고 있다가 이내 놀라서 입을 떡 벌렸다.

이반 교수가 리모컨 단추 하나를 누르자 배낭이 저절로 움직이면서 심해의 괴물이 수면 위로 고개를 올리듯 길쭉한 형체가 배낭 밖으로 솟아 나왔다. 동시에 배낭 아래쪽에서도 세 개의 길쭉한 발이 옆으로 빠져나와 땅을 딛고 섰다. 위로 솟구쳐 나온 것은 자동으로 앞쪽을 바라보며 천천히 여섯 개의 눈을 전방으로 향했다. 그 금속성 기계의 형상은 더글러스가 이전부터 비슷한 것을 보아 알고 있었던 것이었다.

"개틀링 포(Gatling gun)[3]?"

"일종의 미니건[4]이오."

---

[3] 개틀링이란 총열 6개가 동그랗게 말린 다연장 기관총을 말한다. 연속 사격의 한계를 극복하기 위해 이미 백 년도 훨씬 전 개틀링이라는 미국인이 여섯 개의 총열을 회전시키며 발사하는 방식을 생각해 내서 만들었다. 흔히들 개틀링 포, 혹은 벌컨포라고 잘못 불리지만 그 본질은 여러 개의 총신을 가진 고속 발사가 가능한 기관총이다. 사용 탄약의 구경에 따라 수많은 변종이 있고, 역사도 길지만 모든 총열회전 방식의 기관총은 개틀링 계열이라 부를 수 있다.

[4] 보통 개틀링 방식의 총은 상당히 거대한 크기여야 하는데, 흔히 사용되는 소총탄

그런데 아무리 낯익은 미니건 형태라고 해도 그것이 이렇게 자동으로 괴물처럼 움직이며 스스로 작동 형태를 찾아갈 줄이야. 더군다나 그것이 전혀 어울리지 않는 늙은 흡혈귀학 교수의 배낭에서 튀어나올 줄은 절대 상상도 하지 못했다.

"저, 저런 걸 메고 다닌 거요? 사격은?"

"자동이오."

이반 교수가 말하자마자 미니건의 총열 위로 조그마한 레이더가 솟아나 빙빙 돌더니 미니건이 혼자 이리저리 방향을 바꾸며 불을 뿜기 시작했다. 무조건 연속으로 쏘는 것이 아니라 민활하게 움직이며 포착한 지점마다 일 초도 안 되는 사이에 수십 발의 탄환을 퍼부어 댔다. 무시무시한 발사 속도에서 나오는 소음이 귀를 찢었다. 더글러스는 귀를 막은 채 이반 교수의 귀에 입을 가져다 대고 소리 높여 물었다.

"혼자 쏴 대는 거요? 장탄은?"

이반 교수는 태연하게, 품에서 시가 한 대를 꺼내어 불을 붙이며 대답했다.

"배낭 바닥에 천 발의 탄약이 있고 자동으로 장전되오."

"이…… 이래도 되는 거요?"

간혹 응사로 인해 배낭에 탄환이 명중돼 조금씩 움찔거리기도

인 5.56밀리 탄으로도 작동될 수 있도록 축소한 무기 체계가 미국에서 고안됐고 그게 바로 미니건이다.

했지만 배낭 앞부분에는 세라믹 장갑(裝甲)이라도 있는지 총은 상하지 않았다. 이반 교수는 시가를 한 번 빨아 깊이 들이켰다 뿜으며 농담하듯 덧붙였다.

"이래도 되냐니? 나는 분명히 당신에게 응사해도 되냐고 물었고 당신은 그렇게 하라고 얘기하지 않았소? 그리고 이 탄은 펀치력은 강하지만 치명적인 살상은 하지 않는 덤덤탄[5]이오."

더글러스는 어이가 없었다.

"세상에……."

"물론 덤덤탄도 제네바 협정에 위배되는 탄종이오만, 그건 심한 멍과 고통을 주기 때문에 민간용으로 사용하지 말란 의도니 지금 상황에서는 문제가 되지 않을 거요. 쏴 죽이는 것 보다는 나을 테니까. 아, 탄피가 뜨거우니 닿지 않게 조심하시오."

"하지만 저 총의 조준은……."

"자동 조준이니 염려 마시오. 조그마한 골키퍼 시스템[6]이오. 비행기를 노리는 미사일도 분사구에서 나오는 열기를 감지하고 쫓아가지. 마찬가지로 어떤 총이든 화약을 이용해서 발사한다면 열기가 나오니 그걸 조준하는 거요. 사격하는 적에게는 자동으로 응

---

5 탄자가 일종의 고무로 구성돼서 사람의 몸을 뚫지 않고 타격만 주어 제압하는 용도로 만들어진 특수 탄환이다.
6 해군 함정에서 미사일을 요격하는 자동 발사 기관포 시스템을 말한다. 근래에는 골키퍼보다 신형인 팰렁스 시스템을 주로 사용하는데, 본문에서는 1990년대인 시대 상황을 고려해 구기술인 골키퍼라 설정했다.

사해 그 일대 전체를 제압하게 설계돼 있소. 굳이 내가 나쁜 눈으로 조준할 필요가 없는 거지."

이반 교수는 '오늘 날씨 참 좋군' 같은 말투로 태연하게 시가를 빨며 말했다. 그리고 총은 아직도 계속 불을 뿜고 있다. 상대방 쪽에서는 아무것도 모르니 미친 듯 응사하는 모양인데, 점점 상대방의 총소리는 줄어들었다. 엄청나게 정확한 것 같았다.

"그런 기술을 총에 적용했다고요? 이게 도대체 어디서 만든 겁니까?"

이반 교수는 전에 학교 얘기를 할 때와 똑같은 무표정한 얼굴로 대답했다.

"내 공장에서."

"당신, 군수 사업도 합니까?"

"백오십 년의 역사를 가진 저명한 사냥용 레저 총기 업체요."

"하지만 이런 총을 만들 수 있다면……."

"아, 물론 이건 판매용이 아니지."

"이런 기술이라면 충분히 군에서 적용해도……."

그러자 이반 교수는 조금 날카로운 눈매로 더글러스를 바라보았다.

"사람을 해치는 군용 무기 같은 걸 내가 생산할 것 같소? 난 절대 그런 걸 만들지 않아. 사람을 위해서 일하기로 했으니까."

"하지만 지금 이것은……."

더글러스는 잠시 헛웃음을 웃으며 말했다.

"······여태껏 내가 본 중에 가장 엄청난 파괴 무기 같소만. 적어도 개인이 쓰는 것 치고는 말이오."

아닌 게 아니라 두 사람이 잡담 비슷한 것을 늘어놓는 동안, 저쪽에서 쏟아지는 탄환은 이제 거의 나오지도 않았다. 승용차 정도는 이 총의 타격을 불과 몇 초만 받아도 차체가 연속되는 총알의 힘을 이기지 못하고 우그러들고 엎어졌다. 그 뒤에 숨었던 차들은 밀리기도 하고, 안의 연료 체계가 상했는지 폭발하기도 했다. 철판을 펑펑 뚫는 관통력 같은 것은 없었지만, 그 한 발 한 발이 굉장한 힘을 가지고 있었고, 또 그런 총알이 너무도 빨리 쏟아지고 있었기 때문에 어지간한 시멘트 난간도 조금만 화력이 집중되면 여지없이 허물어졌다.

빌의 부하들은 비명을 지르며 도망치기 시작했다. 그들은 도망치면서도 엄호를 한답시고 이쪽을 향해 총을 쏴 댔다. 총을 쏘지 않았다면 무사했을 텐데 기존의 상식대로 엄호하려던 것이 실수였다. 이반 교수의 자동 조종되는 미니건은 그런 자들도 무서울 정도로 집요하게 뒤쫓아 고무 총알을 퍼부어 댔다. 물론 관통이 되지 않아 죽거나 몸의 일부가 절단되는 끔찍한 일은 벌어지지 않았지만 아마 커다란 해머로 온 전신을 두들겨 맞는 충격을 받았을 것이다. 제네바 협정으로 금한 비인도적인 탄환답게, 덤덤탄은 목숨을 빼앗지는 않았지만 대부분의 갱들은 꽤 긴 치료를 받아야 할 중태에 빠졌다.

이반 교수는 안에서 쏟아져 나온 수십 명의 갱들이 거의 제압되고 몇 명 남은 자들도 무지막지한 화력에 질려 건물 안으로 도망가는 것을 힐끗 보며 더글러스에게 말했다.

"아무리 좋은 장비를 갖고 있어도 저들은 그냥 악당일 뿐이오. 정규군 같을 수는 없지. 바보 같은 미국 갱들. 수류탄이라도 던지면 될 건데 총만 믿으니……. 하긴, 자기편 본거지에 수류탄을 던질 이유도 없으니 준비 안 했나? 뭐, 총질을 미친 듯 좋아하는 놈들이니 총알 세례를 받아도 싸지."

"하지만 저들은 정규군 못지않은 훈련도 받았다고 들었는데."

"그래서 더 당한 거요. 설불리 엄호한답시고 사격을 멈추지 않아서."

"그런 심리적 요소까지 계산한 거요?"

이반 교수는 더글러스의 말에는 대답하지 않고 시가를 끄고 남은 것을 주머니에 대강 넣으며 말했다.

"정규군은 훈련을 받아서 강한 게 아니오. 나라를 지킨다는 사명감 때문에 강할 수 있는 거지. 악행을 위해 훈련한 것 따위가 무슨…… 아, 아직 기다리시오."

더글러스는 한숨을 쉬었다. 이반 교수의 총의 압도적인 화력에 질렸는지 총을 쏘아 대던 외부의 적은 모두 안으로 몰려 들어간 것 같았다. 안의 창문 등에서 몇 발씩 응사가 있었지만, 이반 교수의 총은 그런 자들에게도 모조리 총알 세례를 퍼부었다. 결국 저쪽은 응사를 포기하고 완전히 침묵했다.

그러자 승희가 말했다.

"모두 건물 안으로 도망쳤어요. 이제 괜찮아요."

그 말을 듣자 이반 교수가 먼저 몸을 일으켰다. 그리고 승희가 서서히 몸을 일으키고 난 다음에야 더글러스도 일어섰다. 불과 몇 분 전과는 완전히 변한 건물 일대가 눈에 들어왔다. 건물의 입구 주변은 아예 허리케인이 휩쓸고 가거나 대지진이 일어난 다음처럼 만신창이가 돼 버렸고, 주차장에 주차돼 있던 많은 차도 총의 사격이 이루어진 부채꼴 방향 내에서는 거의 쓸리듯 밀려 나 모세가 바다를 갈라놓은 것처럼 길이 쫙 트여 있었다.

"빌을 못 잡아도 문제없겠군. 여길 정리하는 걸로만 파산할지도 모르니."

더글러스는 조금 안심이 돼 한숨을 내쉬었는데 이반 교수는 상황을 보더니 표정 없이 리모컨 단추를 누르며 말했다.

"난 미국식 유머는 좋아하지 않는다고 말했소."

이반 교수가 리모컨을 누르자 이반 교수의 배낭에서 나왔던 총들은 철컥거리며 안으로 접혀 들어갔다. 이반 교수가 그 배낭을 놓아둔 채로 걸음을 옮기자 더글러스는 깜짝 놀라 말했다.

"아니, 이건 왜 내려놓는 거요? 강력한 무기인데."

"총알이 거의 없소. 그리고 좁은 실내에서 이런 걸 쓸 수는 없지."

"그래도 갖고 가야 되지 않소?"

"무겁소."

"아니, 그렇지만 이걸 다른 자들이 쓴다면……."

"자물쇠가 걸려 있으니까 괜찮소. 갈 때 찾아가면 그만이오. 그러니 서두릅시다."

그러면서 이반 교수는 배낭 아래쪽에서 뭔가를 쭉 잡아당겨 꺼내 오른손에 쥐었다. 여러 가지 화려한 금무늬 같은 것이 장식된 고풍스러운 총이었는데, 개머리판과 총열을 짧게 잘라 단총 형태로 만든 것이다. 그런데 한 자루의 총에 각기 구경이 다른 두 개의 총열이 위아래로 배치돼 있어서 독특했다.

"그건 무슨 총이오?"

"벨지움 컨바인. 위는 윈체스터 탄이 나가고, 아래는 샷건용 벅탄이 나가지."

"허. 만든 거요?"

이반 교수는 대답하지 않고 더글러스를 힐끗 쳐다보며 말했다.

"당신, 총 하나 주워 들고 입구를 확보해 주시오."

"제가요? 당신은?"

"여기 총이 스무 자루는 널려 있으니 위험하오. 공이를 분해해 던져 버리겠소. 만일의 사태에 대비해야지."

승희는 아무 일도 없었다는 듯 저만치 있던 현암에게 말했다.

"현암 군! 들어가자!"

마치 어디 놀러 가자는 것 같은 목소리였다. 걱정된 더글러스가 급히 리볼버 한 자루를 주워 들고 둘을 멈춰 세우며 말했다.

"건물 안에서도 방심하면 안 되오. 다 같이 들어갑시다."

현암은 살짝 웃으며 고개를 끄덕였지만 승희는 어딘가 한심하다는 눈으로 더글러스를 바라보았다. 한 일도 없는 더글러스는 조금 민망했지만 그래도 최대한 안전을 기하기 위해 입구 주변에 리볼버를 겨눈 채 대기했다. 그사이 이반 교수는 철컥철컥하고 갱들이 떨어뜨린 총을 분해해서 던져 버리고 있었는데, 가지각색의 다른 총인데도 손에 쥐는 순간 보이지 않을 정도의 속도로 분해했다. 특히 노리쇠 뭉치나 공이 부분은 따로 멀리 집어 던졌음에도 한 총당 소모하는 시간이 삼 초도 되지 않았다. 순식간에 이십여 정의 총을 분해하는 것을 보자 더글러스는 더 어이가 없었다.

"허어…… 흡혈귀학에서는 총기 분해도……."

혼자 중얼거리다 보니 아까 들었던 말이 생각났다.

"아니, 백오십 년 역사의 총기 회사를 가졌다고 했었나……. 저 분이야말로 데우스 엑스 마키나 아니오?"

승희는 피식 웃었다.

"뭐, 그렇죠."

그때 갑자기 요란한 기계 작동음과 함께 커다란 천제 방호벽이 아래로 떨어져 내리며 건물 입구를 차단했다. 어떻게 손을 써 볼 겨를도 없이 육중한 금속성 굉음과 함께 출입구는 차단돼 버렸다. 그것을 보고 더글러스는 침을 꿀꺽 삼켰다.

"빌 녀석, 돈도 많군. 이런 것까지 장치해 두고."

그녀의 진심

출입구를 차단한 방호벽은 완전히 밀폐된 형태는 아니었다. 오른쪽 구석에 사람 하나 정도가 간신히 들어갈 수 있을 만한 작은 문이 달려 있었다. 리볼버를 들고 문 바로 옆에 몸을 붙인 더글러스는 뒤에 따라온 승희를 돌아보며 말했다.

"그냥 들어가면 위험하겠소?"

승희는 잠시 눈을 감고 관자놀이에 손가락을 대 투시를 행하더니 눈도 뜨지 않은 채 말했다.

"문 건너편에서 여럿이 기다리는 모양인데요? 물론 총도 들고 있는 것 같고."

작은 문을 통해 들어가면 안에 대기하고 있던 사람들이 일제히 사격해 들어온 사람을 벌집으로 만들려는 수작이었다. 더글러스는 점점 불안해졌다.

"어떻게 하지? 아무래도 지원을 불러야……."

"그럴 필요 없어요."

현암이 태연히 말하면서 앞으로 나섰다. 오른손에 공력을 집중시키며 손바닥을 활짝 펴고는 마치 누구의 뺨이라도 치듯 크게 손을 휘둘러 철제 방호벽을 후려쳤다. 퉁 하는 육중한 굉음이 울리며 폭 오 미터, 높이 삼 미터는 돼 보이는 거대한 철판이 움푹 찌그러들면서 안쪽을 향해 단박에 넘어갔다.

원래 입구에 설치돼 있던 유리문도 비스킷처럼 깨져 나갔고 방호벽 문을 노리고 바로 뒤에서 대기하던 자들은 그대로 철제 구조물에 눌려 버렸다. 이윽고 입구 로비 쪽을 훤하게 드러내며 방호벽이 완전히 넘어지고 나자 그 밑에 깔린 자들의 신음이 가냘프게 새어 나왔다. 현암이 한 번 어깨를 으쓱해 보이고 뒤를 돌아보자 이반 교수가 아예 통로처럼 훤하게 열린 금속 구조물을 밟으며 앞장섰다.

"좀 아프겠군. 몇 톤은 되겠지만 여럿이 같이 깔렸으니 하중이 분산돼 죽지는 않을 거요."

현암은 아무 말도 하지 않은 채 이반 교수의 뒤를 바로 따라 뚜벅뚜벅 걸어갔고 승희는 그래도 조금 마음이 켕기는 듯 웃으며 혼잣말했다.

"밟아서 미안해요."

더글러스는 멍하니 보다가 한번 고개를 세차게 휘저어 정신을 차린 후 곧 그들의 뒤를 따랐다.

"이게 뭐야? 이놈들 뭐야? 무슨 짓을 한 거지?"

CCTV를 통해서 출입문의 상황을 보던 빌은 대경실색했다. 침입자가 있다고는 들었지만 크게 신경 쓰지 않았다. 주차장에서 부하들이 정체불명의 화력에 밀렸지만 그럴 수도 있다 생각했다. 허나 어지간한 차로 들이받아도 끄떡하지 않을 방탄 철문이 한 방에 허물어져서 부하들을 깔아뭉개는 장면은 충격적이었다. 바깥에서 무슨 짓을 했는지는 알 수 없었지만 상대를 보니 제복 입은 경찰이나 스와트 팀도, 군대도 아니었다. 민간인 복장으로 태연하게 들어오는 네 사람을 보자 빌은 속이 뒤집혔다.

"저것들 뭐야? 대체 어떻게 된 거야? 상황 아는 놈 있어?!"

빌의 호출을 받고 주변에 서 있던 보좌관 격 부하는 목만 움츠릴 뿐 대답도 하지 못했다. 그도 어지간히 기가 질린 것 같았다. 빌은 이를 갈며 말했다.

"전부 자리에 배치해! 다 쏴 죽여 버려! 무슨 수단을 쓰든 다 죽이란 말이야."

부하는 고개만 끄덕여 보이고 총총히 밖으로 나섰다. 빌은 기가 막혔다.

"겨우 넷인데, 그것도 총 든 사람은 둘뿐인데 이런 짓을……."

믿어지지 않아서 빌은 다시 한번 CCTV를 통해 그들의 얼굴을 자세히 파악하려고 고개를 돌렸다. 그런데 CCTV 스크린에 은빛 섬광이 한 번 번쩍하더니 바로 먹통이 돼 버렸다. 총성이 들린 것도 아니고 이쪽을 쳐다보는 사람도 없었는데 어떻게 그랬는지 알 수 없었다. 더군다나 하나뿐이 아니고 출입구 쪽에 배치해 둔 CCTV 모두가 보이지 않는 뭔가에 맞은 것처럼 연속적으로 꺼져 나갔다.

'보통 놈들이 아니야.'

빌은 혼자서 생각했다. 이마에서 땀이 흘렀다.

'아직 부하는 많고 무기도 충분해. 그래도 뭔가 수를 써야 할 것 같아.'

빌이 결심한 듯 인상을 쓰며 이마에 주름을 깊게 만들었다. 빌의 오른손이 주머니 속으로 들어갔다.

현암이 월향검을 되받았다. 월향검은 이미 로비 부근에 장치된 모든 CCTV를 부순 후였다. 현암은 사람을 상대하는 일에 월향검을 쓰고 싶지 않았고 월향검이 총에 맞을까 걱정스러웠다. 또 든든한 화력을 지닌 이반 교수가 함께 있고 전혀 밀리지 않으니 아직은 이런 용도에만 월향을 사용하고 있었다. 건물 로비에는 출입구들이 여럿 있었고 엘리베이터도 두 대나 있었다. 어디로 가야 좋을지 알 수 없었다. 이반 교수가 돌아보자 더글러스가 짧게 말했다.

"나도 이 건물 내부는 몰라요. 빌의 소굴인데 그런 걸 누가 알겠소."

현암은 말없이 승희 쪽을 돌아보았다. 승희는 눈을 감고 관자놀이에 손가락을 올렸다. 곧이어 승희가 짧게 말했다.

"왼쪽 두 번째 문."

더글러스가 그쪽으로 걸어가려고 했는데 승희는 곧바로 말했다.

"누가 나와요."

이반 교수가 철컥하고 손에 들고 있던 총을 문 쪽으로 향했다. 곧이어 안에서 문을 걷어차며 빌의 부하 하나가 M4 카빈을 들고 튀어나왔다. 하지만 그가 방아쇠를 당기는 것보다 이반 교수가 벨지움 컨바인을 발사하는 것이 더 빨랐다. 기세 좋게 뛰어나오던 빌의 부하는 문을 다 나서지도 못한 채 덤덤탄에 맞고 도로 안쪽으로 처박혀 쓰러졌다. 쉴 틈도 없이 승희가 다시 외쳤다.

"오른쪽. 세 번째 문."

이번에는 더글러스가 주운 리볼버를 그쪽으로 겨누었다. 무서운 기세로 샷건을 든 남자가 튀어나왔다. 허나 미리 대기하던 더글러스는 곧장 남자의 다리에 총을 발사했다. 남자는 주저앉아 다리를 움켜쥐고 신음했다. 더글러스는 남자의 샷건까지 주워 들었다. 이번에는 승희가 이야기하기도 전에 다른 쪽 문이 쾅 소리를 내며 열리고 남자 두 명이 튀어나왔다. 더글러스는 조금도 지체하지 않고 손에 들었던 리볼버와 막 왼손으로 주워 든 샷건까지 연속으로 발사했고, 막 튀어나온 두 사람은 다리 쪽을 맞고 앞서 튀어나온 자와 똑같은 신세가 됐다. 그때 승희가 소리쳤다.

"정면! 많아! 다섯 이상!"

가볍게 생각하기에는 적의 숫자가 너무 많았다. 그러나 더글러스가 총을 난사한다면 사망자가 나올 수도 있었다.

'할 수 없군.'

현암은 문을 향해 공력을 집중하며 왼손을 내뻗었다. 이반 교수와 더글러스도 문을 향해 총구를 겨누었지만 현암의 왼 손목에 있던 월향이 은색의 선을 그리며 문 쪽으로 날아가 문에 자그마한 구멍을 내며 뚫고 들어갔다. 그러더니 문 너머에서 빌의 부하들이 나오는 대신 그들이 내는 비명이 들려왔다.

"이게 뭐야!"

"으악!"

"억!"

몇 발의 총성도 울려 퍼졌지만 곧 순식간에 조용해졌다. 그러는 사이 현암은 서두르지 않고 뚜벅뚜벅 천천히 걸어서 그 문 쪽으로 걸어가고 있었다. 안에서 나던 총성이 멎은 후에 현암은 가볍게 문을 열었다.

현암이 문을 열자마자 허공을 휘젓고 있던 월향은 현암의 왼손으로 돌아왔다. 현암의 앞에는 이미 반으로 잘렸거나 여기저기 토막이 나 버린 총의 잔해만이 너저분하게 널려 있었다. 아무도 상처를 입지는 않았지만 안에 있던 빌의 부하들은 죄다 얼이 빠져 있었다. 뭔지 구별할 수도 없는 번뜩거리는 은색 빛이 날아 들어와 춤추며 모두가 들고 있던 총을 가차 없이 수수깡처럼 베어 못 쓰게 만들었으니까. 순간적으로 총을 몇 발 발사한 자도 있었지만 총이 부서져 버리는 바람에 기겁하며 땅에 내던질 수밖에 없었다.

현암은 굳은 표정으로 빌의 부하들을 둘러보았다. 그러자 그중 그나마 정신을 차리고 있던 흑인 한 명이 부서진 총을 야구 방망이처럼 휘둘러 현암을 내리치려 했다. 하지만 현암의 오른손이 총 개머리판 부분을 잡자 그 남자는 더 이상 힘을 쓰지 못했다. 총이 허공에 고정된 것처럼 꼼짝도 하지 않았다. 곧이어 현암이 오른손에 약간 공력을 주어 뒤로 밀었다. 겉보기엔 결코 힘을 많이 쓰는 것 같지 않았지만 흑인은 비명과 함께 뒤로 날아가 벽에 머리를 부딪친 다음 다시 앞으로 쓰러져 버렸다. 나머지 네 사람은 주춤

대며 물러서려 했지만 그보다 빨리 현암이 한 사람의 멱살을 잡아 문 쪽으로 집어 던졌다. 더글러스는 문 안으로 들어서려다 안에서 사람 하나가 포대 자루처럼 날아와 땅바닥에 처박히는 것을 보고 움찔하며 뒤로 한 발짝 물러섰다.

현암의 그다음 상대는 체구가 크고 수염을 기른, 딱 봐도 터프해 보이는 대머리 거한이었다. 현암의 괴력에 놀라 조금 물러서던 대머리 거한은 손으로 벽을 휘젓다가 우연히 그 근방에 놓여 있던 그라인더를 잡았다. 거한이 급히 스위치를 넣자 마침 전원에 연결돼 있던 그라인더가 무섭게 돌아갔다. 거한은 욕설과 함께 그라인더를 휘두르며 현암에게 달려들었다. 무섭게 회전하는 그라인더 날이 현암의 이마께를 노리고 날아 들어왔다. 하지만 현암은 담담하게 오른손을 뻗어 그라인더 날을 맨손으로 덜컥 잡았다. 현암의 손에 잡혀 잠시 끼익하고 불꽃이 튀기던 그라인더 날은 곧 거짓말처럼 정지해 버렸다. 그것을 보고 대머리 거한의 눈이 커졌다.

"말도 안 돼!"

곧이어 현암이 오른손에 힘을 주자 세라믹으로 된 그라인더 날이 깨져 나가며 그라인더의 전면 금속 부분이 깡통처럼 현암의 손 모양대로 찌그러져 버렸다. 대머리 거한이 주춤하며 뒤로 허둥지둥 물러서는데 마침 다시 문 쪽으로 들어선 이반 교수가 딱딱하게 굳은 표정으로 벨지움 컨바인을 발사했다. 역시 덤덤탄이라 피가 튀진 않았지만 대머리 거한은 고무탄의 충격에 밀려 뒤로 붕 뜨듯 넘어지며 탄에 얻어맞은 배를 움켜잡고 신음했다. 그사이 남아 있던 두 명은 재빨리 다음 문을 열고 도망친 상태였다. 현암이 그들의 뒤를 쫓으려는 듯 걸음을 옮기자 더글러스가 현암을 제지했다.

"저런 녀석들보다 빌을 잡는 게 우선이오."

그러면서 더글러스는 잠시 머리를 굴렸다. 빌은 이 건물의 보스다. 보스라고 하면 전망이 좋고 환기가 잘 되는 제일 높은 층에 있을 가능성이 제일 높았다.

"위층으로 가 봅시다. 우선 엘리베이터를 점거해야 해요."

더글러스는 총알을 다 쓴 리볼버를 그냥 버리고, 샷건을 철컥 장전하며 앞장섰다. 현암도 잔챙이들을 쫓는 대신 더글러스의 뒤를 따랐고 승희가 그 뒤를 따르며 푸념했다.

"아, 총소리 때문에 정신 집중이 어려워. 빌이 위쪽에 있는 건 맞는 것 같은데……."

이반 교수는 후미에 남아 혹시라도 또 튀어나올지 모를 빌의 부하들을 경계하며 뒤를 엄호했다.

CCTV를 들여다보던 빌의 안색이 변했다. 이미 건물 맨 위인 십이 층 빌의 방은 어두운 커튼이 드리워져 있고 빌의 손에는 아이린의 브로치가 들려 있었다. 어둠 속에서는 CCTV 화면들만이 빛을 발했지만 그나마도 반 이상은 꺼져서 무의미하고 혼돈스러운 화면이었다. 허나 빌은 한 동양인 남자의 무지막지한 힘을 아직 망가지지 않은 CCTV 화면으로 볼 수 있었다. 그리고 빌의 뒤에는 이마에 구멍이 뚫리고 눈이 희게 뒤집힌 아이린의 유령이 허공에 둥둥 떠 있었다. 빌은 떨리는 목소리로 말했다.

"저…… 저것들은 사람도 아니야. 아이린! 저들을 막아. 어떻게든 막으라고!"

빌의 말을 듣자 아이린은 잠시 서서히 고개를 돌려 빌 쪽을 바라보았다. 항상 봐 오고 매일 부리던 아이린이었지만 그녀의 퀭한 눈망울이 자신을 향하자 빌은 흠칫했다.

"말 못 알아듣겠어? 날 보지 말고 저놈들을 막아!"

빌이 땀을 흘리며 언성을 높이자 아이린은 서서히 공기 속으로 스며들 듯이 사라졌다. 빌은 한숨을 내쉬고 다시 호출용 인터폰 단추를 눌렀다. 반대편에서 부하의 목소리가 "네, 보스" 하고 들리자 빌은 높은 목소리로 호통을 쳤다.

"나도 지하실로 갈 거니까 다들 내려가. 저놈들은 내가 어떻게든 알아서 해 볼 테니 일단 피해. 그리고 내가 내려가면 바로 엘리베이터도 차단하고 방화용 격벽들도 전부 내릴 수 있게 준비하고 있어. 알았지?"

그렇게 외치고는 대답도 듣기 전에 빌은 서랍에서 자동 권총 두 자루를 꺼내 허리춤에 대충 찔러 넣고는 금고를 열었다. 금고 안에는 큼지막한 가방 하나와 돈다발, 서류 뭉치가 잔뜩 들어 있었다. 빌은 떨리는 손으로 급히 돈과 서류 뭉치를 닥치는 대로 쑤셔 넣은 다음 가방을 둘러매고 엘리베이터 쪽으로 향했다.

로비로 나온 더글러스는 초조하게 엘리베이터 버튼을 연속으로 눌렀다. 엘리베이터들은 이미 다른 층에서 여러 번 눌렀는지 제대로 작동되지 않았다.

"제기랄, 제기랄. 빨리 좀 내려와!"

더글러스가 초조하게 외치며 엘리베이터 문 위쪽에 있는 층수 표시판을 보았다. 엘리베이터 하나는 이미 일 층을 통과해서 지하로 내려가고 있었고 또 하나의 엘리베이터는 계속 위로 올라가고 있었다. 올라가던 엘리베이터가 십이 층에 멈추는 것을 본 더글러스가 급히 말했다.

"이거 같소. 아마 여기 빌이 탈 것 같소."

"그런가요?"

승희가 눈을 감고 관자놀이에 손가락을 얹으며 말했다.

"가만 보자……. 그래, 빌 맞는 것 같은데. 어? 그런데……."

승희가 말끝을 흐리자 현암이 돌아보았다. 승희는 고개를 갸웃했다.

"아, 생각도 참 번잡한 사람일세. 뭔가 꾸미고 있는 것 같긴 한데. 어? 잠깐."

승희가 주춤하자 현암이 약간 눈을 치떴다. 그리고 동시에 이반 교수도 약간 굳은 얼굴이 돼 승희 쪽을 쳐다보았다. 승희의 표정이 심상치 않아 보였기 때문이었다.

"아이린이 우릴 막을 거라 생각하는데?"

더글러스가 급히 말했다.

"빌이 아이린의 유령까지 풀어놓을 모양이군. 당신들은 상대할 수 있잖소?"

"현암 군이나 나나 그쪽에는 조금 취약하지만……. 걱정 말아요. 이런 정도야, 뭐. 어떻게든 되겠죠."

"어떻게든 되다니? 나는 그 빌어먹을 것과 또 마주치고 싶지 않단 말이오!"

"우릴 이리로 데리고 온 건 당신이란 사실을 잊지 말아요."

그사이 십이 층에 있었던 엘리베이터가 아래로 내려가기 시작했다. 더글러스는 흠칫 놀라며 엘리베이터 개폐 스위치 쪽을 보았다. 아까 분명히 스위치를 눌렀음에도 스위치의 등이 다 꺼져 있었다. 혹시나 싶어 몇 번 더 두들겨 눌러 보았지만 여전히 등이 켜지지 않았다.

"이게 어떻게 된 거지?"

더글러스가 당황하자 이반 교수가 말했다.

"뭐, 비상 장치 같은 게 있는 모양이오."

"제길! 엘리베이터가 안 서면 밑으로 내려갈 방법이 없을 것 같은데! 아무래도 지원을 요청해야……."

승희가 말했다.

"악령까지 풀어놓았다는데 일반 경찰을 들일 거예요? 별로 좋은 생각 같지는 않은데요?"

"그러면 어떻게 할 거요?"

말하는 사이에도 엘리베이터는 계속 아래로 내려가 마침내 이들이 있는 일 층의 숫자가 빛났다. 현암은 처음에는 엘리베이터를 부숴 버릴까도 생각했지만 작동되는 엘리베이터를 부수는 건 너무 위험했다. 더글러스는 스위치를 두들기듯 계속 눌렀으나 허망하게도 엘리베이터는 일 층을 그대로 통과해 지하로 향했다. 그와 동시에 화재경보기라도 작동됐는지 여기저기의 통로에서 셔터가 내려오는 것이 보였다. 통로가 셔터로 막히는 것을 보고는 더글러스는 당황한 기색이었으나 현암은 조금도 긴장하지 않고 담담한 얼굴로 한쪽을 향해 빠르게 걸어갔다. 더글러스가 보니 그곳은 비상계단이었다. 혹시나 싶어 더글러스는 빌이 타고 있던 엘리베이터가 도착한 층수를 확인했다.

"지하 육 층. 깊군!"

확인한 다음에 더글러스는 현암의 뒤를 따라 비상계단 쪽으로 향했다. 물론 승희와 이반 교수도 그 뒤를 따랐다.

비상계단을 통해 현암이 한 층을 내려가려 했지만 그곳도 이미 화재용 셔터가 내려와서 길이 막힌 상태였다. 그걸 보고선 이반 교수는 투덜거렸다.

"계단까지 막다니, 이러다 불이라도 나면 다 죽겠다는 건가?"

더글러스가 말했다.

"화재보다는 경찰 추적을 막으려고 달아 놓은 것 같소만?"

현암은 왼 손목에서 월향검을 빼 들더니 마치 종이라도 뚫듯 셔터에 월향검을 박아 넣었다. 그리고 크게 한 번 휘두르자 쇠로 만든 셔터는 별다른 소리도 내지 않고 크고 동그랗게 잘려져 갔다. 마침내 사람 몇 명이 들어갈 만큼 크게 구멍이 뚫리자 남은 셔터의 부분은 철컹 소리와 함께 반대쪽으로 떨어져 내렸다.

하지만 셔터 너머로 내려다보이는 아래쪽 계단도 또 다른 셔터로 막혀 있었다. 계속 뚫으며 내려갈 수도 있을 테지만 시간이 너무 걸릴 것 같았다. 현암은 몸을 돌려 계단에서 나와 일 층, 아까 빌이 타고 내려간 엘리베이터로 향했다. 더글러스와 다른 사람들은 아무 말도 하지 않고 현암의 뒤만 따라갔다. 현암은 엘리베이터의 닫혀 있는 문을 강제로 밀어 열었다. 그러나 엘리베이터는 아래층에 내려가 있었기에 컴컴한 빈 통로에 두꺼운 강철 와이어가 늘어져 있는 것밖에는 보이지 않았다. 현암은 망설임 없이 엘리베이터 통로 아래로 몸을 날렸다.

"헉! 저거?"

더글러스는 놀라서 앞으로 달려 나가 통로 안쪽을 내려다보았다. 현암은 오른손으로 엘리베이터의 굵은 강철 와이어를 잡은 채 아래층으로 활강하듯 내려가고 있었다. 손에 장갑이나 다른 장비를 착용한 것도 아닌데 강철 와이어와 손이 마찰하며 불꽃이 튀고 금속성의 끼이익 하는 마찰음이 통로에 울려 퍼졌다.

"저러면 손 다치지 않을지?"

더글러스가 묻자 승희가 살짝 웃었다.

"현암 군의 오른손은 끄떡없어요. 세상에서 제일 단단할걸요?"

"아무래도 사이보그 같소."

"순수 자연산이라고요."

현암은 그사이 무사히 엘리베이터의 와이어를 잡고 내려갔다.

그리고 천장을 월향검으로 가볍게 도려내고는 엘리베이터 안으로 뛰어들었다. 조금 지나자 엘리베이터가 위층으로 작동하며 와이어가 끌어 올려지는 모습이 보였다. 현암이 안에서 비상 스위치를 꺼서 엘리베이터를 다시 올라가게 만든 것이다. 더글러스는 뒤로 한 발짝 물러서서 현암이 억지로 열어 놓은 엘리베이터 문을 닫고 스위치를 누른 후 기다렸다.

지하 육 층은 건물의 맨 아래층이었고 지하 주차장보다 더 아래쪽에 있는 비밀 창고 격인 장소였다. 엘리베이터실로부터는 긴 복도와 몇 개의 문으로 단단히 차단돼 있었다. 지금 그 안엔 비명과 총소리가 난무했다. 총을 쏘는 것도, 비명을 지르는 것도 모두 빌의 부하들이었다.

비명과 공포가 가득한 외침들이 컴컴한 지하층 복도에 울려 퍼졌다.

"저…… 저게 뭐야? 가까이 오지 마!"

빌의 부하들은 모두 겁에 질려 있었다. 공포에 질린 채 마구 총을 난사하고 더러는 울음을 터뜨리기까지 했다. 그도 그럴 만했다. 그들의 앞에는 아이린의 모습이 있었기 때문이다. 피 칠갑이 된 금발 머리를 늘어뜨리고 총알구멍이 뚫린 이마와 희게 뒤집어진 눈망울을 한 그녀의 모습이. 피인지 매니큐어인지 모를 붉은 것이 흐르는 섬뜩한 열 개의 긴 손톱을 고슴도치처럼 곤두세운 그녀의 모습이 허공에 둥둥 떠서 사방을 휘저었다.

빌은 아이린에 대한 것은 모조리 비밀로 해 두었기 때문에 빌의 부하들도 아이린의 유령을 보는 것은 처음이었다. 당연히 놀라지 않을 수 없었다. 더구나 아이린은 손톱을 휘둘러 댔고 손톱은 벽과 천장에 깊은 자국을 새겼다. 날카로운 손톱에 놀라고 아이린의 모습에 경악한 갱들은 너나 할 것 없이 비명을 지르다가 총을 쏘아 댔다. 좁은 복도에서 사방으로 총을 쏘아 대자 반대편에 있던 다른 자들에게도 총알이 명중했고 콘크리트 벽에 총알이 튀며 또 다른 피해를 낳기도 했다. 아이린은 가만히 서 있는 것이 아니라 빌의 부하들 사이를 누비며 떠다녔기 때문에 피해는 더 급속도로 심해졌다.

아주 두꺼운 문 하나를 사이에 두고 숨어 있던 빌조차 바깥에서 울려오는 비명과 총소리가 석연치 않았다. 문을 조금 열고 조심스레 내다보니 그곳엔 아이린이 있었다. 빌은 경악했다. 여태까지 말을 잘 듣던 아이린이 왜 목표를 상대하지 않고 따라왔는지, 왜 부하들에게 흉포한 모습을 드러내는지 빌은 알 수 없었다.

"아이린, 뭐야! 왜 놈들을 없애지 않고……!"

그러다가 튕긴 탄환 하나가 귓가로 핑 소리를 내며 스쳐 지나가자 빌은 찔끔했다. 조금 더 몸을 숨기고 빌은 필사적으로 외쳤다.

"아이린, 그만! 모두 그만, 사격 중지! 쏘지 마!"

유령인 아이린이 총알에 맞을 일은 없다. 허나 빌에게는 흔하게 구할 수 있는 갱보다는 세상에 다시없는 존재인 아이린 쪽이 소중했다. 빌은 부하들이 아이린을 화나게 한 것은 아닐까 생각했다.

총질을 해 댔다면 아이린이 기분이 나쁠 것도 같았다. 또는 아이린이 다른 마음을 먹었을지도…….

'그럴 리 없어!'

빌은 주머니에 손을 넣어서 아이린의 브로치를 꺼내 떨리는 손으로 꽉 쥐었다. 그리고 급히 브로치를 문지르며 외쳤다.

"아이린, 그만 둬! 너희도 사격 중지!!"

허나 그사이에 열 명이 넘게 배치된 빌의 부하 중 다섯 명이 마구 돌아다니는 총알에 맞아 죽었고 몇몇은 부상을 입었다. 그중 커다란 기관총을 들고 있던 녀석은 아직도 아이린을 향해 기관총을 갈겨 대고 있다. 빌은 상황을 타개하려고 바지춤에 꽂아 넣었던 권총을 꺼내 천장을 향해 두어 번 발사했다. 그러면서도 왼손으로는 아이린의 브로치를 쓰다듬었다. 그러나 아이린은 여전히 화난 듯, 분노한 표정을 드러내며 이번에는 기관총을 쏴 대는 녀석에게 다가갔다.

"으악! 오지 마! 오지 마!"

그 녀석은 빌이 사격 중지를 외치며 권총을 쏘는 것도 듣지 못했는지 계속 아이린을 향해 총을 갈겨 댔다. 그때 아이린의 모습이 변했다. 정확히 말하면 변했다기 보다는 풍선이 부풀어 오르듯 갑자기 아이린의 얼굴 부분이 부풀어 올랐다. 아이린의 몸 전체가 거대해진 것인지 그것까지는 알 길이 없다. 건물 바닥 아래쪽을 뚫고 지나가면서 얼굴만이 복도에 가득차서 사람보다 더 큰 크기로 순식간에 확대됐으니까.

크게 확대된 아이린의 얼굴은 익히 그녀를 알고 있는 빌조차도 저절로 뒷걸음질을 칠 만큼 끔찍했다. 그런 아이린이 새빨간 입술을 크게 벌렸다. 사람을 한입에 삼켜 버릴 만큼이나 큰 입, 한 때는 아름다운 입술이었지만 저렇게 커진 아이린의 입술은 더 이상 아름답지 않았다.

"으아악!"

중기관총을 든 녀석이 아이린의 얼굴을 향해 방아쇠를 있는 대로 당겨 연사로 탄환을 퍼부었다. 어떨 때는 눈을 향해, 어떨 때는 코와 입을 향해. 그럼에도 아이린의 얼굴에 총알은 한 발도 명중되지 않았다. 오히려 뒤쪽의 부하들이 속절없이 죽어 나갔다. 아이린은 물론 유령이니 완벽히 실체를 가진 것이 아니다. 반투명하고 뒤가 어느 정도 비춰 보이기는 한다. 그렇지만 끔찍한 유령의 얼굴이 코앞에서 갑자기 크게 부풀어 오르면 누구라도 제정신일 수 없다. 뒤쪽에 사람이 있다는 생각을 까맣게 잊을 정도로. 결국 기관총을 든 자 앞에서 아이린은 총알을 퍼붓도록 유도한 것이다. 기관총의 난사에 직접 맞기도 했지만 좁은 복도에서 튕긴 탄환들이 참극을 빚었다. 결국 지하실 내에 있던 빌의 부하는 그 한 녀석을 빼고는 모두가 죽었다. 그 녀석조차 튕긴 탄환에 여기저기 스치고 뚫려 피투성이가 됐지만, 여전히 총을 쏴 댔다. 빌조차 그것을 막지 못했다. 기관총에서 철컥 소리가 나자 그 녀석은 비명을 울리며 빌 쪽으로 도망쳐 오려고 했다. 분노한 빌은 외쳤다.

"이 망할 자식! 무슨 짓을 한 거야!"

빌은 거침없이 그 녀석의 이마를 권총으로 쏴 버렸다. 거대한 아이린의 얼굴은 이제 빌을 향해 있다. 빌은 권총을 거두며 외쳤다.

"아이린! 그만해! 이제 화내지 마!"

다음 순간 빌은 뭔가 잘못됐다는 것을 깨달았다. 지금 그녀의 표정은 분노가 아니었다. 만족한다는 듯한 흡족한 미소. 아이린의 커다란 붉은 입술이 피에 젖은 듯한 미소를 지었다. 그리고 서서히 빌을 향해 다가왔다.

"아…… 아이린! 나야! 왜……."

그때 아이린의 입술이 움직였다. 그리고 그녀의 목소리가 들려왔다.

지옥에 갈 준비는 됐어, 달링?

빌의 등에 소름이 쭉 끼쳤다. 아이린은 아무 생각 없는 꼭두각시라 생각했었다. 그리고 지금도 무심코 화가 나서 움직인 거라 생각했었다. 허나 아이린은 결코 아무 생각 없이 움직인 것이 아니다. 그리고 그녀는 이제 빌을 노리고 있었다.

더글러스와 승희, 이반 교수가 현암이 작동시킨 엘리베이터를 타고 내려올 때까지 현암은 엘리베이터 출구 앞에서 움직이지 않고 있었다. 상당히 어둡고 좁은 복도인 데다가 반대편에서 총성이 끊이지 않았기 때문이다. 아무리 현암이라도 이런 좁은 곳에서 갑자기 총알이 날아오면 방어할 방법이 없다. 어느덧 크게 울리던 기관총 총성도 사그라졌고 곧이어 탕 하는 권총 소리가 들려왔다.

현암도 어둠 속을 뚫어 볼 재주는 없다. 반사적으로 살짝 벽에 몸을 붙였으나 이쪽을 향해서 총알이 날아온 것은 아니었다.

그때 다른 사람들이 탄 엘리베이터가 내려왔다. 승희는 엘리베이터를 나서자마자 눈을 감고 지하실 복도 건너편에 무엇이 있는지 투시해 보더니 인상을 썼다.

"유령!"

더글러스는 승희에게 물었다.

"유령이 어쨌다는 거요? 그러면 아이린?"

"맞아요."

"아이린 유령이 저 앞에 있단 말이오? 그러면 총성은?"

"그건…… 유령에게 총질한 것 같아요."

"음? 왜 우리에게 오지 않았지?"

"몰라요!"

"아이린은 여태까지 빌을 도와주어서 살인하게 해 주었잖소. 그런데 왜 갑자기……."

"몰라요! 남은 사람은 빌 정도인데……. 그는 지금 굉장히 겁을 먹어 혼란스러운 상태라……."

"빌밖에 안 남았다고? 총성으로 봐선 숫자가 많은 것 같던데?"

더글러스가 묻자 승희는 안색을 흐렸다.

"다 죽은 것 같아요."

"그럼 아이린의 유령이?"

"몰라요! 아이린의 사념이 강력해요! 마음을 뚫고 투시할 수가 없어요."

그러자 현암이 뚜벅뚜벅 앞으로 나섰다.

"어쩌려는 거요?"

더글러스가 묻자 현암은 계속 전진하며 짧게 답했다.

"악령이 사람을 더 죽이게 놔둘 순 없잖습니까?"

더글러스도 잠시 고민했다. 어차피 악당들이니 죽든 말든 그대로 두는 게 편할 거란 생각도 들었다. 하지만 이들은 절대 그렇게 놔두지 않을 것이며, 사실 경찰이라는 자신의 위치를 생각하면 자신도 그러지 않는 편이 맞다.

"조심하시오. 뒤 따르겠소."

현암은 대답 대신 오른손에 들고 있던 월향검을 살짝 올려 보였다. 그 뒤를 더글러스와 이반 교수가 따랐고 승희는 맨 뒤를 따라왔다. 길을 가는 동안 간헐적으로 총소리가 들려왔는데, 그 소리를 식별한 더글러스가 말했다.

"권총이고, 한 사람이 쏘는 것 같소. 아마 빌이겠지."

현암은 대답이 없었지만 그의 걸음은 빨라졌다. 뒤에서 승희가 말했다.

"다 죽고 빌 하나 남은 것 같은데……."

그때 닫힌 문 하나를 연 현암의 몸이 잠시 멈칫했다. 뒤따라 들어선 더글러스와 이반 교수도 안색을 굳혔다. 방 안은 피바다였고 많은 갱들의 시체가 널려 있었다. 갱들의 시체는 비참했지만 더글러스는 몇 몇 시체를 돌아보며 말했다.

"이상한 걸? 유령이 죽인 게 아니라 총탄에 벌집이 된 것 같은데…….."

이반 교수는 천장과 벽에 깊게 난 날카로운 자국을 보며 말했다.

"저건 총탄이 아니군?"

더글러스는 그 자국들을 보고 몸서리를 쳤다.

"저건 악령의 손톱자국이오. 한데…… 한데……."

더글러스는 헝클어진 머리를 한 번 쓸어올리며 중얼거렸다.

"저기 베인 시체는 없는 것 같은데……. 대체 무슨 짓을 한 거지?"

그때까지도 또 다른, 복도 건너편의 두꺼운 문에서는 총성이 간헐적으로 이어지고 있었다. 한데 빠른 걸음걸이로 복도 끝에 먼저 도달한 현암은 더 나아가지 못하고 잠깐 걸음을 멈추었다.

그의 앞에는 이상한 뿌옇고 누리끼리한 금빛의 막 같은 것이 커튼처럼 출입구를 막고 있었기 때문이다. 조명도 아니고 실체도 불분명했다. 정체가 무엇인지는 몰라도 몹시 불길한 느낌을 주었기에 현암도 걸음을 멈추었고 이반 교수와 승희 그리고 더글러스도 걸음을 멈추었다. 승희가 잠시 눈을 감고 투시하더니 현암에게 고개를 설레설레 저어 보였다. 현암은 안타까운 표정으로 연신 승희의 얼굴과 두꺼운 문을 번갈아 돌아보았는데 안에서 벌어질지 모를 끔찍한 상황이 퍽 마음에 걸리는 모양이었다.

더글러스는 샷건의 안전장치를 푼 것을 확인하고는 앞으로 나섰다. 변변한 활약 한 번도 하지 못했기 때문에 이번에야말로 앞장서야 한다 생각했다. 눈앞에 펼쳐진 금색의 막 같은 것이 무엇인지는 생각도 해 보지 않았다. 다만 그냥 뿌연 조명의 잔상이나 별것 아닌 것으로 생각했다. 그렇게 판단한 더글러스가 거침없이 걸어서 문 쪽으로 성큼 다가서자 현암이 놀라 급히 더글러스의 옷깃을 잡아 뒤로 당겼다. 그 찰나 더글러스는 눈을 크게 떴다. 그의 몸 일부가 금색의 막에 닿은 순간 잘 발동되지 않았던 사이코메트리 능력이 우연히 발동했기 때문이다.

"이…… 이건."

더글러스는 입을 딱 벌리며 제풀에 놀라 뒤로 후드득 뒷걸음질을 치다가 엉덩방아를 찧고 넘어져 버렸다. 순식간에 등이 젖고 이마에도 식은땀이 송골송골 솟아났으며 입이 딱 벌어지고 있었다.

"이게…… 아이린?"

희끄무레한 형체였기 때문에 자세히 알아보지는 못했지만 그것은 바로 거대하게 변해 버린 아이린의 뒤통수 머리칼 부분이었다. 반투명한 형체로 방보다 크게 변해 있기 때문에 뒤통수의 머리카락 일부만이 출입구 쪽으로 나와 있었다. 그것만 보고는 아무도 그 정체를 짐작하지 못했던 것이다.

비록 영감이 특별히 발달하지는 않았더라도 그것이 뭔가 불길한 것임을 그간의 경험을 통해 느낄 수 있었던 현암은 걸음을 멈추었다. 그렇지만 그런 감이 전혀 없는 더글러스는 하마터면 유령의 몸속으로 뛰어들 뻔한 것이다. 그 순간에 발동된 사이코메트리 능력 덕분에 더글러스는 아이린의 속마음을 읽어 낼 수 있었다. 아이린이 무엇을 바라는지까지도……. 원래 사이코메트리 능력은 상황을 보여 주는 것이었지만 몸에 직접 접촉했기 때문에 더글러스는 아이린의 속마음까지 눈치챌 수 있었다.

그 말을 듣자마자 현암은 월향검을 꺼내 오른손에 쥐고 공력을 끌어올렸지만 다음 순간 아이린의 뒷머리는 문 안으로 빨려들 듯이 사라졌다. 앞으로 전진했는지 혹은 다시 작아진 것인지는 알 수 없었다. 현암이 문 앞으로 한 발짝 다가서는데 또다시 안쪽에서 총성이 들려왔다. 그리고 안에서 아주 희미하게 빌이 울부짖는 소리가 들렸다.

"아이린! 이 빌어먹을 년. 배신하는 거냐? 내가 널 겁낼 줄 알아? 또 죽여 주겠어! 와 봐! 와 보라고!"

현암이 안으로 뛰어 들려 하자 더글러스가 제지하며 말했다.

"빌이 총질하고 있으니 위험하오. 잠시 총알이 떨어지길 기다리시오!"

"그러다 빌이 죽으면······."

현암이 말했지만 더글러스는 고개를 저었다.

"아이린은 빌을 안 죽이니까 기다리시오!"

그 말을 듣고 뒤에 있던 승희가 따라와 말했다.

"그게 무슨 소리죠? 아이린이 저 사람들을 전부······."

더글러스는 이를 악물었다.

"죽게 만들었지. 허나 아이린은 우리 생각보다 훨씬 교활하오. 자기 손에 피를 묻히지 않고 복수를 하는 거요!"

"피를 안 묻힌다고?"

이반 교수가 묻자 더글러스는 말했다.

"겁을 주어서 서로 총을 난사하게 만든 거요. 당신들 추측이 맞았소. 아이린은 결코 생각 없이 조종당한 게 아니었소. 오히려 더 치밀하고 사악하게 일을 꾸민 거요."

"하지만 그렇다면 왜 빌을 도와 살인을 부추겼죠?"

더글러스는 한숨을 쉬었다.

"그건……"

그때 문 옆에서 벽에 살짝 등을 대고 안의 소리를 집중하던 현암의 귀에 탄창이 비었는지 희미하게 찰칵하는 빈 공이 소리가 들려왔다. 더불어 빌의 "제기랄!" 하는 비명 같은 외침도 들렸다. 현암은 그 순간 더글러스의 말을 기다리지 않고 문을 박차며 안으로 들어섰다.

죽었다고 지옥을 아는가

현암이 문을 박차고 안으로 들어왔을 때 빌은 막 총알이 다 떨어진 권총을 눈앞에 둥둥 떠 있는 아이린을 향해 내던지며 외치는 중이었다.

"아이린! 도대체 왜 이러는 거야! 날 죽이겠다고?"

아이린은 피에 젖은 얼굴로 씨익 미소를 지으면서 가볍게 고개를 저었다. 다시 보통 크기로 돌아온 그녀가 머리를 젓자 피에 젖은 금발 머리도 가볍게 찰랑거렸다.

그 광경을 본 현암은 공력을 집중하기 시작했다. 현암에게 영적인 능력은 거의 없다. 그러나 그간 수많은 악령을 상대한 경험으로 볼 때 아이린이 발산하는 영력은 심상치 않았다. 일반적인 악령보다 훨씬 또렷하고 훨씬 명확한 생각과 의도를 가지고 있었으며 상당히 강력한 물리력까지 행사할 수 있었다. 더군다나 몸을 크게 부풀리거나 작게 만드는 등의 흔하게 보기 어려운 능력까지도 구사할 정도로 영력이 강하다. 그런데 왜 아무 생각 없는 것처럼 행동하며 자신을 죽인 사람인 빌의 말을 들었을까? 또 왜 이제 와서 복수하려는 걸까? 현암은 생각하며 기공력을 잔뜩 담아 여차하면 월향을 날릴 생각을 했다. 그 순간 빌이 소리쳤다.

"넌…… 넌 또 뭐야? 날…… 날 좀 구해 줘! 저 빌어먹을 유령을 어떻게든 해치워 주면……."

그때 아이린이 천천히 웃으며 현암을 돌아보았다. 현암은 영어로 외쳤다.

"멈춰, 아이린!"

아이린은 다시 씨익 기분 좋다는 듯 웃었다. 그 섬뜩한 미소와 함께 아이린의 목소리가 사방에 울려 퍼졌다.

죽여…….

그러면서 핏빛 손톱이 곤두선 손을 들어 빌을 가리켜 보였다. 빌은 비명을 지르며 벽에 기댄 채 바닥에 주저앉았다. 현암은 아이린을 노려보며 외쳤다.

"빌을 죽이라고?"

그래…….

"도대체 왜? 뭘 바라는 거지?"

그때 현암의 뒤를 따라온 더글러스가 급히 문 쪽으로 들어오려다 아이린의 모습을 보고 기겁하며 문 뒤에 숨었다. 그리고 더글러스는 문 뒤에 숨은 상태로 떨면서 현암에게 외쳤다.

"아이린은, 아이린은 복수를 바라는 거요! 다만 자기 손에 피를 묻히지 않고!"

빌은 이제는 완전히 겁에 질려 벽 모퉁이에 몰린 채 덜덜 떨면서 그 자리에 주저앉아 있었고 아이린은 그 앞에서 즐기듯이 둥둥 떠 있을 뿐 이쪽을 향해서는 눈도 돌리지 않았다. 문 뒤에서 승희도 현암에게 말했다.

"아무리 그래도 저 사람 살려야 되지 않아?"

빌은 눈물까지 흘리면서 비굴하게 구걸했다.

"제발! 제발 날 죽이지 마! 구해 줘! 구해 주면 돈은 얼마든지……."

뒤에서 이반 교수가 말했다.

"굳이 그럴 가치는 없는 것 같은데……."

현암은 빌과 아이린을 번갈아 바라보다가 더 이상 시간을 끌기 싫다는 듯 승희를 향해서 손을 내밀었다.

"승희야, 그거 줘 봐."

"그거?"

"눈."

승희는 곧 현암이 말하는 것이 자기가 한쪽을 갖고 있는 세크메트의 눈이라는 걸 깨달았다. 급히 세크메트의 눈 한쪽을 꺼낸 다음 문 너머로 손을 내밀어 현암의 손에 쥐어 주었다. 승희도 아이린의 유령 앞에 직접 나설 마음은 없었다. 두 조각의 세크메트의 눈을 다 가진 현암은 조심스레 빌과 아이린 사이로 들어갔다. 현암이 다가오자 빌은 계속 비굴하게 소리를 지르며 방 한쪽 구석에 달라붙었다. 반면 아이린의 악령은 별로 신경 쓰지 않고 묘하게 음산한 얼굴로 현암을 바라볼 뿐이었다.

현암은 잠시 주저하다가 월향검을 왼팔에 도로 꽂고 왼손과 오른손에 각각 세크메트의 눈을 꽉 쥐었다. 그리고 자신의 왼손을 아이린의 몸 쪽으로 내밀어 아이린의 몸속에 세크메트의 눈이 들어가게 만들었다. 그 순간 현암의 마음속에 아이린의 마음이 그대로 흘러들어 왔다. 다만 아이린의 몸속으로 손을 집어넣었기 때문에 직접 세크메트의 눈을 들고 있는 것처럼 마음이 열리진 않았다. 그래도 몹시 혼란스럽고 음울한 마음 상태가 느껴졌고 마음속으로 대화는 나눌 수 있을 것 같았다.

현암은 마음속으로 물었다.

아이린, 뭘 바라지?

아이린은 몹시 신기하다는 듯 현암 쪽을 돌아보며 역시 마음으로 말했다.

복수······.

빌의 손에 죽어서? 하지만 그렇다면 왜 여태까지 빌의 명령을 들었지?

그러자 아이린은 갑자기 깔깔 웃는 표정을 취했다. 물론 영혼의 상태였기 때문에 소리를 내지는 않았지만 현암의 마음속으로 그녀의 깔깔대는 웃음소리가 가시처럼 후비고 들어왔다.

진정한 복수를 원하니까…….

빌의 말을 듣는 게 왜 진정한 복수가 되지? 왜 사람들을 놀라게 한 거야?

아니, 난 다만 빌이 죽이기 쉽도록 해 주었을 뿐이지.

그렇다면 빌을 도운 것 아냐? 어째서?

완벽한…… 복수를…… 위해서!

완벽한 복수? 사람들을 수도 없이 죽게 만들었으면서?

순간 악령 상태의 아이린의 얼굴이 흉하게 일그러지며 입이 귀밑까지 벌어질 정도로 길게 찢어져 벌어졌다. 그리고 날카롭고 음습한 이빨이 돋아나 번뜩이는 것이 현암과 모든 사람에게 똑똑히 보였다. 아이린의 혓바닥이 마치 뱀처럼 꿈틀거리며 입술 밖으로 삐져나왔다. 그러면서 아이린은 외쳤다.

바로 그거야. 빌은 죄를 더 지어야 해. 더 죽이고 더 죽여서 죄를 쌓아 올려야 해! 그리고 지옥 밑바닥에서 영원히 고통받아야 해. 내가 바란 건 바로 그거였어!

그 말을 듣고 현암은 이를 꽉 악물었다. 비로소 아이린이 왜 그동안 빌의 사주를 순순히 받아들여 수많은 사람을 죽이는 데 협력했는지 알 수 있었다. 빌이 하는 행동은 분명 좋은 행동이 아니다. 갱을 거느리고 악행을 일삼는 빌은 한마디로 오래 살아 있을수록 죄를 더 짓는 셈이다. 더군다나 아이린은 빌이 점찍은 상대들을 빌의 앞쪽까지 몰고 가서 그가 직접 죽이게 만듦으로써 빌이 살인죄를 계속해서 짓고 그것을 탐닉하게까지 만들었다. 현암은 아이린에게 다시 말했다.

그래서 지옥에 떨어뜨린다고?

그래, 바로 그거야. 내가 얼마나 많이 고민을 했는데! 내 원통한 죽음을 갚으려면 그냥 목숨을 끊는 것만으론 안 되지. 저놈은 완전히 지옥 밑바닥에 짓눌려야 돼. 언제까지나! 언제까지나! 영원히!

그렇게 말하는 아이린의 얼굴은 점점 더 흉측하고 일그러져서 악의에 가득 찬 끔찍한 몰골로 변해 가는 것을 현암은 똑똑히 보았다. 마음속이 그대로 표출되는 것일까? 현암은 분노한 나머지 몸속에서 공력을 끌어올리며 속으로 외쳤다.

그러면 너는? 너는 멀쩡할 것 같아?

현암의 분노와 기세가 느껴졌는지 아이린은 급히 변명이라도 하듯 마음을 전해 왔다.

난 아무도 죽이지 않았어. 난 빌의 손에 억울하게 죽었을 뿐이야. 내가 직접 손을 써서 죽일 수도 있었지만 나는 그렇게 바보가 아니야.

바보가 아니라고? 바보는 바로 너야!

아니야! 난 죄를 짓지 않았어! 손에 피를 묻히지 않았어!

그런 얄팍한 변명이 통할 거라 생각해?

내가 사주하지 않았어. 내가 목표를 점찍지 않았어. 다만 빌이 원하는 대로 놔뒀을 뿐이야!

네가 부추겼어!

아이린은 추하고 비굴하게 재잘댔다.

내가 손을 쓰지 않았더라도 빌은 자기가 원하는 모두를 죽였을 거야. 암살을 하건 갱을 고용하건. 하지만 빌은 직접 손에 피를 묻혔어. 직접 총을 쏴서 많은 사람을 죽였고. 이제 빌은 벗어날 수 없어. 영원히. 언제까지나 벗어날 수 없어. 자, 뭐 하고 있는 거야? 이제 네 손으로 빌을 죽여. 저런 악당을 그냥 살려 둘 순 없잖아?

너도 똑같아.

웃기지마! 나는 아무 잘못도 저지르지 않았어!

아무 잘못도 없다고? 정말?

현암이 무서운 눈매로 노려보자 아이린은 유령의 몸임에도 눈에 보일 정도로 떨기 시작했다.

아, 아냐, 난 아냐. 그, 그렇다고 해도 지옥에 떨어지진 않을 거야. 그것만은, 그것만은······.

네가 갈 곳도 지옥이다.

현암은 강하게 마음을 전달했다. 현암은 영적인 힘은 없었지만 그의 의지가 세크메트의 눈을 통해 반영됐는지 아이린은 순간 전기 충격이라도 받은 것처럼 크게 모습이 헝클어지며 형체가 희미해지기 시작했다.

뭐라고? 말도 안 돼. 거짓말하지 마.

현암은 다시 말했다.

지옥에 떨어지는 건 너도 똑같다고 말했다. 만약 지옥이란 게 있다면.

그럴 리 없어! 내가 왜? 나는 억울하게…….

너도 똑같은 죄를 범한 데다, 바보이기까지 해!

아냐! 아냐! 지옥은 빌 같은 살인자들이나 가는 곳이야!

현암은 탄식했다.

죽었다고 지옥을 아는 건 아냐. 가 보지도 못한 주제에 함부로 떠들지 마. 네 어리석음은 인간일 때와 똑같아. 네가 비록 죽었다곤 하지만 영혼의 순환을 거치지도 않고 지상에 남아 죄를 지었어. 더구나 죽은 자 주제에 사람들을 죽게 만드는 죄까지 더했어. 딱하군…….

하지만 지옥은 『성경』에도…….

훗……. 『성경』? 『성경』에도 지옥에 대해 직접 언급한 적은 없어. 비유만 있을 뿐이지. 확인해 본 적 있는 거야? 그냥 바보 같은 소문만 들은 것 아냐?

그…… 그럴 리가! 그러면 넌 지옥을 알아?

현암은 강하게 말했다.

진짜 지옥이 어떤지는 나도 모른다. 하지만 이것만은 분명히 말할 수 있어. 세상의 섭리는 보이지도 느껴지지도 않으며, 네 생각과도 다를 수 있고, 내 생각과도 다를 수 있지. 그래도 분명히 너 같은 바보의 얄팍한 속임수로 피할 수 있을 만큼 만만하지 않아. 분명히 말한다. 지옥에 가 보지도 못한 주제에 죽었다고 지옥을 아는 것처럼 착각하지 마. 너 같은 가련한 영혼들을 나는 이미 수없이 봐 왔어, 그리고 죄지은 영혼의 끝도.

아, 아니야. 죽은 나에게 무슨 죄를…….

현암은 또렷하게 말했다.

단언한다. 너는 분명히 지옥행이야. 그것도 밑바닥일 거야! 거기서 빌이

올 때까지 기다리기나 해.

아니야, 그건 안 돼! 절대 안 돼!

아이린의 영혼이 비명과 함께 크게 회오리치면서 공기 속으로 산산이 부서져 나가기 시작했다. 마음속의 충격을 이기지 못해 원동력이 돼 왔던 복수심, 증오심, 모든 것들이 헝클어지고 흐트러져 가는 것 같았다. 공력을 사용할 필요도 없었다. 현암은 한숨을 쉬며 세크메트의 눈을 손에 쥔 채 아이린의 몸속에 뻗어 있던 왼손을 거두어들였다. 그러면서 혼자 조용히 생각했다.

'바보 같은 여자……'

아이린의 몸은 소용돌이에 휘말린 것처럼 계속 허공을 맴돌았다. 들리지 않는 고통의 절규가 질풍처럼 사방에 휘몰아쳤다. 그러면서 아이린의 형체는 점차 옅어져 갔다. 비로소 뭔가를 깨닫고 섭리에 따라 저승으로 빨려드는 것인지, 이대로 산산이 부서져 없어지려는 것인지는 알 수 없었으나 어쨌든 아이린은 괴로워하고 있었다. 현암은 그 모습을 더 이상 견디기 힘들어서 세크메트의 눈을 거둔 것이다. 그러나 다음 순간 철컥하는 쇳소리가 들려왔다. 조금 전까지 건물 구석 모서리에 처박혀서 목숨을 구걸하던 빌이 벽장에 숨겨져 있던 탄창식 중기관총을 집어든 것이다. 아이린의 급격한 상태 변화에 모두가 신경을 쓰고 있던 터라 빌을 시야에 두지 않은 것이 실수였다.

"유령이든 뭐든 전부 죽일 거야!"

빌은 광기 어린 소리를 지르며 중기관총의 노리쇠를 철컥 당겼다. 아이린의 영과 여기에 쳐들어온 모두를 가리지 않고 죽이려는 것이다. 빌이 기관총의 총구를 옆으로 겨냥하자 이반 교수와 더글러스도 빌을 겨누려 했으나 이미 사격 자세를 취한 빌이 급히 소리쳤다.

"무기를 버려!"

두 사람은 총을 조준하지 못하고 덜컥 동작을 멈추었다. 그때 더글러스는 생각했다. 무기를 버린다고 저놈이 쏘지 않으리라는 법은 없다. 차라리 모험을 하더라도 쏘는 편이 나을 지도 모른다. 이반 교수는 총구를 내렸으나 더글러스는 숨을 고르느라 이를 악물었다.

그때 현암이 오른손에 쥐고 있던 세크메트의 눈을 허공에 던지며 만약의 사태에 대비해 공력을 잔뜩 불어 넣은 오른손으로 빌이 내민 중기관총의 총구를 잡았다. 현암의 손바닥이 총구를 덮는 순간 빌은 악을 쓰며 방아쇠를 당겼다.

"죽어!!!"

순간 중기관총 탄약에서 터져 나온 화약 폭발음과 함께 우당탕 하는 굉음이 지하실 내부를 가득 메웠다. 그리고 뒤로 튕겨 나간 빌의 몸뚱이가 피를 흘리며 땅바닥에 털썩 쓰러졌다. 강력한 중기관총의 총탄도 공력이 잔뜩 집중된 현암의 손바닥을 뚫지는 못했다. 그러자 총알들이 총신을 연속으로 메우다가 결국 총이 폭발해 버렸다. 터져 나간 파편은 자연스럽게 총구의 반대편에 있던 빌 쪽으로 날아갔고, 덕분에 빌은 온몸에 파편을 맞고 순식간에 피투성이가 된 것이다.

총의 반동 때문에 현암의 발은 지하실 바닥을 힘 있게 밟으며 약간 뒤로 밀려 있었지만 그의 팔은 여전히 굳건했다. 현암은 파열된 중기관총의 총구 부분을 꽉 쥐어 아주 찌그러뜨린 후 바닥에 내던졌다. 더글러스가 현암의 손바닥을 보자 동그란 자국과 함께 눌어붙은 구리제 탄두가 몇 개 후드득 떨어졌을 뿐 특별한 상처는 나지 않았다. 더글러스는 혼자 한숨을 쉬었다.

'역시 저 사람도 데우스 엑스 마키나군.'

승희가 반색하며 문 뒤에서 외쳤다.

"이 미련퉁이! 세상에 총을……! 손 괜찮아?"

현암은 대답 대신 고개를 살짝 끄덕여 보였다. 이반 교수는 혹시나 싶어 벨지움 컨바인으로 쓰러진 빌을 겨누고 다가갔다. 허나 빌은 고통스럽게 몸을 꿈틀거리며 신음할 뿐 영 일어날 것 같지는 않았다. 더글러스가 다가가 맥을 짚어 보며 말했다.

"당장 죽지는 않을 겁니다. 한데……."

그러면서 더글러스가 돌아보자 현암은 여전히 허공에서 고통스럽게 흩어져 가고 있는, 이제는 거의 알아보기도 어려울 정도로 투명해진 아이린의 모습을 보고 있었다. 그런 그녀를 보고 있는 현암의 눈빛에서는 분노인지, 혹은 연민인지 알 수 없는 복잡한 감정이 뒤엉켜 있었다.

현암이 공중으로 내던졌던 세크메트의 눈은 바닥에 떨어져 현암의 발치 쪽에 뒹굴고 있었다. 그것을 승희가 주워 들었다. 현암의 왼손에는 세크메트의 눈 한쪽이 들려 있었기 때문에 승희는 현암과 마음속으로 대화를 할 수 있었고, 더불어 아이린과 했던 대화의 내용도 순식간에 모두 이해할 수 있었다. 승희는 현암에게 마음속으로 말했다.

참, 사람이란 어리석지?

어리석은 사람만 어리석은 거지. 죽었으면서도 이런 짓을 하다니…….

그런데 현암 군은 정말 지옥이란 게 있다고 믿어?

글쎄, 난 모르겠어. 하지만 분명히 우리가 생각하는 대로는 아닐 거야. 그렇더라도 영혼이 존재하고 순환하는 이상 분명히 섭리는 있겠지. 그 섭리가 뭔지 우리는 아마도 영원히 알 수 없을 테지만. 죽었다고 지옥을 아는 건 아닌가 봐.

응……. 후우…….

그리고 너무 많이 죽었어.

현암 군의 책임은 아냐. 마음에 두지 마.

승희는 거기까지 이야기하고는 살짝 고개를 돌려 더글러스를 보았다. 이제 아이린의 영혼은 완전히 사라졌기 때문에 승희는 걱정하지 않았다. 그래도 더글러스는 아직도 미심쩍은 듯 승희에게 물었다.

"이로써 된 거요?"

"다 됐잖아요. 형사님. 빌은 좀 다치긴 했지만 당신이 잡아다가 감옥에 넣든지 알아서 하면 될 테고, 이 안에 총격전하고 죽은 사람들은 하아…… 그건 아마 형사님이 알아서 처리해 주시겠죠?

우리도 꽤 힘들었다고요."

"하지만 그 악령은……."

"염려 말아요. 다시 나타나진 않을 거예요."

승희가 말했지만 더글러스는 아직도 눈빛이 조금 흔들리는 것 같았다. 그래서 승희는 현암에게 들은 이야기를 하면서 살짝 윙크해 주었다.

"섭리란 게 있잖아요. 섭리. 비록 죽은 영혼이라도 분명 죗값은 치르게 돼 있거든요? 그러니 염려하지 않으셔도 될 거예요."

"그런 거요?"

더글러스가 말하자 이번에는 이반 교수가 큰 소리로 말했다.

"나도 그렇게 믿는다오. 자, 이제 그만 우리는 흔적 없이 사라져야 할 것 같은데? 형사님, 혼자 괜찮겠소?"

그러자 더글러스는 씩 웃어 보였다.

"이젠 내가 데우스 엑스 마키나가 될 차례인가? 뒤처리만이지만……."

1997년
12월 25일

『퇴마록(혼세편)』,
「홍수」이후

크리스마스다. 거리에는 캐럴이 사방에 울려 퍼지고 크리스마스트리와 산타클로스 복장의 모습도 넘쳐 나는 날이다. 그리고 그보다도 더 넘쳐 나는 것은 사람들의 즐거운 마음이라 볼 수 있다. 물론 예년보다는 훨씬 덜하다. IMF라는 초유의 사태를 맞아 많은 사람이 위축돼 있다. 그래도 사람들은 애써 즐거워하려 한다. 근거나 유래가 꼭 정확하지 않아도 좋고, 상술이라 해도 좋으며, 분위기에 휩쓸린다 해도 상관없다. 어쨌든 억지로라도 많은 사람은 즐거워지려 한다. 꼭 기독교를 믿지 않아도, 산타클로스가 실은 아버지라는 것을 깨달은 이후에도 마찬가지다. 정도가 줄어들 뿐, 일단 얻어진 즐거움은 가시지 않는다. 힘들게 얻어서 더 누리려고 하는지도 모른다.

백화점의 음반 진열대 앞에서 한 남자가 싱글싱글 웃는 모습으로 CD를 여러 장 골라 계산대 앞으로 가지고 온다. 웃음 짓는 것 같은 눈매에 입가에는 실제로 덩그러니 기분 좋고 편안한 웃음이 걸려 있는 인상 좋은 남자다. 계산대에서 CD의 바코드를 찍어 입력하면서 판매원이 말한다.

"클래식 좋아하시나 봐요?"

그 남자가 골라온 CD는 대부분 클래식이었기 때문에 쉽게 할 수 있는 말이다. 그 남자는 싱긋 웃으며 말한다.

"예, 좀 좋아해요."

"그렇군요. 선물하실 건가요?"

그러자 남자는 조금 부끄러운 듯 또 웃는다.

"저 혼자 들을 거예요. 특별히 같이 들을 사람도 없고……."

"네에……."

판매원은 조금 어색했는지 말꼬리를 돌린다.

"그런데 참 잘 웃으시네요."

이렇게 말하자 남자는 또 웃으며 말한다.

"그런가요? 뭐, 그래요. 요새는 기분이 퍽 좋아서……. 옛날에 전혀 웃지 못했던 때가 있어서인지, 그걸 보상하려고 요즘은 많이 웃는지도 모르겠고요. 조금 실없어 보이죠?"

"아뇨, 괜찮아요. 보기 좋은걸요."

CD의 바코드를 다 기록한 판매원이 CD를 한데 모아 쌓아 포장할 준비를 하며 말한다.

"그런데 특별히 좋아하는 작곡가가 있으세요?"

"특별히 좋아하는 작곡가는 없어요. 다 좋죠. 딱 한 명만 빼고요."
"예? 누구요?"
"브람스는 절대 안 들어요."
"싫어하세요?"
"아뇨. 그런 게 아니고……. 그냥 안 들어요."

그곳에서 두 블록 정도 떨어진 어느 카페. 수수한 듯하면서도 상당히 세련돼 보이는 특이한 옷차림의 여자가 커피 잔을 앞에 놓고 계속 노트북 컴퓨터를 두들기고 있다.

노트북 자체를 들고 다니는 사람이 많지 않은 데다가 여자의 옷차림이 세련돼 지나가는 사람들의 눈길을 자꾸 끈다. 그리고 무슨 통신이나 워드 문서를 작성하는 것이 아니라 여자는 프로그래밍을 하고 있다. 꽤나 머리가 아픈 듯하면서도 즐거운 표정이다.

프로그래밍을 하나가 여자는 벌떡 일어나 카페에서 전화할 수 있느냐고 묻는다. "당연히 해도 되죠"라고 주인이 대답하자 여자는 "국제 전화인데요"라고 말한다. 주인이 조금 당황한 표정을 짓자 여자는 살짝 윙크를 해 보이며 말한다.

"충분히 갚아 드릴게요. 급해서 그래요."

주인이 고개를 끄덕이자 여자는 전화를 돌리기 시작한다. 프랑스다. 여자의 입에서 불어가 쏟아져 나오고 상대방과 심각한 듯 뭔가에 대해서 떠들자 주인은 슬며시 등을 돌려 자리를 피해 멀어져 간다. 불어인 데다 프로그램에 대해서 토의하는 것이니 알아들을 사람이 거의 없는 게 당연하다. 그것도 새로운 보안 프로그램의 유형에 대한 이야기다. 수화기 너머에서 상대가 말한다.

[네트워크를 통해서 컴퓨터 바이러스가 퍼져 나간다는 것은 기술적으로 쉽지 않은 일이에요, 마드무아젤 혜영. 아직 그런 바이러스가 발견되지도 않았는데 보안 체계를 그쪽으로 대비해야 한다니, 이건 좀 너무 앞서 나가는 일을 하는 것이 아닐지…….]

혜영은 눈살을 찌푸리며 말한다.

"그거 분명 가능한 일이라고요. 당신도 그런 바보 중 하나예요? 네트워크는 바이러스와 전혀 연관 지을 수 없다고 믿는? 이거 미리미리 대비하지 않으면 나중에는 통신 네트워크라고 하는 게 바이러스로 온통 뒤덮일지도 모른다고요."

[하지만 여태 사례가 없었는데 마드무아젤은 어떻게 확신하죠?]

"하아, 정말 뭐라고 얘기할 수도 없고. 하지만 분명 그건 가능한 일이라고요. 그러니까 미리미리 대비를 해야죠. 가능성을 발견했는데도 그냥 내버려두는 게 정말 옳은 거예요?"

혜영의 프랑스 프로그래머와의 대화는 쉽게 끝나지 않을 것 같다. 프랑스 국제 전화 요금이 도대체 얼마나 나오는지도 모르는 주인은 혜영에게 얼마를 받아야 좋을지 몰라 점점 마음이 무거워진다.

거기서부터 또 한참 떨어진 어느 아파트 단지. 중년의 남자가 자기 집 우편함을 확인한다. 우편함에는 몇 장의 고지서와 함께

척 봐도 유치한 화려함으로 장식된 크리스마스카드들이 몇 장 배송돼 있다. 남자의 얼굴은 딱딱하고 바싹 마른 데다가 참 멋대가리 없이 생겼지만 그런 남자의 무뚝뚝해 보이는 얼굴에도 은은히 미소가 감돈다.

 남자는 고지서 뭉치 등 쓸데없는 것은 대충 구겨 주머니에 집어넣은 뒤 그 자리에 선 채로 카드를 뜯어보기 시작한다. 대부분의 카드에는 '선생님, 메리 크리스마스'라거나 '선생님, 크리스마스 축하합니다'와 같은 글이 쓰여 있고 아이들다운 소박한 그림들이 그려져 있다. 남자는 학교에서 아이들을 가르치고 있다. 하나하나 펴 볼 때마다 남자의 얼굴에 따뜻한 웃음이 지나가지만 그중에 한 장은 조금 더 유달리 뭔가 기억이라도 해내려는 듯 뜯기 전에 뚫어지게 바라본다. 밑에는 작은 글씨로 보낸 이의 이름이 쓰여 있다.

 "현주, 그래, 현주……. 잘 지내고 있구나."

 남자는 듣는 사람도 없는데 자기도 모르게 혼자 중얼거린다. 그리고 카드를 꺼내 잠시 그림을 본다.

 "그림 재주가 없었지……."

 현주가 보낸 카드는 다른 아이들처럼 그린 것이 아니라 어디선가 산 것이다. 그 그림은 젖혀 두고 속장을 펼치니 글씨만 보아도 활달하게 잘 지내고 있음을 알 수 있듯 거기에는 조금 여자아이답지 않게 갈겨쓴 것 같은 활달한 필체로 이렇게 적혀 있다.

 선생님, 메리 크리스마스. 축하합니다. 축하합니다. 축하합니다. 올해는 꼭 결혼하세요.

"아휴."

남자는 세 번이나 반복된 '축하합니다'라는 밑에 '결혼하세요'라는 글자를 보고 조금 슬픈 얼굴이 된다. 그러다가 남자는 뭔가를 발견한다. 그냥 선생님이라고 쓴 것 같았는데 그 위에 뭔가 희미하게 그림이 그려져 있다. 처음엔 뭘 그린 것인지 알지 못했는데 자세히 보니 물고기 모양이다. 아주 간혹 카드에 등장하는, 베드로를 상징하는 익투스인지 뭔지 하는 물고기 문양은 당연히 아니다. 가만히 생각해 보니 답이 나온다.

'또 북어냐.'

현주는 이미 몇 년 전에 가르쳤던 아이다. 그리고 그때 자신의 별명은 북어였다. 이 녀석은 아직도 그걸 기억하고 있는 듯. 축하하는 크리스마스카드에다 놀리는 듯 북어 그림을 그려 놓은 것이다.

선생은 한숨을 쉬지만 그래도 웃음기가 가득 섞여 있다.

"지금도 북어야. 난 평생 못 벗어날 것 같아. 장가도 그렇고……."

그래도 북어 선생의 표정은 결코 어둡지 않다.

한 아이가 개 목줄을 잡고 달리고 있다. 막 중학생이 된 정도의 사내아이다. 체구도 크지 않고 아주 강건해 보이지도 않지만 분위기가 몹시 활달하다. 그건 아마도 아이가 목줄을 잡고 같이 달리고 있는 커다란 개 때문이리라.

아이보다도 훨씬 크고 무섭게 생긴 개인데 아이는 조금도 스스럼없다. 더구나 개와 이런저런 이야기를 나누는 것처럼 계속 말을 걸며 달린다. 심부름도 할 겸 개 산책도 시킬 겸 나온 것이 분명했지만 개에게 말하는 투가 다른 사람들과는 조금 다르다.

예를 들면 '쫑, 따라와. 쫑, 잘했어' 이런 투가 아니라 '쫑, 그런데 말이지. 지금 기분은 어때? 공기가 참 맑은 것 같지?' 이런 식으로 마치 사람에게 하는 것처럼 속삭이며 대화하는 것이다.

뭐, 그렇다고 해도 계속 활기차게 달려가면서 말하는 것이라 지나가는 사람들은 별로 느끼지도 못한다. 만약 들었더라도 '정말 개를 좋아하는구나'라거나 '저렇게 큰 개인데도 친하게 잘 지내네?' 생각했을 것이다. 물론 실상도 그리 다르지는 않지만 나름대로 사연이 있다. 굳이 남에게 말할 필요 없는 사연이지만 아이는 정말 개를 다른 사람과는 다르게 본다. 개도 영혼이 있는 존재라는 사실을 믿는 몇 안 되는 아이나. 아이는 급하게 나왔는지 학교에서 입는 체육복 추리닝을 헐겁게 위에 걸치고 있다. 아마도 잠깐 나갔다 온 사이 바깥 날씨가 추우니 대충 걸친 것이리라.

그 추리닝에는 그 아이의 이름이 새겨져 있었다. 2학년 4반 동민이라고.

그리 넓지 않은 도장 안은 두 사람의 몸에서 뿜어 나온 열기가 후끈 남아 있는 것 같다. 아직도 검도용 호구를 온몸에 걸치고 호면만 벗은 상태로 주저앉아 있는 두 남자 중 한 사람이 입을 연다.

방금까지 격하게 대련을 했던 듯 얼굴은 땀에 흠뻑 젖어 있으나 한 남자의 표정은 밝지 않다.

"마음이 풀리지 않아."

"그럼 한 번 더 해 볼까?"

옆에서 똑같이 땀을 흘리고 있는, 그러나 훨씬 생기에 넘치는 남자가 자못 씩씩하게 말한다. 힘없는 남자가 고개를 젓는다.

"글쎄……. 후우…… 이래 봐야…… 마음이 안 풀리는 걸. 도대체 이게 뭐야 궁상맞게. 크리스마스인데도 칼질만 하고 말이야. 기분 안 풀리잖아. 어떻게 책임질 거야?"

힘없어 보이는 남자가 반은 농담 삼아 전혀 웃기지 않는 농담을 해 대는데도 앞의 남자는 싱긋 웃으며 태연히 받아들인다.

"뭐, 그러면 나도 괜히 땀 흘린 셈이 되나? 후우, 그런데 말이지."

쾌활한 남자가 조금 웃음기를 거두며 눈을 감은 채 말한다.

"참 안됐다. 정말 이 말밖에 할 수 없어서 유감이긴 하지만."

"후우, 그래그래. 됐어, 그만……. 어차피 다 끝난 일인 걸."

"하지만 어떻게 하겠니. 소정 씨도 네가 이렇게 언제까지나 우울해하는 걸 바라지는 않을 거야. 잊어 주는 게 어떻겠어?"

그러자 힘없어 보이는 남자는 다시 울음을 터뜨릴 듯한 표정이 된다. 그러면서 힘겹게 말한다.

"아후…… 너도 잘 알잖아. 결혼할 거였다고. 그렇게 많이 남지도 않았었고 기껏해야 두 달……. 그런데 그렇게 훌쩍 이별하게 될 줄은 몰랐어. 그 빌어먹을 놈의 사고 때문에. 후……."

"사고였잖아. 네 말대로."

옆의 남자가 차분하게 말한다. 그 말에 힘없는 남자는 정말 울음을 터뜨릴 것 같은 표정으로 말한다.

"범준이 넌, 넌 정말 몰라. 너, 너는 정말 이해하지 못할 거라고."

범준은 남자의 등등 툭툭 쳐 주며 말한다.

"아니, 이해할 수 있어. 그리고……."

범준은 잠시 말을 끊었다가 밝은 표정으로 돌아오며 말한다.

"헤어졌다고, 이제 영원히 헤어졌다고 말하는 사람들, 정말 헤어진 게 아닐 수도 있어."

"뭐 마음속에 남아 있다거나 그런 이야기 말이야? 하…… 사춘기 여자애냐? 그런 싸구려 감상 같은 이야기는 듣고 싶지 않아."

남자가 더 기운 없이 말하자 범준은 포기하지 않고 계속 말한다.

"아니. 그런 게 아니야. 죽음이 정말 이별일까? 정말 헤어진 걸까? 우리만 모르는 걸 수도 있어. 그래서 난 항상 기운을 낼 수 있는걸."

"너 좀 이상하게 이야기한다. 어떻게 그렇게 자신 있게 이야기할 수 있지? 죽으면 끝이잖아. 누구라도 다 아는……."

"글쎄, 정말 그럴까?"

범준의 얼굴에는 쾌활한, 삶을 긍정하는 표정이 가시지 않는다.

일일이 설명할 수 없지만 범준은 단언할 수 있다. 죽는 것이 꼭 영원한 이별을 뜻하는 것은 아니라고. 자신은 아니까. 아무에게도 털어놓을 수 없었지만 형과 자신의 관계가 그러했으니까.

하지만 크리스마스라고 모두가 들떠 있을 수만은 없다. 특히 군인이라면. 그들도 사람인지라 감정을 억제하기 힘들겠지만 긴장을 완전히 풀 수는 없는 것이다.

[오늘 같은 휴일에 제군 모두가 이렇게 특별 훈시를 하게 된 이유는 다른 데 있지 않다!]

사단장이기도 한 장인석 소장의 칼칼한 음성이 마이크를 통해 연병장 전체에 퍼진다. 연병장에 집결한 수천 명의 장병은 겉으로는 군인다운 자세를 유지하고 있지만 속으로는 약간씩 불만이 있다. 휴일 중의 휴일이라 군에서조차 어느 정도 휴가 인원을 늘리는 크리스마스다. 이런 날, 아침도 아닌 한낮에 예정에도 없이 남은 부대원 전부를 모아 놓고 훈시라니 좀 너무하다는 기미가 연병장 전체에 돈다. 그러나 장인석 소장은 꿈쩍도 하지 않는다.

[이렇게 국민 모두가 안심하고 즐겁게 지낼 수 있는 것은 여러분을 비롯한 우리를 믿기 때문이다. 평화는 안전할 때 나온다. 안전하지 않은 상태에서는 결코 진정한 평화나 즐거움이 나올 수 없다. 그런 의미에서 국가의 안전을 책임지는 우리야말로 아무리 방심하기 쉬운 때라도 긴장의 끈을 절대 늦추어서는 안 되는…….]

장인석 소장의 말이 지루하게 이어진다. 물론 장 소장 입장으로는 그럴 만하다. 지난번에 정말 깨끗이 당했다. 자신은 정말 서울이 테러로 반쯤 점령된 상태라고 믿었고 일생일대 최대의 군인다운 용기를 발휘해 부대원과 서울로 진격하려고 했다. 허나 나중에 그것이 일종의 테스트, 그러니까 장인석 소장조차도 알지 못했던 더 상급 기관에서 실시한 일종의 모의실험이었다는 것을 듣고는 몹시 낙담에 빠졌다. 항상 경계했고 전략 전술에 자신이 있다고 믿었다. 군인의 길을 선택한 것은 한 번도 후회한 적이 없었고 지금의 위치에 대해서도 불만이 없다. 그러나 잘 알지도 못하는 자들의 정보 조작과 교란에 사단 전체를 지휘해야 할 자신이 완전히 속아 넘어가서 하마터면 파멸적인 사태까지 갈 뻔했다는 것은 고개를 들 수 없는 수치였다.

다만 워낙 비밀리에 행해진 작전이어서 그런지 장 소장은 일단 경질됐으되 얼마 후 복직됐고 직위도 여전했다. 허나 장 소장의 각오는 그때부터 달라졌다. 물론 이전까지도 부대원을 달달 들볶는 사단장이었지만 그 이후부터는 가혹하지 않나 싶을 정도가 됐다. 물론 군 전체로서는 더없이 이득인 일이고 나라를 위해서도 나쁜 일은 아니었다. 부대원들의 불만이 좀 많은 것만 빼고는…….

[그런 의미에서 제군들의 긴장을 늦추지 않기 위해 행하는 특별 훈시이니 이런 상황에서도 절대 평정심과 경계심을 늦추지 말고 모든 임무에 충실해야만 하는…….]

장 소장은 아직도 의심스럽다. 상부에서 그랬으니 그러려니 싶지만 그때 자신의 기억과 행동은 평상시의 자신과는 너무도 다른 바가 있다. 뭔가 이상한 것이 나서서 자신을 조종했던 것은 아닌지, 물론 말도 안 되는 상상이지만 그런 착각까지 들 정도다. 약물이나 정신 조작 같은 개입이 없었느냐고 몇 번씩 확인해 보았으나 그런 것은 아니었다. 혹은 답변할 수 없다는 말만 들었다. 사단장의 위치에서도 알아낼 수 없는 것이라면 뭔가 큰 것이겠지만 장 소장은 군인답게 이제 잊으리라 마음먹은 지 오래다.

그저 앞으로는 무엇에도 지지 않으리라 다짐했다. 협박이건 최면 가스나 약물이건 또는 인간의 경지를, 상상을 초월하는 그 어떤 것이 닥쳐오더라도 군인답게 뚫고 나갈 것이다. 두 번 다시 속거나 지지 않을 것이다.

그러면서도 장 소장은 생각했다. 이런 외면적인 힘 말고 뭔가 자신이 정말 대적할 수 없는, 현대 사회에서 가장 큰 파괴력을 지닌 군조차도 감당할 수 없는 어떤 것이 존재한다면 어떻게 하나. 지난번 사건이 혹 그런 것이었다면……. 다행히 큰일은 벌어지지 않았다. 그렇다면 또 다른 이해 불가능한 반대쪽 힘이 막아 준 것 아닐까? 진실로 그렇다면 정말 무서운 뭔가가 존재한다 해도 그것에 대적할 만한 어떤 것도 존재할 듯했다. 아니, 존재하려면 둘 다 존재하리라. 없다면 둘 다 없을 것이고. 그렇게 생각하면 외롭지 않았다. 용기가 난다. 군인으로서의 의무를 더 충실히 수행하면 그뿐이다. 자신에게 주어진 일을 제대로 해내는 것이 최선이니까.

[그러므로 여러분은…….]

장 소장의 훈시는 끝없이 이어진다. 물론 병사들도 지루해하면서도 장 소장의 말이 틀리지 않다는 것은 안다. 대부분은 지루하게 넘겨 버리지만 모두가 흘려듣는 것은 아니다. 그렇다면 병사들에게도 장 소장의 훈시는 꼭 무의미한 일이 아닐 수도 있다. 몇 명이라도, 아주 조금이라도 자신의 각오를 조금 더 세울 수 있다면 크리스마스에 행해지는 이런 지루한 연설도 의미는 있을 것이다.

  도심에서 조금 떨어진 교외 외곽에 있는 한적한 공원묘지. 크리스마스 같은 날에 이곳을 찾는 사람은 극히 드물다. 크리스마스는 즐거움의 상징이지만 죽어서 헤어진 누군가를 추모한다는 것은 보통은 즐거움과는 전혀 다른 것을 의미하기에.

  하지만 이런 날에도 이러한 곳을 찾는 사람은 있다. 많지 않지만 적지도 않다. 그중 한 사람이 윤영이었다. 윤영은 성의껏 만들어 온 꽃 두 다발을 묘지 하나 위에 나란히 놓고 나름대로 기도를 하는 중이다. 윤영은 성당에 다닌다. 원래 그녀의 집안은 아무 종교도 믿지 않았지만 얼마 전부터 성당에 다니기 시작했다.

  그녀가 지금 기도를 하는 묘는 그녀 어머니의 묘이다. 분명히 어머니의 이름 한 명만 적혀 있는데 윤영이 거기에 바치는 꽃은 항상 두 다발이다. 묘조차 없는 누군가를 위해서다. 한국 풍습에 따르면 너무 어려서 죽은 유아에게는 무덤도 주어지지 않는다.

  그래서였을까. 자신과 함께 태어났었던 주영이가 그토록 삶에 집착했던 것은. 하지만 이제는 그런 악몽을 꾸지 않는다. 그리고 자신만 선택받아서 대신 살아났다는 죄책감도 마음의 부담으로 와닿지 않는다. 기억해 주면 되니까. 그런 사람이 있었노라 자신이 기억해 주는 것만이 이미 저질러져 버린 일, 과거에 있었던 비극적인 사건을 묻어 버리는 단 하나뿐인 해결책이라고 윤영은 생각하고 있었다.

'고마워요. 오늘도 열심히 살게요, 엄마. 그리고 언니, 아니면 동생. 어쨌든 나 네 몫까지 열심히 살 거야.'

이미 꽤나 오랫동안 해 온 일인데도 이 묘 앞에 서서 기도할 때는 항상 눈물이 난다. 그렇게 슬픈 감정이 아닌데도 아직도 그렇다. 그리고 앞으로도 계속 그럴 것 같다.

세상은 사람들로 가득 차 있고, 나름의 사연은 세상에 가득하다. 한참 즐거움으로 가득 차 친구들과 수다를 떠는 여대생들도 있다. 마치 세상에 자신들만이 존재하는 것처럼 즐겁다. 파르페 크림을 한 스푼 가득 뜬 여대생 하나가 킥킥 웃으며 말한다.

"야야. 너 아직도 그 남자 생각하니?"

그러자 맞은편에 앉은, 단아한 용모의 여대생이 차분한 목소리로 망설임 없이 대꾸한다.

"응."

"그 남자 잘생겼어?"

"그…… 그게 못난 건 아냐. 꾸미질 않아서 나도 잘……."

"그럼 덩치 크고 막 아주 강해 보이고……. 뭐 그런 스타일?"

"아니. 전혀."

여전히 담담한, 예상 밖의 대답이 돌아오자 오히려 상대가 흥분한다. 동석한 다른 여대생들도 모두 귀를 기울이기 시작한다.

"아, 그럼 왜 그리 못 잊어? 아주 친절하고 싹싹해?"

"글쎄, 거의 말을 안 해서."

"어휴. 이거 점점 궁금해지네. 그럼 뭔데? 너한테 잘해 줬어?"

"응. 내 목숨을 구해 줬다니까."

"어이, 목숨을 구해 줬다는데 말도 한마디 안 해 봤어? 학벌은? 잘 사는 거 같아?"

"그, 그건 전혀 아닌 것 같았는데."

대화의 원활함이 조금 끊기자 다른 여대생이 끼어든다.

"그 사람 정말 싱글이었어?"

"그, 글쎄. 그때 보니…… 나를 잡아먹을 듯이 쳐다보는 여자가 바싹 붙어 있던데."

그 순간 동시에 비명처럼 여럿이 외친다.

"모오야아아…… 그럼!"

처음 캐묻던 여대생이 다시 묻는다.

"그 여자 괜찮았어? 너보다 예뻐?"

"자존심은 상하지만 솔직히……."

다른 여대생이 기가 막힌다는 듯 말한다.

"야, 너 제정신이야? 잘난 것도 아니고 내세울 것도 없고 임자까지 있어? 왜 그런 남자를 아직까지 생각하니?"

시선을 받은 여대생이 거북해하며 눈을 돌린다.

"그, 그게 근데 말이지, 이상하게 그렇다고. 왠지 믿을 수 있을 것 같고 꼭……."

"꼭 뭐?"

"우, 웃지 마."

"안 웃을게. 뭔데?"

"그…… 뭐랄까. 슈퍼 히어로 같고……."

약속과는 달리 웃음소리가 0.1초의 여유도 없이 터져 나와 사방을 메운다.

"아, 우리 정미애 양, 정신이 완전히 다른 세계로 가 버렸구먼요."

"그러게 내가 이상한 동인지나 만화 그만 보라고 그랬지? 그런 거 많이 보면 뇌가 썩는다고, 썩어."

"아, 그런 거 아니야. 그리고…… 이젠 뭐 어차피……."

갑자기 미애가 심각해지는데 이미 웃어 버린 친구들은 덤덤하다.

"뭔데 그래?"

"그…… 그 사람 죽었대."

"뭐? 어떻게 알았는데?"

"나중에 여기저기 통해서 알아봤는데…… 이미 죽었더라고."

분위기가 조금은 숙연해졌지만 이쯤 되자 아무도 믿지 않는 분위기가 된다.

"와, 더구나 이젠 죽었대. 너무하다, 정미애."

"야, 너 뻥이지? 드라마 대본 쓰냐?"

"이제 이쯤에서 망상은 그만두지 그래?"

"네 이년! 치도곤(조선 시대에 죄인의 볼기를 치는 데 쓰던 곤장의 하나)을 내기 전에 당장 입 다물지 못할까!"

미애는 조금은 억울하지만 친구들 입장에서는 믿지 못하는 것이 어쩌면 당연하다 싶다. 그리고 이제는 자기도 잊어야 한다. 잘 잊히지 않지만 잊도록 노력해야 한다. 어쩔 수 없는 일이니까.

나름대로 고민에 빠진 사람들도 있다. 어느 커피숍 구석 자리에서 머리를 쥐어뜯는 2남 1녀로 구성된 세 사람이 그러하다.
"아아아! 무슨 건수 좀 없나?"
이제는 여기자가 된 김자영이 울상을 하며 기지개를 켜자 이전보다도 살이 조금 붙어 한결 후덕한 모습이 된 손민구 기자도 인상을 쓴다. 넉넉해 보이는 외모와는 달리 지치고 쫓기는 표정이다.
"크리스마스인데 우리 이러다 잘리는 거 아냐? 우리 갖고 온 기사는 쓰지도 못하고, 응?"
"그런 걸 얘기할 수 있어야 본격 미스터리 괴담 잡지 아니겠어요? 그런데 현실성이 없다니. 이게 우리 잡지에서 기사를 자르면서 나올 말이에요?"
김 기자가 여전히 빠른 말투로 종알대며 불평하자 손 기자도 맞장구를 친다.
"하지만 진실을 밝힐 수는 없었잖아요. 적당히 지어내다 보니 그렇게 된 거겠죠."
그때까지 가만히 담배만 피우던 안재민 기자가 입을 뗀다.
"적당히 지어내는 건 좋은데 말이야……."
안 기자는 그 유달리 큰 손으로 피우던 담배를 재떨이에 아주 부숴 버리듯 눌러 비비면서 말한다.
"김 기자, 글솜씨 그렇게 없어? 좀 그럴듯하게 못 지어내?"

"그…… 그래도 워낙 소재가…….."

손 기자가 김 기자 대신 변명처럼 말하자 안 기자는 손 기자에게도 눈을 흘긴다.

"자꾸 그런 소리 할 거야, 손 기자? 소재 탓 좀 하지 말고 더 취재를 하면 될 거 아냐."

"…… 완전 편집장이셔."

"음? 뭐라고 했어? 김 기자?"

"아뇨, 아뇨. 아무것도 아니에요. 아, 예전에 그 강화도 사건 같은 거…… 그런 거 있으면……."

그러자 안 기자가 갑자기 정색한다.

"그 이야긴 하지 마."

말만 자른 것이 아니라 안 기자는 새로 담배를 뽑아 입에 무는데 손이 약간 떨린다.

"좀 이상한 놈이었지만 그래도 내 친구였어. 적어도 나쁜 놈은 아니었고."

안 기자가 아무렇게나 떠들어 대며 담뱃불을 붙이고는 슬쩍 눈을 돌리는데 눈가에 빛나는 것이 살짝 보인다. 김 기자도 고개를 숙인다.

"정말 안됐어요. 그런 사람들도 죽을 수 있다니, 난 그분 천하무적일 줄 알았는데…… 믿어지지가 않아요."

"그것도 우리나라도 아니고 먼 외국에서……."

손 기자가 나직이 중얼거리다 안 기자의 말에 말꼬리를 내렸다.

"바보 같은 놈. 그냥 자기 몸이나 챙기며 살 것이지, 왜……."

안 기자가 그의 큰 손을 불끈 쥐며 목소리를 떤다. 손 기자도 숙연해지고 말 많은 김 기자도 아예 입을 다문다. 그러나 김 기자는 아무래도 현암과 그 일행이 모조리 죽었다는 사실이 믿어지지는 않는다. 모두가 사망자로 처리된 것을 확인까지 했으니 의심의 여지는 없다. 그래도 어쩐지 그들이라면 죽음도 초월한 채 어느 날 갑자기 획 나타날 것도 같다.

"제기랄! 이런 날은 조심들 좀 하면 안 되나? 뭐가 이렇게 많은 거야!"

법의학자 장 박사는 그 특유의 짜증 섞인 목소리를 높인다. 원래대로면 즐거운 휴일이어야 하지만 크리스마스에도 사건 사고는 끊이지 않는다. 오히려 평소보다 더 많다. 그렇게 죽은 사람 중 부검을 요하는 사체가 줄줄이 밀려들어 온다. 말은 거칠지만 마음은 따뜻한 장 박사조차 죽은 자에 대한 엄숙함을 잠시 잊을 정도로 짜증 나는 상황이다. 들어온 사체 중 유달리 훼손이 심한 시신을 보고 장 박사도 얼굴을 찌푸린다. 꼭 보기 흉해서만이 아니다. 애써 떠올리지 않으려던 친구 생각이 나서다.

"가짜 신부, 그래도 편안하지? 자네가 말하던 천국이라는데 가 있는 것, 맞지?"

멍하니 혼잣말을 중얼거리던 장 박사가 안경을 벗는다. 바늘로 찔러도 들어가지 않을 만큼 깐깐한 표정은 여전하지만 어느새 눈가가 축축해져 있다. 그것도 잠시, 장 박사는 다시 묵묵하고 고집스럽게 자신의 일로 눈을 돌린다. 그러면서 그는 친구였던 '가짜 신부'를 대신하는 마음으로 죽은 사람들에게 편히 쉬라는 몇 마디를 속으로 건네는 것을 잊지 않는다. 그게 아직 살아 있는 자신이 할 수 있는 일이라 생각하니까.

이미 그들은 죽은 것으로 처리됐지만, 그럼에도 한국에서만이 아니라, 세계 곳곳에서 그들을 기억하는 사람들이 적지 않다. 더구나 그들이 실제로 살아 있다는 것을 아는 사람들도 좀 있다.

인도에서는 작은 기적이 벌어졌다. 태어나서 한 번도 의식이 없던 채 백치처럼 멍하니 살아왔던 한 여자가 더듬거리며 말하기 시작했다. 거의 식물처럼 숨만 쉬고 있기에 교육을 받은 적도 없는데, 말문이 터지자 능숙하게 대화를 주고받았다. 오랫동안 대화하지 못한 것을 메우려는 듯, 주변 사람들은 모두 놀라 기뻐하며 기적이라고, 신의 축복이라고 외친다. 그 여자의 이름은 로파무드다. 그러면서 조금 전 깨어나기 직전 꿈에서 운명처럼 본 몇 사람의 얼굴을 떠올린다. 과거의 운명과 인연으로부터 각인된 흐릿한 기억. 눈을 뜨면서 잊힌 기억이지만 절대 잊지 못할 것이다. 언젠가는 반드시 만나게 될 얼굴들이니까.

중국에서는 황달지 교수가 아이를 위해 '산타클로스 복장을 사오라'는 부인의 닦달을 받고 있다. 자신이 주장하는 '용봉 문화설',

즉 아메리카에도 동이족의 발길이 닿았단 주장은 결코 전 아메리카 원주민이 그랬다는 것이 아니다. 일부가 그랬다는 주장인데도 몇몇 사람들이 싸잡아 제멋대로 비난하는 것에 화가 난 참이다. 허나 부인조차 관심이 없으니 서글프다. 서둘러 옷을 걸치고 나갈 채비를 하면서도 황 교수는 부인도 모르게 거실 한쪽에 놓인 팩스로 간단한 메시지 한 통을 보내고 있다. 그냥 단순한 축전이고 별 내용은 없지만 황 교수에게는 의미가 깊다. 수신지는 한국이다.

같은 중국. 화씨 약재상 건물에서도 가장 깊은 골방에서 화중명 노인은 안경을 쓰고 뭔가를 열심히 번역하고 있다. 책상 위에는 아주 낡아, 건드리기만 해도 부서질 것 같은 고서 몇 권이 펼쳐져 있고 일견 전혀 어울려 보이지 않는 영어 사전과 다른 의학 서적이 어지럽게 널려 있다. 화 노인은 몹시 고민해 가며 한 줄을 서툰 영어로 적고 또 뭔가를 뒤적거리고 또 적고, 경우에 따라서는 인체 모습을 그리고 혈도 표시를 하는 등 대단히 힘들게 작업하고 있다. 화 노인만큼이나 나이를 먹은 그의 부인은 식사라도 하면서 하라고 왔다가 화 노인이 번역하고 있는 책의 겉장을 힐끗 보고는 볼멘소리를 한다.

"어휴. 저 책은 절대 아무에게도 보여 주면 안 된다고 펄펄 뛰더니만, 무슨 바람이 부셨수?"

그 말을 화 노인은 딱딱하게 받아넘긴다.

"지금도 아무도 보면 안 돼!"

"그럼 왜 번역하는 거유?"

화 노인은 조심스레 혈도 한 부위에 점을 찍으며 담담히 말한다.

"봐도 되는…… 아니, 봐야만 하는 사람이 있어."

"그게 누군데요?"

"몰라도 돼!"

화 노인은 딱 잘라 말하고는 조개껍질처럼 입을 다물어 버린다. 그의 부인은 고개를 설레설레 저으며 방에서 나간다. 화 노인이 뒤적이고 있는 고서의 겉표지에는 현대 중국인도 알아보기 힘든 옛 필체로 '천정개혈대법'이라고 적혀 있다.

미국의 한 인디언 보호 지역에서는 오랜만에 고향을 찾은 거구의 인디언 주술사 성난큰곰이 몇몇 부족의 원로들과 함께 둘러앉아 있다. 새해를 맞이하는 인디언 특유의 제례를 막 치른 참이다. 성난큰곰은 부족을 위해 몇 가지 활동을 벌이고 있는데, 그중 하나가 호칭 문제다. 콜럼버스가 엄청난 착각으로 그들을 '인디언', 즉 '인도 사람'으로 만들어 버렸다. 그 대신 '네이티브 어메리칸'이라는 표현으로 그들의 정체성을 조금이나마 살리려 애쓰고 있다. 다행히 미국의 의식 있는 사람들이 점점 동조해 줘서, 언젠가는 동족이 이 기이한 이름의 굴레에서 벗어날 수 있을 것 같다.

제례를 마치고 친교를 나누는 의미에서 기다란 담뱃대를 돌려가며 연기를 마신 성난큰곰은 살짝 자리에서 일어나 어딘가로 간다. 고색창연한 천막들 사이에 위치한 현대식 건물인 마을 회관으로 향한다. 부족은 전통 생활 습관을 여전히 고수하고 있지만 문명의 이기를 거부할 만큼 고집스럽지는 않다. 문명의 이로움은 잘 알지만, 지나친 편리함은 전통의 지혜를 잃게 하기에 조화를 이루며 천천히 받아들이도록 조심할 뿐이다. 그리고 네이티브 어메리칸 성난큰곰은 그곳에서 수천 킬로미터 떨어진 곳에 있는 친구들에게 축전을 보낸다. 물론 크리스마스 축하가 아니라 그들 나름의 달력에 의거한, 다가오는 새해를 잘 맞이할 것과 새로운 지혜의 길을 찾아 나가기를 바란다는 의미의 축전이다. 방금 수백, 수천 년 전부터 내려오던 의식을 끝냈고, 또 그러한 의미의 내용을 보낸 것이지만 어울릴 것 같지 않은 현대 문명의 기술도 잘 사용하면 몹시 편리하다. 그런 생각이 든 성난큰곰은 '모든 것을 조화롭게 하는 지혜가 항상 함께하기를'이라고 한마디를 덧붙인다.

물론 모든 사람이 크리스마스를 즐겁게 생각하는 것은 아니다. 영국에서는 마녀 협회 회원이기도 한 바이올렛이 영국 심령 연구 협회의 회원인 월터 보울의 전화를 받고 짜증을 내고 있다.

"이것 보세요, 미스터 보울, 옛 친구를 잊지 않고 축하해 주는 것은 고맙지만, 하필 '메리 크리스마스'라뇨. 제가 어디 소속인지 잊으셨나요? 저는 그래도 마녀라고요. 크리스마스 같은 건 악마나 물어 가라지."

딱 부러진 영국식 악센트로 히스테리를 부리던 바이올렛은 조금 미안했는지 다시 덧붙여 말한다.

"아, 물론 고맙지 않다는 의미는 아니에요. 다만 다음부터는 함부로 일상적인 관용구를 의미 없이 남발하지 마시고, 상대의 입장도 조금은 생각해 주시길 바랄 뿐이에요. 그러면 더 고맙지 않을까요? 아, 아뇨. 사과하실 것까진 없고요. 어쨌든 감사하고, 미스터 보울도 잘 지내시기를 바라요. 그리고……."

바이올렛은 조금 주저하면서 말한다.

"그…… 부탁 하나 해도 될까요? 제 낡아 빠진 팩시밀리가 완전히 고장 나서요! 그리고…… 전화를 직접 거는 건 아무래도 좀 그렇고 편지나 카드는 늦을 것 같고 해서……. 아, 그래요. 한국으로요. 다 아시잖아요. 제 대신 크리스마스카드라도 한 장 보내 주시면……. 네? 마녀 협회원이 무슨 크리스마스카드냐구요? 미스터 보울. 이건 나를 위한 게 아니잖아요. 바보 같은 크리스마스 놀이일지라도 제가 싫어하는 거지, 그들이 싫어할 건 아니잖아요. 특히 그, 그…… 준…… 아, 혹시라도 모르니 이름은 말 안 할게요. 그 애는 아이이니……. 아, 그러니 크리스마스 축하라고 써도 된다고요! 이건 경우가 다른 거잖아요. 제가 변덕스럽다고요? 그게 아니죠. 우리 한번 논리적으로 따져 볼까요? 이건 분명 경우가 다른……."

바이올렛의 통화는 꼬리를 물고 뱅뱅 돈다. 아마도 쉽게 끊어지지는 않을 것 같다.

스웨덴의 한 유서 깊은 총기 회사에서는 저녁 시간에 크리스마스 파티가 열렸다. 크리스마스에 회사행은 흔치 않은 일이지만, 오랜 연륜을 지닌 회사라서 가능한지도 모른다. 대를 이어 업을 이어 온 사람들도 흔하고 삼 대에 걸쳐 같은 일을 한 사람들도 있어서 직원 모두가 마치 가족 같다. 무기를 만든다고 하지만 오히려 큰돈이 되는 군용 무기 분야는 이미 가졌던 기득권조차 버리며 전격 폐업했다. 회사 규모를 축소하고 사냥이나 스포츠용 총기만 만드는 작은 회사가 됐고, 그에 찬성하는 직원들만 남았기에 더 가족처럼 된 건지도 모른다. 그래도 이 회사는 특이하다. 군용 분야를 포기하면서도 연구 개발비 비중이 굉장하며, 아주 특출난 괴짜들이 연구소에 포진하고 있다. 그들을 일컬어 농담 삼아 '사장의 사람들'이라고 하는데, 보통 회사에서는 절대 일할 수 없을 것 같은 기이한 사람들이 많다. 물론 연구 개발 내용은 그야말로 비밀 중의 비밀이며 SF급이라는 소문까지 떠돈다. 그러나 그들도 크리스마스 파티는 함께 한다. 모두가 가족 같기에.

작달막한 키에 통통한 배, 둥근 금속제 안경을 코에 걸친 초로의 공장장이 은발 카이젤 콧수염에 묻은 와인 방울을 털며 와인 잔을 높이 들어 올린다.

"우리의 친애하는 흡혈귀 사장님을 위해 건배!"

물론 자리에 따라서는 '흡혈귀'라는 별명이 심각하게 받아들여질 수도 있지만, 평소 유머 감각이 뛰어난 공장장의 말에 모두가 웃음을 터뜨린다. 다른 사람도 아닌 이 회사의 사장은 그야말로 흡혈귀라는 별명이 딱 어울리는, 흡혈귀를 닮은 외모의 소유

자였기 때문이다. 더구나 말투도 딱딱하고 지나칠 정도로 근엄하며, 대학 강의도 나가는데 그 과목도 '흡혈귀학'이다. 사장은 그렇게 사교성 적은 사람이지만 이 유머러스한 공장장이 중간에서 이렇게 완충을 해 주기에 가족 같은 회사 분위기를 망가뜨리지 않는 것이리라. 모두 웃으며 따라서 건배를 하는데, 정작 주인공인 '흡혈귀' 사장은 어느새 사라졌는지 자리에 보이지 않는다. 그것을 보고 공장장이 다시 조크를 던진다.

"아, 거 조금만 더 참으랬는데, 피가 모자라 못 견디셨나 봅니다!"
"박쥐로 변해서 날아갔나 보네요!"
"돌아오면 보드카를 병째 마시게 합시다!"
누군가가 응수하자 파티장은 다시 웃음바다가 된다.

정작 당사자인 '흡혈귀' 사장, 이반 교수는 문 너머로 사람들의 웃음소리를 들으며 살짝 미소를 짓는다. 좋은 직원들이고, 좋은 사람들이다. 그들의 따뜻한 마음이 절로 느껴진다. 물론 파티를 아주 빠져나갈 생각은 아니다. 다만 할 일이 있다. 이반 교수는 무서워 보이지만 무섭지 않은 사람이며, 쓸쓸해 보이지만 쓸쓸하지 않은 사람이다. 특히 오늘은 더더욱. 그래서 자신보다 더욱 쓸쓸하고 외로울 친구들을 잊지 않는다. 잊지 않으려 애쓴다.

불 꺼진 사무실 문을 열고, 전등 스위치에 손도 대지 않은 채 어둠 속에서 팩스기 앞으로 다가간다. 이반 교수는 어둠을 미워하지 않는다. 오히려 고요한 어둠을 편안히 느낀다. 이미 어느새 도착해 있는 팩스 한 장이 그를 반긴다. 영국에서 온, 윌리엄스 신부의 팩스고 어젯밤에 온 것이다. 성공회는 온건 칼뱅파 신교에 속하지만 미사 및 성사 집전을 중시하는 예전적(禮典的) 교회다. 당연히 윌리엄스 신부도 성사 집행에 바쁠 것이다. 그래서 전날 자신에게 메시지를 보내면서 오늘, 크리스마스 당일에 벗들에게 안부라도 전해 줄 것을 간곡히 당부하고 있다. '말재주가 없어서……'라는 서툰 핑계를 덧붙여서. '흡혈귀'라는 별명을 지닌 이반 교수의 차가워 보이는 얼굴에도 옅은 미소가 떠돈다. 외모가 차갑다고 행복의 따스함을 모르는 것이 결코 아니다. 이반 교수는 곧이어 책상 모퉁이에 서서 몸을 기울인다. 처음에는 메모지와 만년필을 집었다가 곧 생각을 바꾸어 도로 내려놓는다. 사무실 등도 켜고, 평소에 잘 쓰지 않는 안경을 책상 서랍에서 꺼내어 콧등에 얹어 놓으며 정식으로 책상에 자세를 잡아 앉는다. 그리고 깔끔한 편지지와 고풍스러운 커다란 깃털 펜과 잉크를 꺼내 또박또박, 고전적이고 멋들어진 캘리그래피 서체로 편지를 쓰기 시작한다. 처음에는 간략하게 적을 생각이었으나 이런저런 상념이 떠올라 점점 편지는 길어져 간다. 시간이 길어지지만 최대한 성의를 다하고 싶어진다. 점점, 최소한 그들에게 메시지라도 보내고 난 후가 아니면, 이런 행복을 만끽할 수 없다고 생각한다. 변명일지라도, 생색일지라도 안 하는 것보다는 낫다. 최소한 마음만은 그들과 함께하기를.

"검사님, 전화입니다."
"없다 그러세요."

"검사님 친한 선배분이신데요……."

사무장의 말을 듣고 백호는 아주 잠깐, 살짝 눈살을 찌푸린 채 말없이 수화기를 받아 든다. 통화는 일방적이다. 네, 네, 알았어요, 예. 올해는 선이라도 봐야지. 참한 아가씨가 있다는데. 아뇨, 됐어요. 너도 빨리 결혼해야지. 직위가 그 정도 됐는데 왜……. 저, 바쁜 일이 있어서 죄송해요. 다음에 연락드릴게요……. 달칵.

일방적으로 전화를 끊고 백호는 입에 문 빈 담배를 빙글 돌려본다. 오래 물고 있어서인지 입술에 닿는 필터의 느낌이 눅눅하다. 자신을 위해서 그러시는 마음은 알겠지만 영 받아들일 수 없는, 자신의 마음만큼이나 눅눅하다. 담배를 휴지통에 던져 넣고 새로 담배를 꺼내 무는데 사무장이 말한다.

"그런데 이번 사건에 대해서 조사 결과가……."

백호는 정중하지만 단호한 말투로 사무장의 업무 진행을 막는다.

"오늘 크리스마스잖습니까."

"아, 예. 그래도 이 조사 결과는 보시는 편이……."

"내일 새벽에 볼게요. 다들 메리 크리스마스."

사무장이 더 토 달기 전에 백호는 맨담배를 빙글 돌리며 자리에서 일어선다. 휴지통에 던져진 담배 무더기가 힐끗 보인다. 피우지는 않지만, 백호는 어지간한 애연가들만큼이나 담배를 소모한다. 불도 붙여 보지 않고 버려진 새 담배들. 꽁초가 아님에도 꽁초가 돼 버린 담배. 운명과 마음의 올가미에 엮여 아무것도 하지 못하고 있는 자신의 처지가 담배에서 느껴져 몹시 싫어졌다. 백호는 더 이상 입도 열지 않고 문을 밀쳐 다짜고짜로 검사실을 나섰다. 크리스마스임에도 검사실에 남아 밀린 업무를 수행하는 사람들이 신경 쓰이지 않아서가 아니다. 미안하고도 감사하게 생각한다. 이런 식으로 나가 버리면 윗사람이라고, 제멋대로라고 뒷담화깨나 생길지 모른다. 하지만 감수한다. 그보다 중요한 일이 있으니까.

이미 바깥은 어둑어둑해졌다. 운전하며 차창 너머로 보이는 도시. IMF로 인해 경기가 바닥이어서인지, 크리스마스인데도 백호에게는 전체적으로 분위기가 축 처진 것처럼 느껴진다. 자신의 마음이 그래서일까. 꽃이라도 준비해 볼까 싶어 꽃집 앞에 차를 잠시 세우려다가 마음을 고쳐먹고 액셀레이터를 밟았다.

'먹을 게 나을지도…….'

그게 실용적인 생각일 것이다. 박 신부, 현암, 준후……. 다른 건 몰라도 꽃과는 별로 어울리지 않아 보인다. 허나 사실은 깊은 곳에 숨어 있는 마음 한 조각을 들키지 않으려는 데서 나온 꼼수인지도 모른다. 꽃을 반기는 건 여성일 경우가 많으니까. 그들 중 홍일점인 승희에게 뭔가 선물을 보내고픈, 꼭꼭 숨은 속마음을 들키기 싫어서인 걸까…….

'쓸데없는 생각은 그만두자.'

입에 물고 있는 담배가 은근히 껄끄럽다. 백호는 차를 사고서 한 번도 사용해 보지 않았던 차내의 라이터를 눌렀다. 사실 얼마 전부터 백호는 담배에 불을 붙이기 시작했었다. 홍수 사건이 끝난 뒤처리 과정. 그들이 살아 있는 것을 확인하고 병원으로 옮긴 직후 백호는 처음으로 담배에 불을 붙였다. 하지만 습관은 무섭다. 불을 붙이지 않은 채 담배를 물고 다니는 습관 때문에 아직도 흡연 자체는 익숙하지 않다. 남의 눈에는 거의 트레이드마크로 박혔을 습관을 바꾸어 심적인 변화가 있음을 들키는 것도 싫었다. 하지만 차 안에서라면야······.

차의 라이터가 딸깍 소리를 내며 밀려 나왔다. 백호는 천천히 라이터를 집어 입에 물고 있던 담배에 불을 붙였다. 담배란 참 신기하다. 생전 처음 빨아들일 때는 거의 마약에 준할 정도로 충격적이지만 그 이후로는 그렇지 않다. 몇 년 만에 다시 피워도 눈앞이 살짝 핑 돌며 나른해질 뿐 운전을 못 할 상태가 되진 않는다. 약간 빙글빙글 도는 듯한 그 허무감이 마음으로 번져 간다. 느낌이 싫지 않다. 이러다가는 다시 골초가 돼 버릴지도.

살짝 열린 차창 밖은 온통 짙은 코발트빛이다. 창 너머로 비릿한 바다 냄새가 맡아진다. 거의 도착한 것 같다. 인적 드문 조그마한 포구에서도 한참 떨어진 질척한 해변, 그중에서도 방치돼 버려진 지 오래된 낡은 폐선이 백호의 목적지다.

그들은 그 안에 있다. 남의 눈에 띄지 않게 생활하기 위해서 그들이 택한 장소가 바로 이곳이었다. 차를 세우고 준비해 온 크리스마스 파티용 음식이 담긴 꾸러미를 든 채 차 문을 잠그고 있으려니 저만치에서 또 다른 헤드라이트 불빛이 다가온다. 잠시 자리에 서서 누군가 하고 쳐다봤더니 그 차는 백호를 알아본 듯 부근에서 잠시 멈춘다. 차창이 내려오고 그 너머로 낯익은 얼굴이 보이는 것과 동시에 운전하던 사람이 백호를 향해 손을 흔든다.

'연희 씨네.'

백호도 살짝 웃으며 마주 웃어 준다. 연희는 백호의 차 바로 옆에 주차하고 차에서 내린다. 어둠 속에서도 훤칠한 키와 긴 머리가 눈에 확 들어온다.

"안녕하셨어요."

"덕분에요. 안녕하셨어요."

"네."

"같이 가시죠."

"네, 네."

연희는 차에서 나름대로 준비한 선물 같은 것을 한 꾸러미 꺼낸다. 백호가 들어 주겠다고 하자 연희는 고개를 숙여 보이며 고맙다고 한다. 그 미소도 신선하다. 그렇지만 백호는 연희를 오래 쳐다보지 않는다. 아름답고 멋지다고 생각하지만 왠지 연희는 우정 외의 감정적 접근을 해서는 안 될 것 같은 인상이다. 리와의 관계에 대해 알고 있어서일까? 또는 그와의 사랑이 연희를 꽉 짜여진, 일종의 완성된 존재로 만들어서일까. 백호는 연희의 짐까지 양손에 들고 연희보다 몇 발짝 앞서 폐선 쪽으로 걸어갔다.

저녁 시간의 해변은 모래와 흙이 반반 섞여 걷기에 몹시 불편한 길이다. 발이 푹푹 빠지는 데다 거리도 꽤 된다. 네온사인 하나 없이 달빛에만 의존하며 폐선 쪽으로 걷기는 생각보다 쉽지 않았다. 두 사람 다 비틀거리고, 혹은 발이 빠져 허우적대며, 그러면서도 서로 웃고 손을 내밀어 주며 걸어간다. 그러다가 연희가 먼저 반색하며 말을 건다.

"꽤 오래간만에 보게 되는 거네요. 참 반가울 것 같아요."

연희가 말하자 백호는 고개를 끄덕였지만 약간 씁쓸하게 웃었다.

"그렇죠."

"그런데 안색이 어두우시네요?"

백호는 아니라고 하려다가 순간 마음을 바꿔 진실을 말했다.

"그렇게 표가 나나요? 뭐…… 그냥…… 그들에게 죄진 것도 같고, 신세 진 것도 같고……. 다들 처지가 너무 딱하다 싶어서요."

"어머, 그런 생각으로 오신 거예요? 저는 그렇게 생각 안 하는데요."

"네?"

"저 사람들 백호 씨 생각처럼 침침하게 있지 않을 거라고요. 분명해요."

"지금 저 사람들 상황 안 좋잖습니까? 생존조차 숨겨야 하는 처지인데."

"그래도 그렇지 않을 거예요."

"정말 그럴까요?"

"내기할까요?"

"글쎄요. 연희 씨가 무슨 말씀을 하시는지는 잘 압니다만 아무래도 저는."

"아뇨, 백호 씨도 그렇게 생각하실 필요 없어요. 저 사람들 그렇게 특출난 사람이라 생각하면 안 될 지도요. 물론 신기한 힘을 가지고 있지만, 더 이상 그런 힘에 억눌릴 사람들이 아니라고요. 아무리 힘들어도 의기소침하고 꺾일 사람들 아니에요. 오히려 그러니까 더욱더 강하게, 아무리 힘들어도 밝게 살려고 노력하겠죠."

"글쎄요. 연희 씨는 사실 언어 능력도 있으시고…… 나름대로 특별하니까 그렇게 생각하시겠지만…… 저는 아무래도 좀……."

"그러니까 내기하자니까요."

그러면서 연희가 지은 묘한 미소에 백호는 눈이 부셨다. 마음속의 음울함도 저절로 씻겨 나가는 미소였다.

"허허, 정말 못 당하겠군요. 연희 씨 안에는 천사가 사는 것 같아요."

"그런 거 없어요. 그렇다면 백호 씨도 마찬가지잖아요."

백호는 피식 웃었다.

"저도 그런 거 없습니다. 있다면 내 속에는 악마 같은 거나 들어 있겠죠."

"그럴 리가요."

재미없는 농담에 연희가 웃어 주었고, 백호도 이번에는 구김 없이 웃었다. 긴장이 풀렸다.

"하지만 정말 저번에는 아찔했어요. 저 사람들 정말로 죽을 뻔한 셈인데, 트라우마라도 갖고 있지 않을지."

"글쎄요. 잘은 몰라도 안 그럴걸요. 저 같은 사람도 죽음 같은 것, 별로 무섭지 않아요. 물론 죽으면 서연희라는 사람은 없어지겠지만 그래도 내 영혼은 어딘가 존재할 거고요, 그렇게 생각하면……. 뭐 꼭 죽고 싶다는 이야기는 아니지만 짓눌리고 싶지도 않거든요. 사는 데까지 최선을 다해 살면, 더 이상 무엇이 필요할까요? 별것 아닌 저도 이렇게 변했는데, 그걸 가르쳐 준 사람들이 그럴 리 없어요."

"그럴까요?"

"네, 장담한다니까요. 그리고……."

연희는 그녀의 그 큰 눈에 처연한 빛을 띠며 어두운 하늘을 잠시 올려다보았다.

"…… 죽어서 더 빛을 낸 사람들도 많잖아요. 죽음은 무서운 게 아니라…… 반드시 마주해야 하는 슬픔, 아쉬움이 아닐까요? 그래야 삶이 충실해질 것 같아요. 그게 며칠이건, 몇 년이건, 영원이던 간에."

"그렇게 생각할 수도 있겠네요."

백호는 차마 부정하지 못하고 슬며시 긍정해 버렸다. 서연희라는 사람은, 이미 보통 사람들과는 한 단계 높은 다른 존재가 돼 버린 것 같다. 자신이 속단한 애정 때문만이 아니라, 이미 삶과 죽음에 대한 나름의 가치관을 꽉 짜 놓은 것 같다. 그녀에게서 풍겨 나오는 범접하기 힘든 분위기도 그 때문이었을까? 백호는 연희의 생각에 전적으로 동조할 수는 없었다. 그렇다고 부정하지도 않았다. 그녀의 말을 믿고, 받아들여 보겠다고 생각했다. 그런 백호의 속마음을 눈치라도 챘는지, 연희는 다시 웃으며 말했다.

"그러니 웃자고요."

"예, 하하."

몇 마디 말하는 사이에 백호와 연희는 폐선 앞에 다다랐다. 폐선은 글자 그대로 방치된 상태. 백호가 해 줄 수 있는 일이라고는 이 폐선이 갑자기 철거되지 않도록 행정적 절차에 구멍을 낸 것, 그리고 그나마 최소한의 연락망을 유지하기 위해 폐선까지 보이지 않게 팩스용 전화선 케이블을 한 가닥 걸어 준 것뿐이다. 숨 막힐 듯한 도피. 그러나 달리 생각해 보면 이것보다 조용한 휴가도 찾기 힘들 것 같다. 아무도 알지 못하고 아무도 찾지 않는 것이야말로 어쩌면 저들에게 필요한 순간이 아니었을까?

고요하고 잔잔한 바다에서 속삭이는 듯한 파도 소리만 들려왔다. 폐선의 녹슨 계단을 올라 선실 쪽 낡은 출입문 앞에 서자 안에서부터 은은한 소리가 울려 나왔다. 파도 소리와 어울려 녹슨 철문 너머로 울려오는 소리. 그건 분명히 웃음소리였다. 박 신부의 나직하면서도 온화한 웃음소리도 있고, 준후인지 승희인지 구별하기 어려운 다소 높은 톤의 깔깔거리는 소리도 들리고 아주 가끔씩 현암의 호탕한 웃음소리도 들려온다. 그 소리를 들은 백호는 문을 노크하기에 앞서 연희에게 슬며시 웃어 보이며 말했다.

"제가 졌네요."

"당연하죠. 자신 있었다고요."

"우리가 뭘 걸었죠?"

"이긴 걸로 충분해요. 그리고 백호 씨도 좀 웃으라고요."

"네?"

"억지로 웃는 것 같아서요. 오늘 크리스마스잖아요? 기분 좀……."

"아직도요? 전 그래도 열심히……."

"생각 좀 그만하세요. 적어도 오늘만큼은."

연희가 웃으며 말하자 조금 생각하던 백호가 고개를 끄덕였다. 그렇구나. 그냥. 그냥 이렇게 비우면 되는 건데. 알고 보니 이렇게 쉬운 건데. 적어도 오늘만큼은…….

"그래 보죠."

이번에는 백호의 표정이 마음에 들었는지 연희도 고개를 끄덕인다. 백호는 폐션의 낡은 철문을 다소 힘차게 두드리며 말했다.

"백홉니다."

그러자 곧 문 건너편 안쪽에서 준후의 발소리가 타박타박 들리더니 목소리가 들려왔다.

"와! 오셨어요? 와, 연희 누나도!"

그러면서 조금도 스스럼없이 철문은 활짝 열린다. 자물쇠를 푸는 기척조차 없다. 전 세계의 수사 기관이 여전히 의심을 버리지 못하는 상황에서도 문하나 잠가 놓지 않는 사람들.

'하긴 그럴 만도 하지.'

준후는 두 사람을 맞아들이며 재잘재잘 떠든다.

"앗, 맛있는 거 사 오셨나 보네? 그리고 오늘 참 팩스가 많이 왔어요. 그 이야기하던 중인데요……."

준후의 말을 들으며 백호와 연희는 어느새 안에 들어선 상태다. 잠시 후 녹슨 철문은 닫혔다. 펜션 안에서 울려 나오는 대화와 웃음소리에는 이제 백호와 연희의 것도 섞여 있을 것이다. 코발트색으로 파도치는 짙고 은은한 파도 소리에 즐거움을 가득 담은, 작게 스며 나온 다정한 말소리들이 스며들 듯 녹아간다. 어두웠던 하늘에서도 어느새 많은 별이 촘촘하게 피어오른다. 아름다운 크리스마스 날 밤이다.

퇴마록 외전 2

초판 1쇄 인쇄	2025년 5월 8일
초판 1쇄 발행	2025년 6월 5일

지은이	이우혁		
책임편집	양수인		
편집진행	북케어(김혜인, 전하연)	교정	김기준
디자인	studio forb	본문 조판	정유정
책임마케팅	최혜령, 박지수, 도우리		
마케팅	콘텐츠 IP 사업본부		
해외사업팀	한승빈		
경영지원	백선희, 권영환, 이기경, 최민선		
제작	제이오		
펴낸이	서현동		
펴낸곳	㈜오팬하우스		
출판등록	2024년 5월 16일 제2024-000141호		
주소	서울특별시 강남구 테헤란로 419, 11층 (삼성동, 강남파이낸스플라자)		
이메일	info@ofh.co.kr		

ⓒ 이우혁

ISBN 979-11-94654-80-3 03810

* 반타는 ㈜오팬하우스의 출판브랜드입니다.
* 이 책은 저작권법에 따라 보호받는 저작물이므로 무단전재와 무단복제를 금지하며, 이 책 내용의 전부 또는 일부를 이용하려면 반드시 저작권자와 ㈜오팬하우스의 서면동의를 받아야 합니다.
* 책값은 뒤표지에 표시되어 있습니다.
* 잘못된 책은 구입하신 서점에서 바꿔드립니다.